딸은
딸이다

딸은
딸이다

A Daughter's
a Daughter

Agatha Christie

애거사 크리스티
장편소설

공경희 옮김

포레
forêt

차례

일러두기

· 주석은 모두 옮긴이의 것이다.

· 본문 중 고딕체는 원서에서 이탤릭체로 표기한 부분이다.

1부

1

앤 프렌티스는 빅토리아역 플랫폼에 서서 손을 흔들었다.

연락열차*가 결의에 찬 듯 덜컹거리며 연이어 빠져나가자 세라의 검은 머리가 사라졌고, 앤 프렌티스는 몸을 돌려 천천히 플랫폼을 내려가 출구로 향했다.

그녀는 사랑하는 사람을 배웅할 때 종종 느낄 법한 묘하게 착잡한 감정을 경험했다.

사랑하는 세라—그애가 얼마나 그리울까…… 물론 고작 삼주지만…… 아파트가 텅 빈 것 같겠지…… 자신과 이디스뿐이

---

* 항구까지 승객을 실어나르는 열차.

니까, 따분한 중년 여자 둘만 남을 테니까……

세라는 아주 활기차고, 생기 넘치고, 매사에 무척 긍정적이었다…… 그러면서도 여전히 귀여운 검은 머리의 아기였다.

끔찍하군! 무슨 그런 생각을 해! 세라가 얼마나 무섭게 짜증을 낼까! 세라와 그 또래 여자아이들이 부모에게 원하는 한 가지가 있다면 그건 바로 태평한 무심함 같았다. "야단 떨지 마요, 엄마." 아이들은 간절히 그렇게 말했다.

물론 그들은 부모가 베푸는 봉사는 받아들였다. 세탁소에 옷을 맡기고 찾아오고 세탁 요금을 대신 내주는 일. 곤란한 전화 통화("엄마가 캐럴에게 전화해주면 일이 훨씬 쉬워질 거예요.") 나 끝없는 정리정돈("엄마, 내가 어지른 걸 치우려고 했거든요. 그런데 급히 나가봐야 해서요.")도.

'내가 젊었을 땐……' 앤은 생각에 빠졌다.

생각이 오래전으로 거슬러올라갔다. 보수적이던 그녀의 집으로. 그녀가 태어났을 때 어머니는 마흔이 넘었고, 아버지는 훨씬, 어머니보다 열다섯 살인가 열여섯 살인가 많았다. 집안은 아버지의 뜻대로 돌아갔다.

애정을 당연시하지 않고, 서로에게 마음을 표현했다.

"우리 사랑하는 딸내미" "아빠의 강아지!" "시키실 일 없어요, 사랑하는 엄마?"

집안 청소, 잡다한 심부름, 외판원의 청구서, 초대장과 사교

상의 편지. 이 모든 건 당연히 앤이 처리해야 하는 것들이었다. 딸들은 부모를 거들기 위해 존재할 뿐, 그 반대가 아니었다.

앤은 가판대 근처를 지나다가 불쑥 자신에게 물었다. '어느 쪽이 더 나은 걸까?'

놀랍게도 그건 대답하기 쉬운 질문이 아닌 듯했다.

가판대에 놓인 간행물들을 (이날 저녁 벽난로 앞에서 읽을거리) 훑어보던 앤은 실은 그게 중요한 게 아니라는 뜻밖의 결론에 도달했다. 모든 게 관습일 뿐 그 이상이 아니었다. 유행어를 쓰는 것과 비슷했다. 어떤 시기에는 '최고'라고 말했다가 '딱 좋다'라고 말하고, 그다음에는 '기막히다' '전적으로 공감' '죽여준다'라고 말했고 다음에는 또다른 말로 표현했다.

자녀가 부모의 보살핌을 받건 부모가 자녀의 보살핌을 받건, 사람 대 사람이라는 근원적이고도 주요한 관계는 달라지지 않았다. 세라와 그녀 사이에는 깊고 진실한 사랑이 있다고 앤은 믿었다. 앤과 그녀의 어머니 사이에는? 돌아보면 사랑과 보살핌이라는 표면 아래 실은 태평하고 다정한 무심함, 요즘 유행이라고 할 만한 감정이 깔려 있었다는 생각이 들었다.

앤은 웃으면서, 몇 해 전 재밌게 읽은 기억이 있는 펭귄출판사의 책을 한 권 샀다. 지금 보면 조금 감상적일지 모를 책이지만 세라가 집에 없으니 그건 중요하지 않았다……

앤은 생각했다. '아이가 그리울 거야. 당연히 그립겠지. 그러나 조금은 평온할지도…… 그리고 이디스에게도 쉴 수 있는 시간이 될 거야. 일과가 달라지고 식사 시간이 바뀔 때마다 당황했잖아.'

세라와 그 친구들이 쉴새없이 들락거리고 전화를 걸어 수시로 일정을 바꿨다. "엄마, 우리 식사 시간을 조금 앞당겨도 될까요? 영화 보러 가려고요." "엄마? 결국 점심 먹으러 못 갈 것 같아요."

이디스에게, 이십 년 넘게 일한 충직한 하녀 이디스에게는 일이 세 배 많아지고 일과를 방해받는 것이 꽤 짜증스러웠을 것이다.

세라의 말을 들어보니, 이디스는 자주 뚱해진다고 했다.

그럴 때마다 세라가 이디스를 구슬리지 못하는 건 아니었다. 나무라고 툴툴대긴 해도 이디스는 세라를 애지중지했다.

이디스와 단둘이 지내면 몹시 적적할 것이다. 평온하겠지만 몹시 적적할 것이다…… 묘하게 서늘한 감정이 밀려와 앤은 살짝 몸을 떨었다…… 그녀는 생각했다. '이제 적막감 말고는 아무것도 없구나……' 희미하게 계속 이어질 적막감은 노년의 내리막길을 타고 죽음에 이를 것이다. 아무것도, 기대할 것이 이제 아무것도 없었다.

'하지만 내가 원하는 게 뭔데?' 앤은 자신에게 물었다. '난 모든 걸 가졌어. 패트릭과의 사랑과 행복. 자식. 인생에서 원했던 모든 걸 가졌잖아. 이제…… 끝났어. 이제 내가 떠난 곳에서 세라가 이어갈 거야. 결혼을 하고 자식을 낳겠지. 난 할머니가 되고.'

그녀는 미소 지었다. 할머니가 되면 즐거울 것이다. 예쁘고 활달한 아이들을 그려봤다, 세라의 아이들. 세라를 닮아 잘 뻗치는 검은 머리를 가진 장난꾸러기 사내아이들과 통통한 계집아이들. 손주들에게 책을 읽어줘야지, 이야기도 해주고……

그런 상상을 하며 미소 지었지만, 서늘한 감정은 여전히 그 자리에 도사리고 있었다. 패트릭이 살아 있었다면. 극복하기 힘들었던 오래된 슬픔이 치밀었다. 이제는 정말 오래돼서―세라가 겨우 세 살 때였다―너무 오래전이라서 상실감과 고통은 치유됐다. 그녀는 평온하게, 아픔 없이도 패트릭을 떠올릴 수 있게 됐다. 그녀가 사무치게 사랑했던 성질 급한 젊은 남편. 이제는 너무도 멀리―과거 저멀리에 있었다.

그런데 오늘 새로이 반발감이 밀려들었다. 패트릭이 살아 있었다면 세라가 그들 곁을 떠나도―겨울 스포츠를 즐기러 스위스로, 그리고 적당한 때 남편과 가정으로―그녀와 패트릭은 함께 나이를 먹으며 더 조용히, 삶과 인생의 성쇠를 함께하며 살았을 것이다. 그녀는 혼자가 아니었을 것이다……

앤 프렌티스는 인파로 붐비는 기차역 광장으로 나왔다. 그녀는 속으로 중얼거렸다. '저 빨간 버스들은 어쩌면 저렇게 다 흥

측할까. 먹이를 받아먹기 위해 줄서서 기다리는 괴물들 같아.'
버스들은 기괴하게도 나름의 감각을 가진, 어쩌면 그것들을 만
든 인간에게 해로운 생명체 같았다.

얼마나 분주하고 시끄럽고 복닥거리는 세상인지. 사람들이
오가고 서두르고 종종걸음치고 떠들고 웃고 불평하고 인사와
작별이 넘쳐났다.

그러다 갑자기, 또다시 그녀는 혼자라는 서늘한 통증을 느
꼈다.

앤은 생각했다. '세라가 떠날 때가 됐어. 내가 그 아이에게 지
나치게 의존하고 있었어. 어쩌면 내가 그 아이를 내게 너무 의
존하도록 만들었는지도 모르고. 그러면 안 돼. 젊은 애들에게
매달리지 말자. 그들이 자기 삶을 영위하는 걸 막으면 안 되지.
그건 나쁜, 몹시 나쁜 일이야……'

그녀는 나서지 말아야 한다고 생각했다. 뒤로 물러나 세라가
스스로 계획을 세우고 친구를 사귀도록 북돋워야 한다고 생각
했다.

그러면서 앤은 미소 지었다. 사실 세라는 북돋울 필요가 전
혀 없는 아이였기 때문이다. 세라는 친구가 많았고, 늘 알아서
계획을 세웠으며, 더없는 확신과 기쁨에 차서 바삐 돌아다녔다.
그녀는 엄마를 많이 좋아했지만, 나이들어 이해력이 떨어지고
참여도 못하는 노부인 대하듯 친절하게 위해줬다.

세라에게 마흔한 살이 얼마나 나이들어 보일까 하면서도 앤은 자신을 중년으로 여기는 것이 꽤 힘들었다. 세월을 막으려고 애쓰지는 않았다. 앤은 화장을 거의 하지 않았고, 옷차림은 타운에 나온 젊은 부인처럼 여전히 조금 촌스러웠다─단정한 코트와 스커트, 알이 작은 진주 목걸이.

앤은 한숨짓고 중얼거렸다. "내가 왜 이리 바보같이 구는지 모르겠어. 이제 막 세라를 떠나보내서 그런가."

프랑스어로 뭐랬지? 파르티르, 세 무리르 웡 푀*……?

그렇다, 그건 사실이었다…… 증기를 내뿜는 커다란 기차가 홀연히 데려간 세라는, 당장은 엄마에게 죽은 사람인 셈이었다. 그리고 앤은 생각했다. '나도 그애에게 그래. 거리란 묘한 거지. 공간의 분리란……"

세라는 세라의 인생을 살았다. 앤은 앤의 인생…… 그녀 자신의 인생을 살았다.

좀전에 느꼈던 내면의 한기가 물러가고 어렴풋이 즐거운 기분이 밀려들었다. 이제 그녀는 잠자리에서 언제 일어날지, 무엇을 할지 선택할 수 있었다. 자신의 하루를 계획할 수 있었다. 쟁반에 음식을 받쳐들고 일찌감치 침대로 갈 수도 있고, 연극이나 영화를 보러 갈 수도 있었다. 아니면 기차를 타고 시골에 가서

---

* Partir, c'est mourir un peu. '떠나는 것은 죽는 것이다'라는 뜻의 프랑스어.

맘껏 돌아다니거나…… 복잡하게 얽힌 뾰족한 나뭇가지들 사이로 파란 하늘이 보이는 자연 그대로의 숲을 거닐거나……

물론 이 모든 건 그녀가 원하면 언제라도 할 수 있는 일들이었다. 하지만 두 사람이 같이 살면 한 사람의 생활 패턴에 맞춰지는 경향이 있다. 앤은 세라의 활기찬 활동을 간접적으로 한껏 즐겼다.

의심할 여지도 없이 엄마로서 앤은 대단히 즐거웠다. 젊은 시절의 수많았던 고통은 쏙 빼고 인생을 완전히 다시 사는 것 같았다. 이제 어떤 일들은 얼마나 별문제가 아닌지 알았기에 위기가 닥쳐와도 너그럽게 웃을 수 있었다.

"하지만 엄마, 정말." 세라는 고집스럽게 말하곤 했다. "이건 무지무지 심각한 일이에요. 웃으면 안 되죠. 네이디아는 자기 미래가 통째로 걸려 있다고 생각한다고요!"

하지만 마흔한 살이 되자 한 사람의 미래가 통째로 걸린 일이란 거의 없다는 걸 알게 됐다. 인생은 사람들이 막연히 짐작하는 것보다 훨씬 탄력적이고 유연했다.

전쟁중에 구급요원으로 봉사하면서 앤은 처음으로 인생의 사소한 것들이 얼마나 중요한지 깨달았다. 가벼운 시샘과 질투, 소소한 기쁨, 목에 쓸리는 옷깃, 꽉 끼는 구두를 신은 동상 걸린 발. 이 모든 것이 언제라도 목숨을 잃을 수 있다는 엄청난 사실보다 훨씬 즉각적으로 중요했다. 사람들은 엄숙하고 저항하기 힘든 사실에는 아주 빨리 익숙해졌고, 사소한 것들에 연연했다. 시간이 별로 없다는 사정 때문에 그런 것들의 영향력이 더 커지는 듯했다. 그녀는 인간의 본성이 지닌 독특한 모순에 대해서도 얼마쯤 알게 됐다. 과거에는 젊은 사람다운 독단에 빠져 사람을 흔히 '착하다' 또는 '나쁘다'로만 평가했지만 사람을 평가한다는 게 얼마나 어려운 일인지 배우게 됐다. 그녀는 믿기 어려울 정도의 용기를 내어 부상자를 구했던 사람이 방금 자기가 목숨을 내걸고 구한 사람의 작은 물건을 훔치는 비열한 지경으로 전락하는 꼴도 보았다.

사실 사람들은 모두 같지 않았다.

도로 경계석에 우물쭈물 서 있던 앤은 택시가 날카로운 경적을 울리자 추상적인 생각에서 벗어나 좀더 현실적인 궁리를 했다. 지금 이 순간, 뭘 해야 할까?

이날 아침 스위스로 떠나는 세라를 배웅하는 일이 지금까지 그녀 마음에 있던 일이었다. 저녁에는 제임스 그랜트를 만나 식사할 예정이었다. 언제나 아주 자상하고 배려심이 넘치는 소중한 제임스. "세라가 떠나면 기분이 가라앉을 거요. 밖에서 조촐한 파티나 합시다." 제임스는 정말 친절했다. 세라가 웃음을 터뜨리며 제임스를 "엄마의 퍼커 사입* 남자친구"라고 부르는 게 무척 듣기 좋았다. 제임스는 앤에게 소중한 사람이었다. 가끔 그가 길고 긴 이야기를 두서없이 늘어놓을 때는 계속 집중해주기가 어렵긴 하지만 그러는 게 그의 낙이었다. 하기야 이십오 년이나 알고 지낸 사이인데 친절하게 들어주는 일쯤이야 얼마 든지 해줄 수 있었다.

앤은 손목시계를 힐끗 보았다. 육해군 협동조합에 가면 좋을 것 같았다. 이디스가 주방용품 몇 개를 사다달라고 했었다. 이 결정이 당장의 고민을 해결해줬다. 하지만 냄비들을 살피고 가 격을 (정말 터무니없었다!) 알아보는 내내 앤은 마음 깊은 곳에 서 묘하고 서늘한 공포감을 느꼈다.

결국 충동적으로 전화부스에 들어가 번호를 돌렸다.

"데임** 로라 휘스터터블과 통화할 수 있을까요?"

"누구십니까?"

"앤 프렌티스인데요."

"잠시만요, 프렌티스 부인."

잠시 조용하다가 깊이 울리는 목소리가 들렸다. "앤?"

"아, 로라. 이 시간에 실례인 줄은 알지만 제가 지금 막 세라 를 배웅했거든요. 혹시 오늘 많이 바쁘신가 해서……"

로라가 단호한 목소리로 대답했다.

---

* pukka sahib. '훌륭한 신사(나리)'라는 뜻으로, 과거 인도에서 유럽의 지체 있는 남성에게 쓰던 호칭.

** 영국에서 훈장을 받은 여성에게 붙이는 호칭.

"점심 하자. 호밀 빵과 버터밀크가 있어. 괜찮나?"

"뭐든 좋죠. 정말 친절하세요."

"기다리지. 한시 십오분에 봐."

2

약속 시간 일 분 전, 앤은 할리 스트리트에 도착해서 택시비를 내고 벨을 눌렀다.

일 잘하는 하크니스가 문을 열고 미소로 맞으며 말했다. "위층으로 올라가시겠습니까, 프렌티스 부인? 데임 로라께서 몇 분 후에 가실 겁니다."

앤은 가볍게 계단을 올랐다. 집의 식당은 이제 대기실이 되었고, 큰 집의 꼭대기 층은 안락한 아파트처럼 바뀌어 있었다. 거실의 작은 테이블에 식사가 차려져 있었다. 여자보다는 남자의 방에 가까워 보였다. 커다랗고 폭신한 편한 의자들이 있었고, 수많은 책 중 일부가 의자들 위에 쌓여 있었으며 짙은 색 고급 벨벳 커튼이 드리워져 있었다.

앤은 오래 기다리지 않았다. 계단에서 의기양양한 바순 소리 같은 데임 로라의 목소리가 먼저 들렸고, 곧 그녀가 방에 들어와 손님에게 다정하게 키스했다.

로라 휘스터터블은 예순네 살의 여성이었다. 그녀는 왕족이나 저명인사 같은 분위기를 풍겼다. 그녀의 모든 것이 실제보다 조금 더 커 보였다. 목소리, 단단한 선반 같은 상체, 뭉친 덩어리 같은 진회색 머리카락, 부리 같은 코.

  "만나서 반가워, 친애하는 우리 앤." 그녀가 걸걸하게 말했다. "오늘 아주 예쁘군. 제비꽃도 샀네. 안목이 높아. 그게 앤과 가장 닮은 꽃이거든."

  "움츠린 제비꽃이요? 그럴 리가요."

  "나뭇잎에 잘 감춰진 가을의 사랑스러움이지."

  "오늘은 정말 로라답지 않으신데요. 언제나 독설만 하시잖아요!"

  "나도 안 그러는 게 이득이라는 건 알아. 조금 노력이 필요한 일이긴 하지. 우리 당장 식사하자. 바셋, 바셋 어디 있어? 아, 거기 있었군. 앤이 좋아할 것 같아서 가자미를 준비했어. 그리고 호크*도 한 잔."

  "어머, 로라. 이러실 필요까진 없었는데요. 버터밀크와 호밀빵이면 충분해요."

  "달랑 내가 마실 버터밀크밖에 없었거든. 어서 와서 앉아. 그래, 세라가 스위스로 떠났다고? 얼마나?"

  ---

  * 독일산 백포도주.

"삼 주요."

"잘했네."

뼈가 앙상한 바셋이 방에서 나갔다. 로라는 온갖 즐거운 내색을 하며 버터밀크를 홀짝이고는 예리하게 말했다.

"그래서 마음이 허전하겠군. 하지만 그 말을 하려고 전화하고 여기까지 날 찾아온 건 아닐 텐데. 말해봐, 앤. 털어놓으라고. 난 시간이 별로 없어. 앤이 날 좋아하는 건 알지만, 사람들이 내게 전화해서 당장 만나자고 할 때는 보통은 어른의 지혜를 구하려고 그러는 거지."

"심하게 찔리는데요." 앤이 변명하듯 말했다.

"그런 소리 마, 앤. 실은 칭찬으로 생각하니까."

앤이 재빨리 말했다.

"오, 로라, 전 정말 바보 같아요, 제가 알죠! 갑자기 공포감에 사로잡혀서는. 버스가 줄줄이 늘어선 빅토리아역에서요! 제가 느낀 감정은…… 정말 끔찍하게도 제가 혼자라는 거였어요."

"음, 알 것 같군……"

"단순히 세라가 떠나고 그애가 그리워서 그러는 게 아니었어요. 그 이상의 뭔가……"

로라 휘스터터블은 고개를 끄덕이고 빈틈없는 회색 눈으로 냉정하게 앤을 응시했다.

앤이 천천히 말했다.

"결국 인간은 누구나 혼자겠지만요…… 사실이 그렇죠."

"아, 그러니까 그걸 알게 됐다고? 이르든 늦든 누구나 알아차리게 되지. 참 흥미롭게도 보통은 그 사실이 충격으로 다가와. 지금 몇 살이지, 앤? 마흔한 살? 그걸 깨닫기에 적당한 나이로군. 너무 늦게 알면 정말 충격일 수도 있거든. 너무 일찍 깨달으면 그걸 인정하는 데 큰 용기가 필요하고."

"로라도 그런 감정을 느껴보셨어요?" 앤이 궁금해하며 물었다.

"아, 물론이지. 스물여섯 살 때였나, 사실 아주 화기애애했던 가족 모임 도중에 그런 순간을 맞았어. 나는 섬뜩했고 두렵기도 했지만 결국 받아들였어. 진실을 부정하지 마. 요람에서 무덤까지 같이 갈 동반자는 세상에 딱 하나, 나 자신뿐이라는 사실을 받아들여야지. 그 동반자와 사이좋게 지내야 해. 자신과 사는 법을 배워. 그게 답이야. 언제나 쉬운 일은 아니지만."

앤은 한숨을 쉬었다.

"삶이 완전히 무의미한 것 같아요. 모든 게 다 그래요, 로라. 제 앞에 세월이 펼쳐져 있는데 채워넣을 것이 아무것도 없어요. 전 그저 어리석고 쓸모없는 여자일 뿐이에요……"

"자 자, 상식적으로 보자고. 앤은 전쟁 때 구급요원으로 지원해서 두드러지는 일은 아니지만 아주 잘 해냈고, 세라를 예의바르고 인생을 즐기는 아이로 잘 키운데다 자신만의 차분한 방식으로 인생을 즐기고 있어. 모두 아주 만족스럽지. 사실 앤이 내 상담실에 찾아온다면 난 상담료도 받지 않고 돌려보낼 거야. 내가 아무리 돈 욕심 많은 노인이라도 말이야."

"로라, 정말 큰 위로가 됐어요. 제가 세라를 지나치게 사랑하는 걸까요?"

"쓸데없는 소리!"

"자식을 괴롭히는 소유욕 강한 엄마가 되는 건 아닐지 늘 걱정이에요."

로라 휘스트터블이 메마르게 대꾸했다.

"소유욕 강한 엄마에 대한 이야기가 워낙 많다보니 어떤 여자들은 자식에게 정상적인 애정을 보이는 것조차 겁내지!"

"하지만 소유욕은 나쁜 거잖아요!"

"물론 그래. 나는 그런 사람들을 매일같이 접하지. 아들을 앞치마 끈에 매달고 사는 엄마, 딸을 독점하는 아빠. 하지만 항상 부모들만 그러는 건 아냐. 예전에 내 방 앞에 새 둥지가 있었어. 때가 되자 새끼들이 하나둘 떠났는데 한 마리가 계속 남아 있는 거야. 둥지 안에 계속 있으려 하고, 먹이를 받아먹으려 하고, 둥지 밖으로 굴러떨어지는 시련을 받아들이지 않으려고 했지. 녀석은 어미를 몹시 걱정시켰어. 어미는 새끼에게 보여주려고 오르락내리락하면서 짹짹거리고 날개를 퍼덕였지. 그러더니 결국 새끼에게 먹이를 가져다주지 않더군. 먹이를 물고 와

둥지 한끝에서 부르기만 하더라고. 그래, 그런 인간들이 있어. 성장하려고 하지 않는, 어른의 삶에 있을 고난을 피하려고 하는 자식들. 그렇게 길렀기 때문에 그런 게 아냐. 그들 자신이 그런 거지."

그녀는 잠시 멈췄다가 말을 이었다.

"소유하고 싶은 바람만 있는 게 아니라 소유당하고 싶은 바람도 있어. 늦게 성숙하는 인간이라서 그럴까? 아니면 성인으로서의 자질이 부족해서일까? 우리는 아직도 인간의 본성에 대해서 잘 몰라."

"아무튼 제가 소유욕 강한 엄마는 아니라는 말씀이죠?" 앤이 물었다. 그녀는 일반론에는 관심이 없었다.

"난 언제나 앤과 세라가 대단히 만족스러운 관계를 유지해왔다고 생각해. 두 사람 사이에 깊고 자연스러운 사랑이 있다고 해야겠지." 로라가 생각에 잠겨 덧붙였다. "물론 세라가 나이에 비해 어리긴 하지."

"전 항상 세라가 나이에 비해 성숙하다고 생각했는데요."

"나는 그런 것 같지 않은데. 정신적으로는 열아홉 살보다 어린 것 같거든."

"하지만 세라는 아주 긍정적이고 자신감이 넘쳐요. 또 제법 교양도 있고요. 자기 생각으로 꽉 차 있어요."

"당장의 생각들로 꽉 차 있단 말이겠지. 꽤 오랜 시간이 흐른 뒤에야 진정한 자기만의 생각이란 걸 하게 될 거야. 요즘 젊은이들은 죄다 확신이 넘치는 것 같지만 그건 안심이 안 돼서 그런 거지. 우리는 불확실한 시대에 살고 있고 모든 게 불안정하고, 젊은이들도 그걸 느껴. 요즘에는 문제의 태반이 바로 거기서 시작돼. 안정감 부족. 가정의 붕괴. 도덕 기준의 부재. 알다시피 어린 나무는 아주 튼튼한 지지대에 묶어줄 필요가 있거든."

그녀가 갑자기 활짝 웃었다.

"나처럼 품위 있는 노인도 다른 노인들과 똑같이 설교를 늘어놓는군." 로라가 버터밀크 잔을 비웠다. "내가 왜 이걸 마시는지 알아?"

"몸에 좋아서요?"

"쳇! 난 이걸 좋아해. 시골의 농장으로 휴가를 다녀온 이후로 죽 그랬어. 또다른 이유는, 남다르게 보이기 위해서야. 사람은 으스대. 우리 모두 으스대지. 그래야 하고. 나는 다른 사람들보다 더 그러지. 그래도 다행인 건 내가 그런다는 걸 난 안다는 거야. 하지만 이제 앤 이야기를 하자고. 앤은 아무 문제도 없어. 새로운 원기를 회복하고 있을 뿐이야."

"새로운 원기라니요? 혹시⋯⋯" 앤은 머뭇거렸다.

"육체적인 얘기가 아니야. 정신적인 거지. 백 중 아흔아홉은 깨닫지 못하지만, 여자로 태어난 건 행운이야. 성녀 테레사가 수도원 개혁에 착수한 게 몇 살 때였지? 쉰 살 때였어. 그리고 난 스무 개쯤 다른 예도 들 수 있어. 스물에서 마흔 살까지 여자들은 생물학적인 일에 몰두하고, 그러는 게 마땅해. 그들은 자식, 남편, 애인 같은 개인적인 관계에 관심을 두지. 혹은 이런 것들을 승화시켜서 여자의 감성으로 일에 투신하거나. 하지만 자연스러운 두번째 개화는 마음과 영혼의 것이고, 중년에야 자리를 잡아. 여자들은 나이가 들면서 개인이 개입되지 않은 것들에 점점 관심을 쏟게 돼. 남자들의 관심은 점점 폭이 좁아지고 여자들의 관심은 점점 넓어지지. 예순 살의 남자는 보통 레코드판처럼 반복적이기 마련이야. 예순 살의 여자는, 개성을 갖고 있다면 흥미로운 인간이고 말이지."

앤은 제임스 그랜트를 떠올리고 미소 지었다.

"여자들은 새로운 것을 향해 쭉 뻗어나가지. 그래, 그 나이에는 바보짓도 저질러. 때로 성에 얽매이거나. 하지만 중년은 엄청난 가능성의 시기야."

"정말 위로가 되네요, 로라! 제가 뭔가에 뛰어들어야 한다고 생각하세요? 사회사업 같은 거요?"

"우리 인간들을 얼마나 사랑하지?" 로라 휘스트터블이 진지하게 물었다. "내적인 불꽃이 없는 행동은 해봤자 좋을 게 없어. 내키지도 않는 일을 해놓고 자신을 칭찬하는 짓은 하지 마! 이렇게 말해도 좋을지 모르겠지만, 더없이 끔찍한 결과만 남을 테니까. 병든 노인에게 병문안을 가고 버릇없는 못난 녀석들을 바닻가로 데려가는 게 즐겁다면 그렇게 해. 그런 걸 즐기는 사람도 아주 많으니까. 앤, 자신을 억지로 행동으로 몰아넣지 마. 모든 땅은 가끔 휴경기를 가져야 한다는 걸 명심하라고. 지금껏 엄마 노릇이 앤의 농사였지. 앤에게 개혁가나 예술가, 사회사업가 같은 면모는 보이지 않아. 앤은 무척 평범하지만 꽤 근사한 여자야. 기다려봐. 그냥 믿음과 희망을 가지고 조용히 기다려보면 알게 될 거야. 가치 있는 것이 다가와 앤의 삶을 꽉 채울 거라고."

로라가 망설이다가 물었다.

"남자와 섹스를 하지도 않지?"

앤은 얼굴을 붉혔다.

"네." 그녀는 마음을 다잡고 덧붙였다. "혹시…… 제가 그래야 한다고 생각하세요?"

로라는 테이블에 놓인 유리잔들이 흔들릴 만큼 크게 코웃음을 쳤다.

"이게 다 요즘 사람들의 위선이지! 빅토리아 시대 사람들은 섹스를 기피해서 심지어 가구 다리까지 천으로 덮어뒀어! 섹스를 눈에 안 보이게 감춘 거야. 모든 게 최악이었어. 그런데 오늘날 우리는 반대의 극단으로 치달았지. 섹스를 약국에서 살 수 있는 것쯤으로 취급하니까. 유황 약품이나 페니실린처럼. 젊은 여자애들은 나한테 이런 것도 물어봐. '그와 자도 괜찮겠죠?' '자식이 필요할까요?' 앤은 섹스를 쾌락이 아니라 신성한 의무라고 생각하겠지. 앤은 열정적인 여인은 아냐. 사랑이 많고 상냥한 여인이지. 여기에 섹스를 포함시킬 수도 있겠지만 앤에게는 그게 최우선이 아니야. 내게 예언을 하라고 청한다면, 때가 되면 앤은 재혼하게 된다고 말하겠어."

"오, 아니에요. 제가 그럴 수 있다는 건 생각도 못하겠어요."

"오늘 왜 제비꽃을 사서 코트에 달았지? 앤은 보통 방에 놓을 꽃을 사긴 해도 옷에 달지는 않잖아. 그 제비꽃은 상징이야, 앤. 그걸 산 건 마음속 깊이 봄을 느끼기 때문이라고. 그대의 두번째 봄이 가까워진 거지."

"성 마틴의 여름*을 말씀하시는 거겠죠." 앤이 서글프게 말했다.

"그래, 그렇게 말하고 싶다면 그러라고."

"아주 그럴듯한 이유라고 하시겠지만, 사실 제가 제비꽃을 산 건 꽃을 파는 여자가 너무 춥고 가여워 보였기 때문이에요."

"그거야 앤 생각이지. 그건 표면적인 이유에 불과해. 진짜 동기를 들여다보라고, 앤. 자신을 알아야지. 그게 인생에서 가장 중요해, 노력해서 자신을 알아가는 것 말이야. 맙소사, 두시가 지났네. 난 빨리 가봐야겠어. 오늘 저녁에는 뭘 할 거지?"

"제임스 그랜트하고 식사 약속이 있어요."

---

* 11월에 봄날같이 포근한 날씨가 이어지는 시기.

"그랜트 대령? 그래. 좋지. 좋은 남자야." 그녀의 눈이 반짝거렸다. "그가 앤을 오랫동안 따라다녔지."

앤 프렌티스는 웃음을 터뜨리며 얼굴을 붉혔다.

"아니에요, 그건 그저 습관 같은 거였어요."

"그가 몇 번이나 청혼하지 않았나?"

"그렇긴 하죠, 하지만 매번 말도 안 되는 소리라고 생각했어요. 저, 로라, 혹시 제가 받아들여야 한다고 생각하세요? 우리 두 사람 다 외롭다면⋯⋯"

"결혼에 그래야 하는 건 없어, 앤! 그리고 엉뚱한 동반자는 없느니만 못해. 가여운 그랜트 대령⋯⋯ 사실 동정할 것도 없지. 줄기차게 청혼하는데도 여자의 마음을 돌리지 못하는 남자는 가망 없는 일에 전념하는 것을 은근히 즐기는 사람이니까. 됭케르크*라면 그래도 성공할지 모르지만, 난 그가 「경기병대의 돌격」** 같은 꼴이라고 봐! 이 나라 사람들은 패배와 실수를 좋아하고, 승리는 오히려 부끄러워하는 것 같다니까!"

---

* 프랑스의 항구 도시. 2차대전 때 독일군에게 완전히 포위됐던 영국군과 프랑스군이 기적적으로 후퇴에 성공했다.

** 테니슨의 서사시. 크림전쟁 때 독일군에게 완전히 포위됐던 영국의 카디건 장군이 경기병대를 이끌고 러시아 포병대를 용감하게 공격했으나 불분명한 명령과 오해 탓에 엉뚱한 곳으로 돌격해 거의 성과를 내지 못한 일을 소재로 삼았다.

Chapter

2

1

앤이 집에 돌아가자 충직한 이디스는 조금 쌀쌀맞게 맞았다.

"점심으로 물좋은 가자미를 준비했었죠. 그리고 캐러멜 커스터드도요." 그녀가 부엌문에 모습을 드러내며 말했다.

"미안해. 로라와 이미 먹었어. 못 온다고 내가 시간 맞춰 전화했잖아."

"가자미를 요리하진 않았어요." 이디스가 마지못해 인정했다. 마르고 키가 큰 이디스는 근위병처럼 자세가 꼿꼿했고, 못마땅한 듯이 입술을 오므리고 있었다.

"하지만 변덕을 부리시다니 부인답지 않네요. 세라 양이 그랬다면 놀라지도 않았을 테지만요. 아가씨가 찾던 예쁜 장갑을 떠난 후에야 찾았는데 너무 늦어버렸네요. 소파 뒤에 처박혀 있었어요."

"저런." 앤은 화사한 모직 장갑을 받아들며 말했다. "세라는 잘 떠났어."

"그리고 즐거워하며 떠났겠죠."

"맞아, 모두 굉장히 들떠 있더라고."

"돌아올 때는 그렇지 못할걸요. 십중팔구 목발을 짚고 돌아올 테니까요."

"그러지 마, 이디스. 그런 말 하지 말라고."

"스위스의 그 동네들은 위험해요. 팔다리가 부러지면 제대로 붙지도 않는다고요. 깁스 속에서 괴저라도 생기면 끝장이죠. 고약한 냄새도 나고요."

"음, 세라에게 그런 일이 생기지 않길 바라야지." 앤이 말했다. 앤은 이디스가 언제나 깊이 음미하듯 우울한 말을 쏟아내는 데 아주 익숙했다.

"아가씨가 없으니 집이 전 같지가 않아요. 모르긴 몰라도 우린 꽤 조용히 지내게 될 것 같네요."

"조금은 쉴 수 있을 거야, 이디스."

"쉬다니요?" 이디스가 발끈하며 대꾸했다. "쉬어서 뭣하려고요? 저희 어머니는 녹슬어 못 쓰게 되느니 닳는 게 낫다고 늘 말씀하셨고, 저도 항상 그렇게 믿으며 살아왔어요. 이제 세라 양이 떠났고 그 친구들이 정신없이 들락거리지도 않을 테니 한바탕 대청소를 해야겠어요. 이 집은 대청소가 필요해요."

"난 이 집이 더없이 깨끗한 것 같은데, 이디스."

"그건 부인 생각이고요. 하지만 제가 더 잘 알아요. 커튼을 전부 떼서 먼지를 털어야 하고, 가전제품도 반짝반짝하게 닦아야 해요. 아이고! 할 일이 태산이라니까요."

즐거운 기대감에 이디스의 눈이 반짝거렸다.

"이디스를 도울 일손을 구해봐."

"네? 저를요? 걱정 마세요, 부인. 전 일을 제대로 하는 게 좋은데 요즘은 믿고 맡길 만한 도우미가 많지 않아요. 이 집엔 좋은 물건들이 있고, 그것들을 잘 간수해야 해요. 요리에다가 이런저런 일을 하려다 보니 제가 해야 할 중요한 일에 매달릴 수가 없어요."

"하지만 이디스는 요리를 아주 잘하잖아. 알면서 그러네."

습관적으로 짓는 이디스의 아주 못마땅한 표정에 희미하게 만족의 미소가 떠올랐다.

"아, 요리." 이디스가 곧바로 말했다. "요리야 아무것도 아니죠. 그건 제가 말하는 중요한 일이 아니에요, 절대 아니죠."

그녀가 부엌으로 돌아가면서 물었다.

"차는 몇 시에 드릴까요?"

"아, 아직은 아니야. 네 시 반쯤."

"제가 부인이라면 두 다리 올리고 한숨 자겠어요. 그러면 저녁에 기분이 산뜻해질 거예요. 평화로울 때 조금이라도 평화를 누리는 게 좋아요."

앤은 웃었다. 그녀가 거실로 들어가자, 이디스가 따라와 소파에 편히 눕도록 거들었다.

"이디스는 내가 어린애라도 되는 것처럼 보살핀다니까."

"글쎄요, 제가 처음 여기 왔을 때 부인은 어린애와 별반 다르지 않았고, 지금도 크게 달라지진 않았어요. 그랜트 대령님이 전화하셨어요. 여덟시 '모가도르 레스토랑'인 걸 잊지 말라고 하시더군요. 부인이 아실 거라고 했어요. 하지만 남자들은 다 그렇죠. 난리, 난리, 난리. 군 출신 양반들이 최악이고요."

"오늘밤 내가 쓸쓸할 거라며 밖으로 불러내주니 그이는 친절한 사람이야."

이디스가 사려 깊게 말했다.

"전 대령님에게 반감 없어요. 수선스러운지는 몰라도 좋은 남자예요." 그러고는 말을 멈췄다가 덧붙였다. "다른 남자들은 대체로 그랜트 대령님보다 훨씬 못할 테니까요."

"뭐라고 했어, 이디스?"

이디스는 눈도 깜빡이지 않고 앤을 똑바로 보았다.

"그보다 못한 신사들이 있었기에 한 말이에요…… 아, 이제 세라 양이 집에 없으니 로이드 씨를 자주 보지는 않겠네요."

"게리를 싫어하는구나? 그래?"

"글쎄요, 제 말뜻을 아실지 모르겠지만 그렇기도 하고 아니기도 해요. 로이드 씨가 나름 괜찮은 남자인 건 부정할 수 없지만 안정적인 남자는 아니에요. 제 여동생의 딸인 말린이 그런 남자와 결혼했거든요. 한 직장에 육 개월 이상을 못 붙어 있어요. 그리고 무슨 일이 생기든 다 자기 잘못이 아니라고 하고요."

이디스가 거실에서 나가자 앤은 쿠션에 머리를 기대고 눈을 감았다.

닫힌 창 너머에서 나직하고 희미하게 들려오는 차 소리는 멀리서 벌떼가 활기차게 윙윙대는 소리 같았다. 가까이에 있는 테이블 위 꽃병에 꽂힌 노란 수선화에서 달콤한 향기가 났다.

그녀는 평화롭고 행복했다. 세라가 보고 싶을 테지만, 짧게나마 혼자 있게 되자 평온한 기분이 들었다.

오늘 아침에는 왜 그렇게 이상한 공포감이 들었을까……

이따 저녁에 있을 제임스 그랜트와의 식사 자리에 누가 나올지 궁금했다.

2

모가도르는 작고 꽤 구식의 레스토랑이지만 요리와 와인이 훌륭하고 느긋한 분위기를 풍겼다.

초대받은 사람 중에 앤이 가장 먼저 도착했는데 제임스는 리셉션 바 앞에 앉아 회중시계를 열었다 닫았다 하고 있었다.

"아, 앤, 왔군요." 그가 앤을 맞이하려고 벌떡 일어났다. 그랜트는 검은색 디너드레스를 입고 한 줄짜리 진주 목걸이를 건 그녀를 만족스러운 듯이 훑어보았다. "아름다운 여인이 시간을 지킨다는 건 대단한 일이죠."

"삼 분밖에 안 늦었어요." 앤이 그를 향해 웃으며 말했다.

제임스는 키가 크고 군인답게 자세가 발랐다. 회색 머리를 짧게 깎았고 고집이 세 보이는 턱을 갖고 있었다.

그가 다시 시계를 들여다보았다.

"왜 다들 안 올까요? 우리 테이블은 여덟시 십오분에 준비될 거고 먼저 한잔하면 좋을 텐데. 셰리주 한잔하겠어요? 칵테일보다 셰리주를 좋아하죠?"

"네, 마실게요. 또 누가 오나요?"

"매싱엄 부부가 오기로 했어요. 아는 사이지요?"

"물론이죠."

"그리고 제니퍼 그레이엄. 내 사촌인데 혹시 당신이 만난 적이 있나……"

"한 번 만난 것 같은데요."

"그리고 리처드 콜드필드가 와요. 오랫동안 못 보다가 지난번에 우연히 마주쳤죠. 리처드는 오랜 세월을 미얀마에서 지냈어요. 얼마 전 영국으로 돌아왔는데 조금 낯설어하더군요."

"그렇겠죠."

"좋은 친구지요. 좀 슬픈 사연이 있지만. 아내가 아이를 낳다가 죽었거든요. 아내를 많이 사랑해서 오랫동안 슬픔을 떨치지 못했어요. 떠나고 싶어했고, 그래서 미얀마로 갔던 겁니다."

"아이는요?"

"아, 아이도 죽었지요."

"정말 안됐네요."

"아, 저기 매싱엄 부부가 오는군요."

늘 세라에게 '멤사입*'을 연상시키는 매싱엄 부인이 이를 보이고 웃으며 다가왔다. 그녀는 힘줄이 다 드러날 정도로 마른데다 인도에서 오래 살아서 피부가 탈색되고 푸석푸석했다. 그녀의 남편은 키가 작고 펑퍼짐한 사내인데 스타카토 식으로 툭툭 끊어서 말했다.

"다시 만나서 정말 기뻐요." 매싱엄 부인이 앤의 손을 다정하게 잡고 흔들며 말했다. "모처럼 차려입고 저녁식사 하러 나오니까 아주 기분좋네요. 이브닝드레스를 입은 적이 한 번도 없었던 것만 같아요. 다들 언제나 '갈아입을 필요 없어'라고 하니까

---

* 과거 인도에서 신분이 높은 기혼 여성, 특히 유럽 여성들을 부르던 호칭.

요.* 요즘은 사는 재미가 없어요. 게다가 모든 일을 다 내 손으로 해야 하고요! 허구한 날 싱크대 앞에서 사는 것 같다니까요! 사실 우리는 이 나라에서 계속 못 살 것 같아요. 케냐로 갈까 고민하고 있답니다."

"사람들이 많이 빠져나가고 있어. 신물이 나서 그렇지. 빌어먹을 정부." 그녀의 남편이 말했다.

"아, 저기 제니퍼와 리처드가 오는군요." 제임스가 말했다.

제니퍼 그레이엄은 키가 크고 얼굴이 말상인 서른다섯 살의 여자로, 웃을 때도 말 울음소리를 냈다. 리처드 콜드필드는 얼굴이 볕에 그을린 중년 남자였다.

그가 앤 옆에 앉자, 그녀가 말을 걸었다.

영국에 오신 지 얼마나 됐어요? 요즘 상황들에 대해선 어떻게 생각해요?

익숙해지는 데 시간이 좀 걸렸다고 그는 말했다. 그리고 모든 게 전쟁 전과 참 다르다고 했다. 그는 일자리를 구하고 있었는데, 그 나이의 남자에게 일자리 구하기란 쉬운 일이 아니었다.

"네, 그럴 거예요. 모든 게 잘못되고 있는 것 같아요."

"맞습니다. 전 아직 쉰 살도 안 됐거든요." 그는 아이처럼 상대방을 무장해제시키는 듯한 미소를 지었다. "재산이 조금 있으

---

* 전후의 불안정한 시기라 성장盛裝을 잘 하지 않았다는 의미다.

니까 시골에 작은 땅이라도 사보려고 합니다. 시장에 내다팔 채소를 재배하거나 닭을 치려고요."

"닭은 안 돼요! 양계에 도전한 친구가 몇 있었는데, 닭은 항상 병에 걸리는 것 같더라고요." 앤이 말했다.

"그렇죠, 어쩌면 채소 농사가 나을 거예요. 큰돈을 벌진 못하겠지만 쾌적하게 살 순 있을 겁니다."

그가 한숨지었다.

"상황이 너무 유동적이네요. 이러다 정권이라도 바뀌면……"

앤은 어정쩡하게 묵인했다. 보통은 그것이 만병통치약 같은 처신이었다.

"어떤 기회를 노려야 할지 분명히 알기가 어려울 거예요. 아주 걱정이에요." 그녀가 말했다.

"아, 전 걱정하지 않습니다. 그런 건 믿지 않아요. 자신에 대한 믿음과 올바른 결단력만 있다면 모든 난관은 저절로 해결됩니다."

그의 독선적인 단언에 앤은 의심스럽다는 표정을 지었다.

"그럴까요." 그녀가 말했다.

"그렇다고 자신 있게 말할 수 있습니다. 전 만날 운이나 탓하며 불평하고 돌아다니는 사람들을 보면 못 참겠습니다."

"아, 저도 그래요." 앤이 열띠게 호응하자 리처드는 의아한 듯이 눈썹을 치켜세웠다.

"그런 경험이 있는 것처럼 말씀하시는군요."

"있어요. 제 딸의 남자친구 하나가 올 때마다 자신에게 닥친 불운에 대해 늘어놓죠. 전에는 안타깝기도 했지만 지금은 냉담하고 따분해졌어요."

맞은편에 앉은 매싱엄 부인이 말했다.

"신세타령은 지루하죠."

제임스가 말했다.

"누구 말입니까? 게리 로이드 그 친구요? 그 청년은 대단한 인물은 못 될 겁니다."

리처드가 앤에게 조용히 말했다.

"그러니까 딸이 있군요. 남자친구를 둘 만한 나이의 딸이요."

"네, 우리 세라는 열아홉 살이에요."

"딸을 많이 사랑하시겠죠?"

"물론이죠."

앤은 순간 그의 얼굴에 떠오른 고통스러운 표정을 보았고, 제임스에게 들은 이야기가 떠올랐다.

리처드 콜드필드는 외로운 사람이구나. 그녀는 생각했다.

그가 나지막한 목소리로 말했다.

"너무 젊어 보이셔서 다 큰 딸이 있을 것 같지 않았습니다."

"제 또래 여자에게 흔히 하는 말 아닌가요." 앤이 웃으면서 말했다.

"아마도요. 하지만 진심입니다. 남편은……" 그가 머뭇거렸다. "……돌아가셨습니까?"

"네, 오래전에요."

"왜 재혼하지 않으셨습니까?"

무례한 질문일지도 모르지만 그의 목소리에 담긴 진지한 관심이 그런 엉뚱한 비난을 피하게 했다. 앤은 리처드가 소탈한 사람이라고 생각했다. 그는 진심으로 알고 싶어했다.

"아, 왜냐하면……" 그녀는 말을 멈췄다. 그러다가 솔직하고 진지하게 말을 이었다. "저는 남편을 아주 사랑했어요. 그가 죽은 뒤론 누구와도 사랑에 빠지지 않았죠. 물론 세라도 있었고요."

"네. 부인 같은 분이라면 분명 그러셨을 겁니다." 리처드가 말했다.

제임스가 일어나서 모두에게 테이블로 옮기자고 권했다. 둥근 테이블에 앤 옆에는 주선자인 제임스가, 다른 쪽 옆에는 매싱엄 대령이 앉았다. 그녀는 리처드와 테타테트* 얘기할 기회를 얻지 못했고, 그는 제니퍼 그레이엄과 꽤 진지하게 이야기를 나눴다.

"서로 의지가 될 것 같죠?" 제임스가 그녀의 귀에 대고 속삭였다. "알다시피 저 친구에게는 아내가 필요하죠."

---

* tête-à-tête. '단둘이' '마주보며'라는 뜻의 프랑스어.

왜 그런지 그 암시는 앤을 불쾌하게 했다. 말 울음소리를 내며 킬킬대는 제니퍼 그레이엄이라니! 리처드 콜드필드 같은 남자가 결혼할 성싶은 여자는 결코 아니었다.

굴 요리가 나왔고 다들 음식을 즐기며 대화를 나눴다.

"세라가 오늘 아침에 떠났다고요?"

"네, 제임스. 그곳에 눈이 많이 오면 좋겠어요."

"그래요, 이맘때 그럴까싶긴 하지만. 아무튼 세라는 마음껏 즐길 겁니다. 세라는 멋진 아가씨죠. 그런데 그 무리에 로이드 그 청년이 끼지는 않았겠죠?"

"아, 아니에요. 게리 로이드는 이제 막 숙부의 회사에 들어갔거든요. 떠날 형편이 아니죠."

"다행이군요. 뭐든 미연에 방지해야죠."

"요즘엔 그럴 수도 없어요, 제임스."

"흠, 그런가요. 그래도 한동안 세라가 떠나 있으니까."

"그래요. 나도 그게 좋은 계획이라고 생각했어요."

"아, 당신도요? 똑똑한데요, 앤. 세라가 거기서 다른 청년과 가까워질 거란 희망을 가져보자고요."

"세라는 아직 어려요, 제임스. 게리 로이드하고는 전혀 진지한 사이가 아닐 거예요."

"아마 그렇겠죠. 하지만 내가 지난번에 봤을 때 세라는 로이드를 꽤 신경쓰는 것 같았어요."

"신경쓰는 게 그 아이 일이죠. 세라는 누가 무엇을 해야 하는지 정확히 알고 그걸 하게 만들어요. 친구들에게도 정말 충실하고요."

"사랑스러운 아이예요. 아주 매력적이고. 하지만 당신만큼 매력적이지는 않죠. 세라는 더 단단한 타입이에요. 요즘 말로 현실적이라고 하던가."

앤이 웃었다.

"난 세라가 특별히 현실적이라고 생각하진 않아요. 그건 그 세대의 태도일 뿐이죠."

"아마 그렇겠죠…… 요즘 아가씨들은 자기 엄마에게서 매력이 뭔지 배우면 좋을 텐데."

그는 애정을 담아 앤을 바라봤고, 그녀는 문득 유난히도 따뜻한 마음으로 생각했다. '친절한 제임스. 정말 다정해! 이 사람은 나를 완벽한 여자로 생각해줘. 내가 바보 같아서 그의 청혼을 못 받아들이는 걸까? 날 사랑하고 아껴주는데……'

안타깝게도 그 순간에 제임스는 인도에 있을 때 부하였던 소위와 소령의 아내 이야기를 시작했다. 긴 사연이었고 전에도 세 번이나 들은 이야기였다.

애정어린 온기는 식어버렸다. 앤은 테이블 맞은편에 앉은 리처드 콜드필드를 찬찬히 살폈다. 조금 과한 듯한 자신감, 약간의 독선. 아니, 앤은 생각을 고쳤다. 그런 게 아니겠지…… 그건 이상하고 적대적일 수 있는 세상에 맞서기 위해 그가 두른 방어의 갑옷일 거야.

사실은 애처로운 얼굴이었다. 외로운 얼굴……

그에게는 좋은 면도 많아. 앤은 생각했다. 친절하고 정직하고 엄정한 사람. 어쩌면 고집스럽고, 가끔은 편견도 갖겠지. 어떤 일을 비웃거나 비웃음당하는 데 익숙지 않은 사람. 진정한 사랑을 받는다고 느껴야 비로소 활짝 피어나는 사람.

"……믿을 수 있겠소?" 제임스의 이야기는 의기양양한 끝부분에 이르렀다. "세이스가 그 일을 줄곧 알고 있었다니!"

깜짝 놀란 앤은 당장의 의무로 돌아가서 적당히 감탄하며 웃었다.

3

1

이튿날 아침 깼을 때 앤은 순간적으로 여기가 어딘지 의아했
다. 흐릿하게 보이는 저 창이 왼쪽이 아니라 오른쪽에 있어야
하는데…… 문, 옷장……

그러다 깨달았다. 그녀는 꿈을 꾸고 있었다. 애플스트림에 있
는 옛집에 소녀가 되어 돌아간 꿈이었다. 앤은 아주 신이 났고
어머니와 젊은 이디스의 환영을 받았다. 그녀는 정원을 뛰어다
니고 소리치다가 마침내 집으로 들어갔다. 약간 어두운 현관하
며 친츠*로 장식한 열려 있는 거실까지 모든 게 예전 그대로였

---

* 꽃무늬가 날염된 광택 나는 면직물.

다. 그때 놀랍게도 어머니가 "우린 오늘 여기서 차를 마실 거야"라고 했고, 그녀를 데리고 더 안쪽에 있는 문으로 들어가자 새롭고 낯선 방이 나왔다. 화사한 친츠 커버들과 꽃들이 있고 햇살이 비치는 매력적인 방이었고, 누군가 그녀에게 말했다. "여기 이런 방들이 있다는 걸 전혀 몰랐지 않니? 우린 작년에 이 방들을 발견했어!" 새로운 방과 작은 계단이 더 있었고, 위층에도 방이 더 있었다. 모든 것이 아주 신나고 짜릿했다.

이제 그녀는 깼지만 여전히 살짝 꿈속에 있었다. 그녀는 인생의 출발점에 선 소녀 앤이었다. 발견되지 않았던 방들! 오랜 세월 그 방들에 대해 몰랐다고 상상해봐! 언제 발견됐을까? 최근에? 아니면 오래전에?

혼란스럽고 즐거운 꿈속으로 현실감이 천천히 파고들었다. 모든 게 꿈, 아주 행복한 꿈이었다. 이제 가벼운 아픔이, 향수라는 아픔이 지나갔다. 되돌아갈 수 없기 때문이었다. 게다가 집에 있는 줄도 몰랐던 평범한 방들을 발견하는 꿈이 그렇게 묘한 황홀감을 일으키다니, 정말 희한했다. 그 방들이 실제로는 존재하지 않았다는 생각을 하자 무척 슬펐다.

앤은 침대에 누워 점점 또렷해지는 창문의 윤곽을 지켜보았다. 늦은 아침, 적어도 아홉시는 된 게 분명했다. 요즘은 아침이 꽤 어둑어둑했다. 세라는 스위스의 햇살과 설원의 빛 속에서 잠을 깨겠지.

하지만 왠지 이 순간 세라가 현실 같지 않았다. 세라는 저멀리, 외진 곳에, 흐릿할 뿐……

현실적인 것은 컴벌랜드의 집, 친츠, 햇살, 꽃, 앤의 어머니, 그리고 이디스였다. 공손하게 꼿꼿한 자세로 서 있던 이디스의 얼굴은 주름 없이 매끄럽고 젊었지만, 분명히 평소처럼 못마땅한 표정을 짓고 있었다.

앤이 웃고는 소리쳤다. "이디스!"

이디스가 들어와 커튼을 젖혔다.

"아휴." 그녀가 만족스러운 듯이 말했다. "늦게까지 푹 주무셨네요. 일부러 깨우지 않았어요. 날이 썩 좋지는 않거든요. 안개가 낄 것 같다고요, 제 말은."

창밖의 풍경은 짙은 노란빛을 띠었다. 멋진 전망은 아니었지만 앤의 행복감은 흔들리지 않았다. 그녀는 누워서 슬며시 미소지었다.

"아침식사 준비됐어요. 가져오지요."

이디스는 방에서 나가려다가 멈춰 서더니 신기한 듯이 여주인을 바라보았다.

"오늘 아침엔 부인이 기분좋아 보인다는 말을 꼭 해야겠네요. 어젯밤에 즐거우셨나봐요."

"어젯밤?" 앤은 순간적으로 막연했다. "아, 그래, 맞아. 아주 즐거웠지. 깨기 직전에 내가 옛집으로 돌아간 꿈을 꿨어. 이디스가 거기 있었고, 여름이었고, 집에는 우리가 모르던 새로운 방들이 있었어."

"몰랐던 게 다행이네요. 있는 방만으로 충분하고도 남았으니까요. 사방으로 뻗은 옛날 집이었잖아요. 게다가 그 부엌! 거기 화덕이 석탄을 얼마나 먹어치웠을까! 그때는 석탄이 쌌으니 다행이었죠." 이디스가 말했다.

"이디스가 아주 젊었고, 나도 그랬어."

"아, 우리가 시간을 되돌릴 순 없잖아요? 아무리 그러고 싶어도 할 수 없죠. 그 시절은 영원히 죽어 없어졌어요."

"영원히 죽어 없어졌어." 앤이 부드럽게 되뇌었다.

"현재의 제가 불만스러운 건 아녜요. 전 건강하고 기운도 있어요. 다들 중년이 되면 뱃속에 종양이 생기기 쉽다고 하지만요. 저도 최근에 그런 생각을 한두 번쯤 했죠."

"이디스는 그런 건 절대 없을 거야."

"하지만 모르는 일이에요. 병원에 실려가서 의사가 몸을 가르는 순간까지는 몰라요. 보통 그때는 너무 늦죠." 이디스는 시무룩해져서 방을 나갔다.

몇 분 후 그녀는 앤의 아침식사인 커피와 토스트를 쟁반에 받쳐들고 돌아왔다.

"여기 있어요, 부인. 일어나시면 등에 베개를 받쳐드리죠."

앤은 그녀를 올려다보며 충동적으로 말했다.

"이디스가 나한테 얼마나 잘하는지 몰라."

이디스는 당황해서 얼굴이 새빨개졌다.

"어떻게 일해야 할지 아는 것뿐이에요. 아무튼 누군가는 부인을 보살펴야 하니까요. 부인은 기가 센 부인들과는 달라요. 데임 로라를 보세요, 로마 교황이라도 그 부인에게 맞서진 못할걸요."

"로라는 대단한 분이야, 이디스."

"알죠. 라디오에서 말씀하시는 걸 들은 적 있어요. 왜 아니겠어요, 얼굴만 봐도 누군지 다 아는 분이잖아요. 어찌어찌 결혼했었다는 이야기를 들은 것 같은데, 헤어진 건가요 사별한 건가요?"

"남편이 죽었어."

"감히 말하지만, 그 남자분에게는 오히려 잘된 일이네요. 데임 로라는 남자가 같이 살기에 편안한 분은 아니니까요. 물론 아내가 바지 입는 걸 더 좋아하는 남자가 일부 있다는 건 부정하지 않겠어요."

이디스는 앤을 지켜보면서 문 쪽으로 움직였다.

"서두를 것 없어요. 푹 쉬고 침대에 누워 즐거운 생각을 하면서 휴가를 즐기세요."

앤은 미소 지으며 생각했다. '휴가라. 이디스는 이걸 휴가라고 하는군.'

하지만 어떤 면에서는 맞는 말이었다. 패턴이 있는 직물 같은 그녀의 삶에서 최고 지도자의 부재 기간인 셈이었다. 사랑하는 자식과 사노라면, 늘 마음속에 희미한 초조감이 파고들었다. '내 아이가 행복한가?' 'A나 B나 C가 내 아이에게 좋은 친구일까?' '어젯밤 댄스파티에서 뭔가 잘못됐던 게 분명해. 무슨 일이지?'

앤은 결코 간섭하거나 질문하지 않았다. 그녀는 세라가 침묵하든 말하든 자유로워야 한다는 것을 알았다. 아이는 인생에서 스스로 교훈을 얻고, 스스로 친구를 선택해야 한다. 하지만 아이를 사랑하기 때문에 아이의 고민거리들을 마음속에서 지울 수 없었다. 또 아이가 언제 엄마를 필요로 할지 몰랐다. 아이가 엄마에게 이해나 실질적인 도움을 구한다면 거기 있어야 했다, 준비된 상태로……

가끔 앤은 혼잣말을 중얼거렸다. "언젠가 세라가 불행해지는 것을 보게 될 마음의 준비를 해야지. 물론 그때도 아이가 원하지 않으면 난 아무 말도 하면 안 돼."

최근 그녀의 걱정거리는 불평이 많고 투덜거리는 청년 게리 로이드였고, 세라가 그에게 점점 빠져드는 것이었다. 앤이 안도하는 이면에는 세라가 적어도 삼 주 동안은 그와 떨어져서 다른 청년들을 만날 거라는 사실이 깔려 있었다.

그랬다, 세라가 스위스에 갔기 때문에 마음에서 딸을 밀어놓고 행복하게 쉴 수 있었다. 편안한 침대에서 느긋하게 오늘 뭘 할지 생각할 수 있었다. 지난밤 모임에서 그녀는 마음껏 즐겼다. 제임스는 좋은—정말 친절한—사람이지만 너무 따분하기도 했다. 불쌍한 남자! 끝없는 그 이야기들! 정말이지 남자들은 마흔다섯 살쯤 되면 자기 경험담은 말하지 않겠다고 맹세해야한다. '내가 말한 적 있는지 모르겠지만 한번은 묘한 일이 있었어……' 운운하며 시작하면 사람들이 얼마나 맥빠지는지 생각이나 해봤을까?

물론 '제임스, 그 이야기는 벌써 세 번이나 했다고요'라고 할수도 있었다. 그랬다면 그 딱한 사람은 몹시 상처받은 표정을 지었을 것이다. 제임스에게 그런 짓을 할 순 없었다.

다른 남자, 리처드 콜드필드. 물론 그는 훨씬 젊지만, 어쩌면그도 언젠가는 길고 지루한 이야기를 하고 또 하겠지……

앤은 곰곰이 생각해봤고…… 아마도…… 그럴 것 같지 않았다. 그는 오히려 명령조로, 가르치듯 말하게 될 타입의 남자였다. 편견과 선입견을 가진. 그런 사람은 부드럽게 다뤄야 한다…… 때로는 조금 터무니없이 굴겠지만, 사실 그는 친절하고 외로운, 몹시 외로운 남자였다…… 그녀는 리처드에게 동정심을 느꼈다. 현대적이면서도 좌절감을 느끼게 하는 런던 생활에서 그는 심하게 표류하고 있었다. 어떤 일자리를 얻을까……요즘 취직이 쉽지 않을 텐데. 아마도 농장이나 채소 농사를 지을 땅을 사서 시골에 정착하겠지.

리처드 콜드필드를 다시 만날 수 있을지 궁금했다. 그녀는 곧 제임스에게 저녁식사를 청할 작정이었다. 그에게 리처드도 부르자고 해야겠다. 리처드는 분명 외로울 테니까. 그리고 다른 여자도. 함께 연극을 보러 가도 좋겠지.

이디스가 어찌나 시끄럽게 굴던지. 그녀는 옆의 거실에 있었고, 이삿짐센터 일꾼들이 움직이는 것 같은 소리가 들렸다. 쾅쾅, 쿵쿵, 그리고 가끔씩 높게 윙윙대는 진공청소기 소리. 이디스가 신이 나서 일하고 있는 게 분명했다.

이내 이디스가 앤의 침실을 들여다보았다. 그녀는 머릿수건을 쓰고, 종교의식을 행하는 여사제처럼 완전히 열중한 표정이었다.

"점심 들러 안 나가세요? 안개가 낄 거라던 제 짐작이 틀렸네요. 아주 화창해지겠어요. 그 가자미를 잊어버리고 하는 말은 아니에요. 안 잊었어요. 하지만 지금까지도 뒀으니 오늘 저녁까지도 괜찮겠죠. 냉장고가 음식물을 보관해준다는 건 부정할 수 없지만 아무래도 신선함은 떨어뜨리죠. 정말 그래요."

앤은 이디스를 보며 웃음을 터뜨렸다.

"알았어, 알았다고. 점심 먹으러 나갈게."

"마음대로 하세요, 전 상관없어요."

"그럴게, 이디스. 하지만 무리하지는 마. 꼭 집안 구석구석을 치워야겠다면 호퍼 아줌마한테 도와달라고 해."

"호퍼, 호퍼라고요? 제가 그 여자를 호퍼* 할 거예요! 지난번에 왔을 때 부인 어머니의 귀한 황동 난로망을 닦으라고 시켜봤는데 얼룩투성이로 만들어놨죠. 장판 닦는 거야 그런 여자들이라면 누구나 잘하는 일이고, 다 그만큼은 해요. 애플스트림의 집에 있던 세공된 철제 난로망과 쇠살대 기억나세요? 그건 간수하기가 제법 까다로웠죠. 그 일에 전 자부심을 느낄 정도였어요. 그래요, 이 집에도 멋진 가구들이 있고, 그것들은 닦을수록 빛이 나죠. 요즘엔 붙박이 가구가 너무 많아서 유감이지만."

"그러면 일이 줄어들잖아."

"제가 볼 땐 너무 호텔 같아요. 자, 외출하신다고요? 잘됐네요. 카펫을 죄다 걷어낼 수 있겠어요."

"내가 오늘밤에 집에 들어와도 되겠어? 아니면 호텔에 가는 게 좋겠어?"

"자 자, 농담은 그만하세요. 그런데 요번에 사오신 이중냄비가 아무짝에도 쓸모가 없네요. 우선 너무 크고, 안의 것을 휘젓기에 모양새가 별로예요. 전에 쓰던 냄비 같은 게 좋겠어요."

"요즘은 그런 냄비를 만들지 않는 것 같아, 이디스."

"이놈의 정부하고는." 이디스가 못마땅한 듯이 말했다. "부

---

* hop에는 '혼내주다'의 뜻이 있다.

탁했던 사기 수플레 접시들은요? 세라 양이 수플레를 거기 담아내는 걸 좋아하거든요."

"그건 깜빡했네. 내가 괜찮은 게 있나 찾아볼게."

"잘됐네요. 그 일을 하시면 되겠어요."

"진짜, 이디스!" 앤은 발끈해서 소리쳤다. "내가 어린애야? 나가서 신나게 굴렁쇠 굴리기나 하라는 것 같다고."

"세라 양이 떠나고 없으니 부인이 한결 젊어 보인다는 건 인정할게요. 하지만 전 그저 권할 뿐이지요……" 이디스는 허리를 똑바로 펴고 서서 뚱하고 고지식하게 말했다. "혹시 육해군협동조합이나 존 바커스 근처에 가게 되시면……"

"알았어, 이디스. 거실에 가서 이디스 나름의 굴렁쇠 굴리기를 하라고."

"나 원 참." 이디스가 투덜대고 물러갔다.

쾅쾅, 쿵쿵 소리가 시작됐고 곧 다른 소음까지 합세했다. 이디스가 음정이 맞지 않는 가느다란 소리를 높여 유독 우울한 찬송가를 불렀다.

이곳은 고통과 슬픔의 땅

기쁨도, 태양도, 빛도 없네.

오, 씻으소서. 오, 당신의 보혈로 저희를 씻으소서

저희가 합당하게 슬퍼하도록.

앤은 육해군 협동조합의 그릇 코너에서 유쾌한 시간을 보냈다. 요즘 물건들은 너무 조잡하고 별로라고 생각했었는데, 이 나라가 여전히 좋은 사기그릇과 유리 제품, 도자기를 만들어낼 수 있다는 사실을 확인하자 다행스러웠다.

'수출 전용'이라는 험악한 안내판이 있었지만 그녀는 줄줄이 진열된 반들거리는 그릇들을 보며 계속 감탄했다. 수출 기준 불합격 제품들이 진열된 테이블들을 지나갔다. 예리한 눈길로 괜찮은 물건을 찾는 여자들이 늘 이 근처에서 서성댔다.

오늘은 앤이 행운아였다. 윤나고 무늬가 있는 갈색의 큼직한 도기 컵이 포함된 조반용 식기가 거의 완전한 세트로 나와 있었다. 가격도 그리 나쁘지 않아서 그녀는 때마침 구입할 수 있었다. 주소를 알려주는데 한 여자가 다가와 흥분하며 말했다. "저거 주세요."

"죄송합니다. 손님. 안타깝지만 판매됐습니다."

"미안해요." 앤은 무성의하게 말했다. 그러고는 성공적인 구매를 내심 기뻐하며 물러났다. 그녀는 적당한 크기의 괜찮은 수플레 접시도 몇 개 찾아냈다. 사기가 아니라 유리인 걸 이디스가 너무 불평하지 않고 넘어가기를 바랐다.

그릇 코너에서 나와 건너편 원예 코너로 갔다. 아파트의 창가 화단이 바스러져 무너질 지경이어서 새것을 주문해야 했다.

판매원과 의논하고 있는데, 뒤에서 목소리가 들렸다.

"이런! 안녕하세요, 앤?"

그녀가 돌아보자 리처드 콜드필드가 있었다. 반가운 기색이 역력한 그를 보자 앤은 우쭐하지 않을 수 없었다.

"이런 곳에서 만나다니 정말 멋진 우연이군요. 솔직히 지금 당신 생각을 하던 참이었습니다. 어젯밤에 당신에게 어디 사는지, 괜찮다면 만나러 가도 되는지 물어보고 싶었거든요. 하지만 절 무례하다고 여기실 듯해서요. 분명 친구도 많으실 테고……"

앤이 그의 말을 끊었다.

"아뇨, 꼭 들러주세요. 사실 저도 제임스를 저녁식사에 초대하면서 당신을 부르자고 할까 생각했어요."

"그래요? 정말 그랬어요?"

그의 간절함과 기쁨이 훤히 드러나서 앤은 짠한 연민을 느꼈다. 가여워라. 그는 분명 외로운 남자였다. 행복한 미소를 짓는 그는 정말 소년 같았다.

"창가 화단을 주문하려던 참이었어요. 아파트에서 화초를 기르려면 그게 최선이거든요." 앤이 말했다.

"그렇겠죠."

"그런데 여긴 어쩐 일이에요?"

"부화기를 살펴보고 있었습니다."

"아직도 양계를 마음에 두고 있군요."

"어느 정도는요. 최신 양계 장비를 쭉 둘러보고 있었습니다. 이 전기 부화기가 최신 제품이라는군요."

그들은 함께 출구 쪽으로 걸었다. 리처드가 불쑥 서두르듯이 말했다.

"혹시―물론 할일이 있겠지만―함께 점심식사 어떻습니까. 다른 일이 없으면 말입니다."

"고마워요. 저야 정말 좋죠. 솔직히 말하면 저희 집 하녀 이디스가 봄맞이 대청소중이라 점심은 밖에서 먹으라고 단단히 일렀거든요."

리처드는 충격을 받은 듯했고 전혀 재미있지 않다는 표정을 지었다.

"너무 제멋대로이지 않나요?"

"이디스에겐 그럴 권리가 있어요."

"아무리 그래도 그렇지, 당신도 알겠지만 하인을 그렇게 멋대로 굴게 놔두는 건 좋지 않습니다."

이 사람이 날 나무라는구나. 앤은 재미있다고 생각했다. 그러고는 부드럽게 말했다.

"멋대로 굴게 놔둘 하인이 많지도 않아요. 그리고 이디스는 하인이라기보다 친구에 가까워요. 아주 오랜 세월을 함께 지냈거든요."

"아, 그렇군요." 그는 앤에게 부드럽게 핀잔을 받는다고 느꼈지만 그가 받은 인상은 변하지 않았다. 그는 다정하고 예쁜 이 여인이 포악한 하인에게 괴롭힘을 당하고 있다고 생각했다. 그녀는 홀로 설 수 있는 여자가 아니었다. 아주 여리고 순종적이었다.

그가 멍하게 물었다. "봄맞이 대청소라고요? 이맘때 그걸 합니까?"

"실은 아니에요. 대청소는 보통 3월에 하죠. 하지만 딸이 몇 주 동안 스위스에 가 있게 돼서 기회가 생겼어요. 아이가 집에 있을 땐 일이 아주 많거든요."

"딸이 보고 싶겠네요?"

"그럼요."

"요즘 아가씨들은 집에 잘 안 붙어 있으려고 하죠. 자기 삶을 꾸리고 싶어 그러는 거겠지만."

"예전만큼은 아닌 것 같아요. 새로운 것이 별로 없거든요."

"그런가요. 날씨 참 좋네요. 공원 산책이나 할까요? 그러면 피곤할까요?"

"아뇨, 당연히 안 그래요. 저도 방금 그러자고 하려던 참이었어요."

그들은 빅토리아 스트리트를 건너 좁은 골목길을 내려갔고,

마침내 세인트 제임스 공원 옆으로 나왔다. 리처드는 엡스타인*의 조각상들을 올려다보았다.

"저 조각상에서 뭐가 보입니까? 어떻게 저런 걸 예술이라고 할 수 있죠?"

"아, 전 그럴 수 있다고 생각해요. 분명히 그럴 수 있죠."

"설마 저런 것들을 좋아하는 건 아니죠?"

"개인적으로는 네, 안 좋아해요. 전 구식이고, 자라면서 접한 고전적인 조각상들과 작품들을 지금까지도 좋아해요. 그렇다고 제 취향만 옳다는 건 아니에요. 우리에겐 새로운 예술 양식을 감상하기 위한 교육이 필요하다고 생각해요. 음악도 마찬가지고요."

"음악이요! 요즘 음악이 음악입니까."

"콜드필드 씨, 본인이 좀 편협하다는 생각 안 들어요?"

그는 휙 고개를 돌려 앤을 봤다. 앤은 살짝 초조해져서 얼굴을 붉혔지만, 그의 눈길을 피하지 않고 똑바로 쳐다봤다.

"제가요? 어쩌면 그럴 겁니다. 맞아요, 오랫동안 떠났다가 고향에 돌아오면, 기억하는 것과 다른 것들에 대해서는 반발하는 마음이 들죠." 그는 갑자기 웃었다. "당신이 제 버릇을 고쳐주면 좋겠습니다."

---

* 영국의 조각가.

앤이 얼른 말했다. "아뇨, 전 지독하게 구식인 사람이에요. 딸이 자주 놀리죠. 하지만 전 사람이 늙어가면서…… 그러니까…… 어떻게 표현해야 할까요? 마음을 닫아버리는 건 너무 안타까운 일이라고 생각해요. 우선 그러면 사람이 너무 지루해지고…… 그리고 중요한 뭔가를 놓칠 수도 있어요."

리처드는 한동안 말없이 걸었다. 그러다가 말했다.

"당신이 늙다니요. 터무니없는 말 같은데요. 당신은 제가 지금까지 만나온 누구보다 젊어 보여요. 요즘의 일부 걱정되는 아가씨들보다 훨씬 그래요. 전 정말 그들이 무섭습니다."

"저도 좀 무서워요. 하지만 그 아이들이 무척 사려 깊다는 걸 알게 되곤 해요."

그들은 세인트 제임스 공원에 도착했다. 날이 완전히 개서 포근할 정도였다.

"어디로 갈까요?"

"펠리컨 보러 가요."

그들은 만족스럽게 새 구경을 하면서 다양한 물새에 대해 이야기했다. 아주 느긋하고 편안했고, 리처드는 소년 같고 자연스럽고 매력적인 말동무였다. 두 사람은 수다를 떨고 같이 웃었고, 함께 있는 것이 놀랍도록 행복했다.

이윽고 리처드가 말했다. "잠시 앉아서 햇볕을 쬘까요? 춥지는 않을 겁니다. 괜찮겠어요?"

"네, 아주 따뜻하네요."

그들은 의자에 각자 앉아서 물을 내려다보았다. 독특한 색감의 풍경이 일본 판화와 비슷했다.

앤이 부드럽게 말했다. "런던은 정말 아름다워요. 보통은 깨닫지 못하지만."

"그래요. 그건 마치 신의 계시 같은 거죠."

그들은 일이 분쯤 가만히 앉아 있었고, 그러다가 리처드가 말했다.

"아내는 봄을 맞기에 런던만한 곳은 없다고 늘 말했어요. 초록빛 새싹들과 아몬드나무들, 때가 되면 피는 라일락은 건물이 배경에 있을 때 더 의미가 있다고요. 시골에서는 모든 것이 혼란스럽게 일어나고 너무 거창해서 제대로 볼 수 없다는 말도 했었죠. 하지만 교외의 정원에서는 하룻밤 새 봄이 온다고요."

"맞는 말이네요."

리처드가 어렵사리, 앤을 바라보지 않으며 말했다.

"그 사람은 죽었습니다…… 오래전에."

"알아요. 제임스에게 들었어요."

리처드가 고개를 돌려 그녀를 봤다.

"어떻게 죽었는지도 말했습니까?"

"네."

"제가 결코 극복할 수 없는 일입니다. 그 사람이 저 때문에 죽었다고 생각하니까요."

앤은 잠시 망설이다가 말했다.

"당신 마음을 이해할 수 있어요. 제가 그 입장이라도 똑같았을 거예요. 하지만 그건 사실이 아니에요. 아시잖아요."

"그게 사실입니다."

"아뇨, 아내 입장에서는 아니에요, 여자의 입장에서는요. 위험 부담을 감수하는 건 여자의 몫이에요. 여자의 사랑에 그런 마음이 깔려 있어요. 여자는 아이를 원해요. 그걸 기억하세요. 아내도 당연히…… 아이를 원했겠죠?"

"물론이죠. 알린은 아이를 가졌다고 굉장히 행복해했어요. 저도 그랬고요. 강하고 건강한 여자였는데. 일이 잘못되는 데는 이유가 없는 것 같았죠."

다시 침묵이 흘렀다.

앤이 말했다. "정말 유감이네요. 정말로 유감스러워요."

"이미 오래전 일입니다."

"아이도 세상을 떠났나요?"

"네. 차라리 다행이지 싶은 마음도 있어요. 아이가 살았다면 제가 그 가여운 어린 것을 미워했을 것 같으니까요. 볼 때마다 그 생명을 위해 치른 대가를 떠올리면서."

"아내 이야기를 들려줘요."

겨울의 여린 햇살 아래 앉아서, 그는 아내에 대해 말했다. 알린이 얼마나 예쁘고 얼마나 명랑했는지 모른다고. 그런 아내가 갑자기 조용해지면 그는 그녀가 무슨 생각을 하는지, 어째서 멀리 떠나 있는 것 같은지 조마조마했다고.

리처드는 잠깐 이야기를 멈추더니 의아한 듯이 말했다. "오랫동안 아무에게도 아내 이야기를 하지 않았어요." 그러자 앤이 부드럽게 말했다. "계속해요."

모든 게 정말 짧았다. 너무 짧았다. 약혼하고 석 달 후 그들은 결혼했다. "다들 그렇듯 떠들썩했죠. 우리는 원치 않았는데 장모님이 고집을 부렸습니다." 그들은 차를 타고 프랑스를 돌았고 루아르 지방의 고성을 구경하며 신혼여행을 즐겼다.

그가 뜬금없이 말했다. "앨린은 차 안에서 긴장했어요. 제 무릎에 손을 올려놓고 있었죠. 그러는 게 안심된다는 듯이요. 왜 긴장했는지는 잘 모르겠습니다. 앨린은 사고를 당한 적도 없었거든요." 그는 잠시 말을 멈췄다가 이었다. "모든 일이 끝나고 전 미얀마에서 운전을 하다가 이따금 앨린의 손길을 느끼곤 했어요. 생각해봐요…… 그렇게 한순간에 떠나버리다니…… 삶에서 빠져나가버리다니…… 믿을 수 없었습니다."

그래, 그런 느낌이 들지. 믿을 수 없지. 앤은 생각했다. 그녀가 패트릭에게 느꼈던 감정도 그랬다. 그가 틀림없이 어딘가에 있을 것 같았다. 틀림없이 자신의 존재를 그녀에게 느끼게 해줄 것 같았다. 그렇게 흔적도 없이 사라질 수는 없었다. 죽은 자와 산 자 사이의 무시무시한 거리란!

리처드가 말을 이었다. 두 사람이 어느 막다른 골목에서 마주친 작은 집에 있던 라일락과 배나무에 대해.

무뚝뚝하고 굳은 말소리가 자꾸 끊기더니 이야기의 끝에 이르러서 그가 다시 의아한 듯이 말했다. "왜 이런 이야기를 당신에게 다 했는지 모르겠어요……"

하지만 그는 알고 있었다. 그가 앤에게 그의 클럽에서 점심식사를 하면 어떠냐고 긴장한 기색으로 물었을 때—"여성 전용 별관이 있습니다. 아니면 레스토랑으로 갈까요?"—그리고 그녀가 클럽이 좋겠다고 해서 함께 펠멜 스트리트를 향해 걷기 시작했을 때, 그는 마음으로 알고 있었다. 마지못해 알아차리기는 했지만.

그것은 여기 이 춥고 묘하게 아름다운 겨울의 공원에서 알린과 나누는 작별이었다.

리처드는 여기, 벌거벗은 나뭇가지들이 장식처럼 하늘에 드리운 호숫가에 그녀를 남겨두고 떠날 것이었다.

마지막으로 그는 알린에게 젊음과 기운과 슬픈 운명을 돌려줬다. 그것은 애가, 장송가, 찬가였다. 어쩌면 그 모든 것이었다.

하지만 그것은 장례이기도 했다.

그는 알린을 거기 공원에 남겨두고, 앤과 함께 런던의 거리로 걸어나왔다.

Chapter

4

"앤은 집에 있나?" 로라 휘스트터블이 물었다.

"지금은 안 계시지만 곧 돌아오실 거예요. 들어와서 기다리
시겠습니까? 부인이 뵙고 싶어하실 텐데요."

로라가 안으로 들어서자 이디스가 정중하게 옆으로 비켰다.

로라가 말했다.

"십오 분간 기다리도록 하지. 앤을 만난 지 한참 됐으니까."

"네, 그러시죠."

이디스가 그녀를 거실로 안내했고, 무릎을 꿇고 앉아 전기난
로를 켰다. 로라는 방을 둘러보면서 감탄사를 내뱉었다.

"가구 위치가 달라졌다는 걸 알겠군. 전에는 저 책상이 구석

에 있었는데. 소파도 다른 자리에 있었고."

"부인이 바꿔보고 싶다고 하셨어요. 어느 날 들어와서 보니까 부인이 이것들을 밀치고 끌어내고 있더라고요. 부인은 '이디스, 이러니까 방이 훨씬 멋져 보이지 않아? 공간도 더 넓어지고 말이지'라고 했죠. 글쎄요, 전 뭐가 나아졌는지 알 수 없었지만 물론 그렇게 대답하진 않았어요. 여자들은 저마다 환상을 갖고 있으니까요. 그래서 전 이렇게만 말했답니다. '너무 무리하지 마세요. 물건을 들거나 끄는 게 몸에 가장 나쁘고, 한번 삐끗하면 쉽사리 돌아오질 않아요.' 올케가 그런 일을 당해서 제가 잘 알거든요. 창틀에서 내동댕이쳐졌다니까요. 올케는 남은 평생을 소파에 누워 지냈죠."

"그럴 필요는 없었을 텐데. 우리가 소파에 누워 지내는 게 만병통치약이라는 궤변에서 벗어났다는 건 감사할 일이야." 로라가 힘주어 말했다.

"요즘은 산후조리를 한 달도 안 하죠. 가여운 제 조카딸은 아이 낳고 닷새 만에 걸어다녔다니까요." 이디스가 못마땅한 듯이 말했다.

"예전보다 사람들이 훨씬 건강해졌으니까."

"그러길 바라죠, 그렇고말고요." 이디스가 우울하게 말했다. "어릴 때 전 아주 약골이었답니다. 부모님도 제가 잘 자랄 거라 생각하지 않으셨죠. 툭하면 기절하고, 심한 경련에, 겨울이면

새파래지고, 감기는 화살처럼 날아들고."

이디스의 과거 병력에 관심이 없는 로라는 가구를 옮긴 방을 살펴봤다.

"옮기니까 더 낫군." 로라가 말했다. "앤 말이 딱 맞아. 진작 이렇게 하지 않은 게 이상할 정도야."

"둥지 짓기예요." 이디스가 중요하다는 듯이 말했다.

"뭐라고?"

"둥지 짓기요. 저는 저기서 새들을 본답니다. 입에 잔가지를 물고 돌아다니지요."

"아."

두 여자의 시선이 교차했다. 표정은 하나도 변하지 않았지만 서로의 의중은 전해진 것 같았다. 로라가 바로 물었다.

"최근에 그랜트 대령을 자주 만나나?"

이디스는 고개를 저었다.

"가여운 분. 제게 물으신다면, 대령님은 콩저*라고 하겠어요. 관심받지 못하고 밀려난다는 뜻의 프랑스어죠." 이디스가 설명 조로 덧붙였다.

"아, 콩제? 그래, 알 만하군."

"대령님은 괜찮은 신사였는데." 이디스가 말했다. 그녀는 장

---

* congé. '작별' '하직'이라는 뜻의 프랑스어. 이디스가 잘못 발음함.

례식에서 말하듯 과거형을 썼고, 비문이라도 읽는 듯했다. "할 수 없죠!"

그녀가 방에서 나가려다가 말했다. "제가 분명히 말씀드리는데, 달라진 이 방을 보고 달가워하지 않을 사람은 바로 세라 양일 겁니다. 아가씨는 변화를 좋아하지 않으니까요."

로라가 도드라진 눈썹을 치켜세웠다. 그러고는 서가에서 책을 한 권 빼서 건성으로 책장을 넘겼다.

얼마 후 열쇠 끼우는 소리에 이어 아파트 문이 열리는 소리가 났다. 좁은 통로에서 두 사람이 밝고 즐겁게 이야기하는 소리가 들려왔다. 앤과 어떤 남자의 목소리였다.

앤이 말했다. "우편물이에요. 아, 세라가 편지를 보냈네요."

그녀는 편지를 들고 거실로 들어오다가 순간 어리둥절해서 걸음을 멈췄다.

"오, 로라. 오셨군요." 그녀가 뒤따라 들어오던 남자에게 몸을 돌리며 말했다. "리처드 콜드필드 씨고, 데임 로라 휘스터블이세요."

로라는 재빨리 그를 요약했다.

보수적인 타입. 고집이 세겠군. 정직하고. 다정하고. 유머 감각은 없겠고. 아마도 예민하겠고. 앤을 무척 사랑하는군.

로라가 그녀 특유의 직설적인 어조로 리처드에게 말을 걸기 시작했다.

"전 이디스에게 차를 준비하라고 할게요." 앤은 중얼거리듯 말하고 거실을 나갔다.

"난 차 안 마실래. 여섯시가 다 되어가니." 로라가 앤의 등에 대고 말했다.

"리처드와 전 차를 마시려고요. 음악회에 다녀오는 길이거든요. 그럼 로라는 뭐 드실래요?"

"소다수를 탄 브랜디가 좋겠어."

"준비할게요."

로라가 물었다.

"음악을 좋아하나요, 콜드필드 씨?"

"네. 특히 베토벤을 좋아합니다."

"영국인들은 다 베토벤을 좋아하죠. 이런 말 해서 미안하지만 난 들으면 졸리던데. 난 음악적인 재능은 딱히 없어서 말이죠."

"담배 피우시겠습니까, 부인?" 리처드가 담배 케이스를 내밀었다.

"아뇨, 괜찮아요. 난 시가만 피워요."

그녀는 리처드를 꼼꼼하게 살피면서 덧붙였다. "그러니까 오후 여섯시에 칵테일이나 셰리주보다 차를 즐기는 타입인가요?"

"아뇨, 그렇지 않습니다. 차를 딱히 좋아하진 않아요. 다만 앤에게는 그게 좋을 것 같아서……" 그가 말을 끊었다가 이었다. "이상한 소리지만 말입니다!"

"전혀 그렇지 않아요. 제대로 봤군요. 앤이 칵테일이나 셰리 주를 마시지 않는다는 말은 아니에요. 그런 것도 마시긴 하지만 앤은 기본적으로 옛 조지 왕조 시대의 아름다운 은식기와 고급 도자기 찻잔 세트가 놓인 쟁반을 앞에 두고 앉았을 때 가장 보기 좋은 타입의 여성이죠."

리처드가 기뻐했다.

"정말 맞는 말씀입니다!"

"나는 앤을 아주 오래전부터 알았어요. 내가 아주 많이 좋아해요."

"압니다. 앤이 부인 이야기를 자주 했죠. 물론 다른 경로를 통해서도 부인에 대해 들어 알고 있었습니다."

로라는 쾌활하게 웃었다.

"그래요, 난 영국에서 가장 유명한 여자 중 하나죠. 항상 무슨 무슨 위원회의 위원이고, 라디오에서 주장을 펼치고, 보편적으로 인류에게 유용한 일에 대해 훈계하듯이 말하죠. 하지만 내가 분명히 아는 한 가지는, 한 인간이 평생 어떤 성취를 이루었는지는 별로 중요하지 않다는 거예요. 그건 늘 다른 사람도 얼마든지 해낼 수 있었을 일이죠."

"아, 이러지 마십시오. 몹시 맥이 풀리는 결론인데요?" 리처드는 그녀의 말에 동조하지 않았다.

"그렇지 않을 거예요. 노력 뒤엔 언제나 겸손이 있어야 해요."

"저는 동의하지 않는다고 말씀드리겠습니다."

"그래요?"

"네. 남자가 (물론 여자도) 살면서 가치 있는 일을 성취하는 데 필요한 첫번째 조건은 자신에 대한 믿음이라고 생각합니다."

"왜 그런데요?"

"이러지 마십시오, 부인. 당연히……"

"구닥다리인 나는 그 조건이 자기 자신을 아는 것, 그리고 신에 대한 믿음이라고 생각해요."

"아는 것과 믿는 것, 같은 것 아닙니까?"

"미안하지만 전혀 같지 않아요. 내 지론(물론 실현 불가능하고, 그게 지론의 즐거운 부분이지만) 하나를 말해보죠. 난 누구나 일 년에 한 달은 사막 한가운데에 가서 지내야 한다고 생각해요. 물론 우물이 있고 대추야자든 뭐든 먹을 게 충분해야겠지만."

"꽤 즐거울 것 같은데요. 저라면 지상 최고의 책 몇 권도 조건에 넣겠습니다." 리처드가 미소 지으며 말했다.

"오, 하지만 음식만이에요. 책은 안 돼요. 책은 습관성 약물이거든. 먹고 마실 것 외에는 아무것도—완전히 아무것도—없어야 비로소 자기 자신과 친해지는 좋은 기회를 갖게 돼요."

리처드는 의심스럽다는 듯이 웃었다.

"사람들 대부분은 자기 자신에 대해 꽤 잘 알지 않습니까?"

"난 전혀 안 그렇다고 생각해요. 요즘 사람들은 자신의 괜찮은 일면만 알지 다른 면에 대해선 생각할 시간조차 갖지 않죠."

"무슨 토론을 그렇게 하세요?" 앤이 잔을 들고 들어오면서 물었다. "여기 소다수 탄 브랜디요. 로라. 이디스가 곧 차를 내올 거예요."

"내 사막 명상에 대해 설명하던 참이지." 로라가 말했다.

"그건 로라가 주장하시는 것들 중 하나예요." 앤이 웃으면서 말했다. "사막에서 아무 일도 하지 않고 자신이 얼마나 형편없는 존재인지 깨닫는 거!"

"모두 다 형편없을 거라고요?" 리처드가 냉담하게 물었다. "심리학자들이 그런 말을 하는 건 압니다만—하지만 정말이지—왜 그렇죠?"

"자신에 대해 생각하는 시간이 충분하지 않으면, 방금 내가 말했듯이 인간은 자신의 가장 흡족한 면만을 생각하다 마니까요." 로라가 서슴없이 대답했다.

"다 좋아요. 로라. 하지만 사막에서 자신이 얼마나 형편없는 사람인지 알게 된다고 그게 무슨 도움이 될까요? 그런다고 인간이 달라질까요?" 앤이 말했다.

"전혀 그렇지 않다고 봐야겠지. 그러나 적어도 어떤 상황에 직면했을 때 어떻게 처신해야 하는지, 더 중요한 건 왜 그래야 하는지에 대한 가르침은 얻게 될 거야."

"하지만 그런 거라면 가정으로도 얼마든지 가능하지 않나요? 자기가 그 상황에 처했다고 상상만 한다면요."

"아이고 앤, 앤! 상사나 애인, 이웃에게 무슨 말을 할지 미리 마음속으로 연습한다고 생각해봐. 그런 사람은 상투적인 말을 생각할 테고 막상 그 순간이 닥치면 입을 다물거나 전혀 딴말을 해댈 거야! 어떤 위급 상황이 닥쳐도 끄떡없다고 은근히 확신하는 사람들이야말로 완전히 허둥댈 위인들이지. 그러나 자기가 부족하다고 느끼는 사람들은 오히려 그런 상황을 장악하고, 그런 자신에게 놀라지."

"네, 하지만 그건 공평하지 않은 말 같아요. 지금 로라는 사람들이 자신들이 바라는 대로 상상하며 말과 행동을 연습한다는 거잖아요. 하지만 실제로 그렇게 되지 않으리란 건 그들도 아주 잘 알 거예요. 기본적으로 사람은 자기가 어떻게 반응할지, 그리고…… 자기가 어떤 사람인지 아주 잘 안다고 저는 생각해요."

"이런, 우리 귀여운 앤." 로라는 양손을 들고 말을 이었다. "그러니까 앤은 앤 프렌티스 자신을 안다고 생각하는군…… 과연 그럴까."

이디스가 차를 가지고 들어왔다.

"전 제가 대단한 사람이라고 생각하지 않아요." 앤이 미소 지으며 말했다.

"여기, 세라 양이 보낸 편지예요. 침실에 두고 오셨던데요."
이디스가 말했다.

"아, 고마워, 이디스."

앤은 아직 뜯지 않은 편지를 찻잔 옆에 내려놓았다. 로라가
재빨리 그녀를 쳐다보았다.

리처드는 차를 급히 마시더니 양해를 구하고 나갔다.

"눈치 있는 남자예요. 우리가 대화를 나누고 싶어한다고 생
각했나봐요."

로라는 친구를 주의깊게 바라보았다. 그녀는 앤의 변화에 적
잖이 놀랐다. 앤의 차분하고 선한 얼굴은 아름답게 꽃피어 있었
다. 로라는 전에도 그런 변화를 본 적이 있어서 그 이유를 알았
다. 그 광채, 그 행복한 표정이 의미할 수 있는 건 딱 하나밖에
없었다. 앤은 사랑에 빠졌다. 얼마나 불공평한가. 로라는 생각
했다. 사랑에 빠진 여자는 최고로 아름답고, 사랑에 빠진 남자
는 주눅이 든 양처럼 보인다.

"요즘 어떻게 지내?" 그녀가 물었다.

"글쎄요, 모르겠어요. 돌아다녀요. 별로 하는 일은 없이."

"리처드 콜드필드는 새로 알게 된 사람인가?"

"네, 이제 겨우 열흘쯤 됐어요. 제임스 그랜트가 초대한 저녁
식사 자리에서 만났어요."

그녀는 로라에게 리처드에 대해 말했고, 순진한 질문으로 마

무리했다. "그가 마음에 드시죠? 그렇죠?"

리처드 콜드필드가 마음에 드는지 들지 않는지 아직 결정하지 못했지만 로라는 얼른 대답했다.

"그래, 무척 맘에 들어."

"저는 그가 서글픈 인생을 살아왔다고 생각해요."

로라가 아주 자주 듣는 말이었다. 그녀는 웃음을 참으면서 물었다. "세라는 잘 지낸대?"

앤의 얼굴이 환해졌다.

"아, 세라는 정말 신나게 즐기고 있나봐요. 눈 상태가 완벽하고 어디 부러진 사람도 없고요."

로라는 무덤덤한 말투로 이디스가 실망했겠다고 말했다. 두 사람 모두 소리 내어 웃었다.

"이게 세라가 보낸 편지예요. 제가 열어볼까요?"

"그래야지."

앤은 봉투를 뜯어서 짧은 편지를 읽었다. 그러고는 애정이 담긴 웃음을 터뜨리며 로라에게 편지를 건넸다.

사랑하는 엄마(세라가 그렇게 썼다.)

지금까지 눈은 완벽해요. 다들 최고의 시즌이라고 했어요. 루는 테스트를 받는데 아쉽게도 통과하지 못했어요. 로저가 날 많이 가르쳐줘요. 그는 스키계에서는 거물이라서 이건 엄청난 친절이에요. 제인은 로저가 날 마음에 들어하는 것 같다고 하는데, 난 그렇게 생각하지 않아요. 내가 곤경에 처하고 눈더미에 머리를 처박는 것을 보며 사디스트처럼 쾌감을 느끼는 게 아닌가싶어요. 크론샘 부인은 끔찍하게 생긴 남미인과 여기 있어요. 그들은 너무 노골적이에요. 난 가이드 중 한 명에게 반했지만—믿을 수 없을 만큼 잘생겼어요—안타깝게도 누구나 그에게 반한다기에 얼음물 먹고 속 차렸어요. 마침내 나도 빙판에서 잘 타는 법을 배웠어요.

어떻게 지내요, 엄마? 남자친구들 모두와 부지런히 만나면 좋겠어요. 늙은 대령님과는 너무 진도 나가면 안 돼요. 가끔 그의 눈이 푸나* 사람처럼 음흉하게 번쩍거린다고요! 교수님은 어때요? 최근에도 재미나고 돌발적인 결혼 관습에 대해 말했나요? 곧 만나요.

사랑하는 세라가

로라가 편지를 돌려줬다.

"그래, 재미있게 지내는 것 같군…… 교수라면 앤의 고고학자 친구를 말하는 거겠지?"

"네, 세라는 늘 그 사람 이야기로 저를 놀리죠. 사실 그와 점

---

* 인도 중서부의 도시로 현재 이름은 푸네. 휴양지로도 유명하다.

심이라도 하고 싶은데 제가 너무 바쁘네요."

앤은 세라의 편지를 접고 또 접었다. 그녀가 살짝 한숨지었다.

"웬 한숨이야, 앤?"

"아, 말씀드리는 게 나을 것 같네요. 아마도 로라는 짐작하셨을 테니까요. 리처드 콜드필드가 제게 청혼했어요."

"언제?"

"바로 오늘이요."

"그럴 생각이야?"

"생각은 그래요…… 제가 왜 이렇게 말할까요? 물론 할 거예요."

"빠르네, 앤!"

"우리가 안 시간이 충분하지 않았다는 뜻이죠? 그렇긴 하지만 우린 서로 확신해요."

"하긴 앤은 그에 대해 잘 알 테지…… 그랜트 대령에게 들었으니까. 앤이 좋다니 나도 기뻐. 아주 행복해 보여."

"정말 멍청한 소리 같지만, 전 그를 아주 많이 사랑해요."

"왜 그게 멍청한 소리지? 그래, 척 봐도 앤이 그를 사랑하는 걸 알겠어."

"그리고 그도 절 사랑해요."

"그것도 한눈에 보여. 저렇게 딱 양처럼 보이는 남자는 본 적이 없으니까!"

"리처드는 양처럼 생기지 않았어요!"

"사랑에 빠진 남자는 언제나 양처럼 보이지. 자연의 법칙인 것 같아."

"그래도 그가 마음에 드시는 거죠, 로라?" 앤이 끈질기게 물었다.

이번에는 그리 빨리 대답하지 않았다. 로라는 천천히 말했다.

"알겠지만 그는 아주 단순한 성격의 남자야, 앤."

"단순해요? 어쩌면요. 하지만 오히려 그게 좋지 않아요?"

"글쎄, 그게 조금 곤란할 수도 있어. 그리고 그는 예민해, 극도로 예민하지."

"그걸 간파하다니 대단하세요, 로라. 사람들은 잘 모르는데."

"난 그 '사람들'이 아니거든." 로라는 잠시 주저하다가 말했다. "세라에게는 말했나?"

"아뇨, 아직이요. 로라에게만 말씀드린 거예요. 겨우 오늘 있었던 일인걸요."

"사실 내 말은 세라에게 편지를 보내면서 그의 이야기도 했느냐는 뜻이었어. 말하자면 분위기를 조성해뒀느냐는 거지."

"아뇨, 사실 안 그랬어요." 그녀는 말을 멈췄다가 덧붙였다. "세라에게 편지로 알려야겠죠?"

"그럼."

또다시 앤은 주저하다가 말했다. "세라가 많이 싫어할 것 같진 않은데, 어떻게 생각하세요?"

"말하기 어렵군."

"세라는 저한테는 늘 상냥한 딸이에요. 아무도 모르겠지만 그 아이는 이 일을 아무 말 없이 상냥하게 받아들여줄 거예요. 물론……" 앤은 애원하듯 친구를 바라보았다. "속으로는 웃긴 다고 생각할지도 모르겠지만요."

"그럴 수 있지. 신경쓰여?"

"아뇨, 그렇지 않아요. 하지만 리처드는 아니겠죠."

"그래, 맞아. 그래도 그건 그가 감당해야 하지 않겠어? 하지 만 세라가 집에 돌아오기 전에 꼭 알려야 해. 익숙해질 시간이 필요할 테니까. 결혼은 언제 할 생각이지?"

"리처드는 가능하면 빨리하고 싶어해요. 그리고 사실 기다릴 필요가 없죠, 그렇잖아요?"

"그렇고말고. 빠를수록 좋겠지."

"정말 운이 좋았어요. 리처드가 헬너 브로스에 일자리를 구 했거든요. 전쟁 때 미얀마에서 그 회사 사람 하나를 만났대요. 잘됐죠?"

"아이고, 모든 게 착착 돌아가는군." 그녀는 다시 부드럽게 말했다. "앤이 행복하다니 정말 기뻐."

로라는 일어나서 앤에게 다가가 키스했다.

"그런데 어째서 찌푸리고 있지?"

"세라 때문이죠. 그 아이가 싫어하지 않으면 좋겠어요."

"앤, 누구 인생을 사는 거야? 앤의 인생이야, 세라의 인생이야?"

"물론 제 인생이지만……"

"세라가 싫어해도 별수없지! 하지만 극복할 거야. 그 아이는 앤을 사랑해."

"그럼요, 알죠."

"사랑받는다는 건 참 성가신 일이야. 대부분은 이내 그 사실을 알게 되지. 사랑하는 사람이 적을수록 시달리는 일도 줄어들어. 사람들은 대부분 날 몹시 싫어하고 나머지는 깨끗이 무관심해. 그러니 나야말로 복 받은 사람이지."

"로라, 그렇지 않아요. 저는……"

"잘 있어, 앤. 그리고 리처드에게 날 좋아하라고 강요하진 마. 사실 그는 나한테 심한 반감을 느꼈어. 그건 하나도 중요하지 않아."

그날 밤 공개 만찬에서 로라 옆에 앉은 학자는 충격요법에 대한 혁신적인 의견을 피력하다가 그녀가 멍하게 쳐다보는 것을 알아채고 언짢아했다.

"듣지 않고 있군요." 그가 나무라듯 내뱉었다.

"미안해요, 데이비드. 어느 모녀에 대해 생각하던 참이었어요."

"아, 사례事例로군요." 그가 기대에 찬 표정을 지었다.

"아뇨, 사례가 아니에요. 친구들이죠."

"자식에게 집착하는 요즘 엄마들 중 한 명이겠군요?"

"아니요. 이 경우에는 집착하는 딸이에요." 로라가 말했다.

Chapter

5

1

"오, 앤. 세상에. 정말 축하해요…… 이런 경우에 하는 인사는 죄다 하고 싶은데. 저…… 음, 이렇게 말해도 될지 모르지만 그 남자는 대단한 행운아예요. 그래요, 대단한 행운아. 내가 본 적 없는 남자지요? 기억나지 않는 이름인데." 제프리 페인이 말했다.

"네, 만난 지 몇 주밖에 안 됐어요."

제프리 페인은 습관대로 잔 너머로 앤을 부드럽게 쳐다보았다.

"저런, 그럼 일이 너무 갑작스럽지 않나요? 좀 성급한 거 아닌가?" 그가 못마땅한 듯이 말했다.

"아뇨, 난 그렇게 생각하지 않아요."

"마타와얄라 사람들은 최소한 일 년 반이나 구애 기간을 갖는데⋯⋯"

"그들은 분명 지나치게 조심성이 많은 사람들일 거예요. 난 야만인들은 원초적인 충동에 따르는 줄 알았는데."

"마타와얄라 사람들은 절대 야만인들이 아니에요." 제프리 페인은 충격을 받은 목소리로 말했다. "그들의 문화가 아주 색다를 뿐이지요. 그들의 혼인식은 독특하게 복잡해요. 예식 당일 저녁에 신부의 친구들이⋯⋯ 저기, 음⋯⋯ 아무래도 그 부분은 들어가지 않는 편이 낫겠군요. 하지만 그건 무척 흥미롭고, 최고 사제의 성스러운 혼인 의식임을 상징하는 동시에⋯⋯ 아니, 정말로 계속하면 안 되겠어요. 이제 결혼 선물 얘기를 하죠. 결혼 선물로 뭐가 좋겠어요, 앤?"

"그런 건 진짜 필요 없어요, 제프리."

"보통은 은제품을 선물하지 않나요? 은 머그잔을 샀던 기억이 나는 것도 같은데. 아니, 아니지. 그건 세례식 선물이었어⋯⋯ 스푼인가? 아니면 토스트 랙? 그래, 나도 그런 걸 갖고 있지요. 로즈 볼*. 그런데 앤, 그 사람에 대해 알기는 해요? 그를 보증하는 건 양쪽 친구들이란 말이에요. 그게 전부일걸요? 왜냐하면 그들은 그의 별의별 것을 다 알 테니까!"

---

* 장미 꽃꽂이용 유리 꽃병.

"그 남자가 날 부둣가에서 고른 것도 아니고, 내 인생을 그의 호의에 맡긴 것도 아니에요."

제프리 페인은 다시 초조한 듯 앤을 빤히 보다가, 그녀가 웃는 것을 알고는 안심했다.

"그래요, 그래. 앤이 화낼까봐 걱정했어요. 하지만 신중해야지요. 그나저나 꼬마 아가씨 반응은 어때요?"

순간 앤의 표정이 어두워졌다.

"세라에게 편지를 부쳤는데―지금 스위스에 있거든요―아직까지 답장이 없어요. 물론 편지 쓸 시간이 많지는 않겠지만 그래도 기대했는데⋯⋯" 앤이 말을 멈췄다.

"답장해야 한다는 걸 기억하기가 어렵거든요. 나도 그게 점점 힘들어져요. 3월에 오슬로에서 시리즈 강연을 해달라는 청탁을 받았었어요. 답장할 생각이었는데 까맣게 잊어버렸죠. 그랬다가 그 편지를 어제야 발견했지 뭡니까⋯⋯ 낡은 코트 주머니에서."

"그래도 아직 시간은 충분하잖아요." 앤이 위로하듯 말했다.

제프리 페인은 부드러운 파란 눈으로 서글프게 그녀를 바라보았다.

"그런데 그게 지난 3월이었단 말이지요."

"세상에. 하지만 제프리, 어떻게 편지가 코트 주머니에 그렇게 오래 들어 있을 수 있죠?"

"형편없이 낡은 코트였거든요. 한쪽 소매가 떨어질 지경인. 그래서 입기가 불편했어요. 난…… 어…… 코트를 밀쳐뒀지 요."

"누군가 당신을 보살펴줘야 해요, 제프리."

"난 보살핌을 받지 않는 게 훨씬 좋아요. 전에 참견하길 아주 좋아하는 하녀가 있었는데 요리 솜씨는 뛰어났지만 청소에 병 적으로 집착하는 여자였어요. 그 여자가 불야노 기우사*에 관련 된 내 메모들을 내다버렸죠. 막대한 손실이었어요. 그 여자는 그게 석탄 통에 들어 있었다고 변명했지만, 난 이렇게 말했지 요. '석탄 통은 쓰레기통이 아니라고요, 이…… 이……' 아무튼 이름이 뭐건 간에. 여자들은 균형 감각이 없는 것 같아요. 무슨 의식이라도 되는 것처럼 어이가 없을 정도로 청소에 집착을 하 잖아요."

"그렇게 말하는 사람들도 있긴 하죠. 로라 휘스트터블이―물 론 당신도 그분을 알겠죠―하루에 목을 두 번 씻는 사람에 대 해 사악하다는 식으로 말해서 섬뜩했던 적이 있어요. 더러울수 록 마음이 순수하다니요!"

"정말 그랬어요? 아무튼 난 이제 가봐야겠네요." 그가 한숨을 쉬었다. "그리울 겁니다, 앤. 말로 다 못할 만큼 그리울 거예요."

---

* 기우제를 주관하는 주술사.

"하지만 날 잃는 게 아니에요, 제프리. 난 어디 안 가요. 리처드의 직장이 런던에 있으니까. 분명 당신도 그 사람을 좋아할 거예요."

제프리 페인은 다시 한숨을 내쉬었다.

"예전 같진 않을 테죠. 그래, 그래요. 예쁜 여인이 다른 남자와 결혼을 하는데……" 그는 앤의 손을 꼭 쥐었다. "당신은 내게 아주 의미 있는 사람이었어요. 난 용기를 내볼까 했고…… 아니, 아니에요. 그럴 수 없었을 거예요. 난 구닥다리니까. 그래요, 당신이 지겨웠을 겁니다. 그래도 난 당신에게 내 마음을 전부 줬고, 이젠 당신이 행복하기를 진심으로 빌어요. 당신이 늘 내게 무엇을 연상시키는지 알아요? 바로 호머의 시구예요."

그는 그리스어로 긴 구절을 멋지게 암송했다.

"그래요." 제프리가 밝은 얼굴로 말했다.

"고마워요, 제프리. 무슨 뜻인지는 모르지만……" 앤이 말했다.

"그건……"

"아니, 말하지 마요. 이 소리보다 더 멋질 수는 없을 것 같으니까. 그리스어는 정말 아름다운 언어예요. 잘 가요, 제프리. 그리고 고마워요…… 모자 잊지 말고…… 그건 제프리가 가져온 우산이 아니라 세라의 양산인데…… 그리고…… 잠시만요, 여기 서류 가방도."

그녀는 제프리가 나간 후 현관문을 닫았다.

이디스가 부엌문에서 고개를 내밀었다.

"아이처럼 참 속수무책이네요. 노망이 든 것도 아니고 그래도 자기 분야에서는 유능한 분일 텐데. 저분이 그렇게 관심이 많다는 그 원시부족은 순 못된 사람들이라고 말하고 싶네요. 그리고 저분이 가져온 나무인형은 리넨 장 깊숙이 넣어뒀어요. 무화과잎뿐만 아니라 브래지어라도 해주고 싶네요. 나이 지긋한 교수님 머릿속에 못된 생각이 들어차 있진 않겠죠. 나이가 아주 많은 것도 아니고."

"마흔다섯 살이야."

"거봐요. 아는 게 많으니 저렇게 머리칼이 빠졌지. 우리 조카는 열병을 앓더니 머리칼이 몽땅 빠졌어요. 벗어진 머리통이 달걀 같았죠. 그래도 시간이 조금 지나니까 다시 자라긴 하더라고요. 편지가 두 통 왔네요."

앤이 편지들을 집었다.

"반송 우편이네?" 그녀의 표정이 변했다. "이런, 이디스, 내가 세라에게 보낸 거야. 이렇게 멍청할 수가! 주소에 호텔 이름만 쓰고 도시 이름을 빠트렸어. 요즘 내가 왜 이러는지 모르겠다니까."

"전 알죠." 이디스가 의미심장하게 말했다.

"내가 정말 바보 같은 짓을 한다고…… 다른 편지는, 로라가 보냈네…… 아, 친절도 하시지…… 로라에게 전화해야겠어."

그녀는 거실로 가서 전화를 걸었다.

"로라? 방금 편지 받았어요. 정말 친절하시네요. 제가 피카소 그림보다 좋아하는 건 없거든요. 언제나 한 점 갖고 싶었는데. 그림은 책상 위에 세워둘게요. 이렇게 신경써주시다니. 아, 로라, 제가 정말 멍청한 짓을 저질렀어요! 세라에게 모든 사정을 적은 편지를 보냈는데, 지금 그게 되돌아왔어요. 주소를 호텔 데 알프스, 스위스라고만 적었거든요. 제가 그렇게 바보 같은 짓을 했다는 게 믿기세요?"

로라가 낮은 목소리로 말했다.

"흥미롭군."

"흥미롭다니요?"

"말 그대로야."

"그 말투 알아요. 뭔가 짚인다는 거죠. 제가 사실은 세라가 그 편지를 못 받길 바랐다거나 뭐 그런 걸 암시하시는 거잖아요. 그게 바로 모든 실수는 실은 고의적이라는 로라의 거슬리는 이론이죠."

"그건 특별히 내 이론은 아니야."

"글쎄요, 아무튼 그건 사실이 아니에요! 이제 모레면 세라가 집에 돌아오는데 그 아이는 아무것도 모를 테고 구구절절 다 설명해야 할 테니 훨씬 당황스러울 거예요. 전 그야말로 무슨 말부터 해야 할지도 모를 거라고요."

"그래, 세라가 그 편지를 받는 걸 원치 않았기 때문에 앤은 스스로를 그런 지경에 빠트린 거야."

"아뇨, 전 그 아이가 편지를 받길 바랐어요. 절 화나게 하지 마세요."

수화기 너머에서 킬킬거리는 소리가 났다.

앤이 토라져서 말했다.

"아무튼 그건 얼토당토않은 이론이에요! 왜냐고요? 제프리 페인이 방금 여기 왔었거든요. 그는 작년에 오슬로에서 강연해달라는 초대 편지를 받았지만 일 년 동안 엉뚱한 데 뒀다가 이제야 발견했대요. 로라는 이 경우에도 그가 고의적으로 그 편지를 엉뚱한 데 뒀다고 하시겠네요?"

"그가 오슬로에서 강연을 하고 싶었을까?" 로라가 물었다.

"제 생각엔…… 글쎄요, 모르겠네요."

"흥미롭군." 로라는 고약한 말투로 말하고 전화를 끊었다.

2

리처드는 길모퉁이 꽃집에서 수선화 한 다발을 샀다.

그는 행복했다. 처음에는 의구심을 가졌지만 이제 새 직장의 일상에 적응하고 있었다. 그의 상사인 메릭 헬너는 동정적이었고, 미얀마에서 시작된 둘의 우정은 영국에서도 안정적으로 이어졌다. 기술이 필요한 업무는 아니었다. 미얀마와 동양에 대한 지식이 도움이 되는 보편적인 행정 업무였다. 리처드는 뛰어난 인재는 아니었지만, 양심적이고 성실하고 양식이 있었다.

처음 영국에 돌아왔을 때의 절망감은 잊혀졌다. 모든 면에서 새로운 삶이 그에게 유리하게 시작되는 듯했다. 자신에게 맞는 일, 다정하고 동정적인 고용주, 곧 있을 사랑하는 여인과의 결혼.

리처드는 앤의 마음 씀씀이에 날마다 새롭게 감탄했다. 얼마나 상냥하고 부드럽고 매력적인 여자인지! 그가 가끔 독선적이다 싶을 정도로 강압적으로 말했을 때 고개 들어 앤을 보면, 그녀는 악동 같은 미소를 지으며 그를 쳐다보고 있었다. 그는 비웃음을 당한 적이 별로 없어서 처음에는 그녀의 태도를 어떻게 받아들여야 할지 알 수 없었다. 하지만 나중에는 앤의 그런 반응을 자신이 오히려 즐기고 있음을 인정하게 됐다.

앤이 "너무 거만한 거 아니에요, 리처드?"라고 말하면, 그는 얼굴을 찌푸리다가 이내 같이 웃음을 터뜨리며 말했다. "내가 또 강압적으로 말했나보군." 그는 앤에게 이런 말도 했다. "당신은 정말 좋은 사람이야. 날 훨씬 더 인간답게 만들어주지."

그녀가 얼른 대꾸했다. "우린 서로를 돕고 있어요."

"난 당신을 위해 해줄 수 있는 일이 별로 없어. 당신을 배려하고 아껴주는 것 말고는."

"날 너무 배려하지 마요. 내 결점을 부추기지 말라고요."

"결점? 앤은 결점이 없어."

"아뇨, 있어요, 리처드. 난 남에게 좋은 사람이려고만 해요. 불쾌하게 만드는 건 싫어요. 그래서 말다툼도 분쟁도 안 하려고 하죠."

"그렇다면 다행이군! 나도 아내와 허구한 날 말다툼하고 싸운다면 싫을 거야. 사실 난 그런 여자들을 직접 봤지! 내가 늘 당신에게 감탄하는 점이 바로 그 차분하고 부드러운 성격이야. 우린 얼마나 행복할까."

그녀가 부드럽게 대답했다.

"그럼요, 우린 그럴 거예요."

그녀는 처음 만난 저녁 이후 리처드가 많이 변했다고 생각했다. 자기방어적인 사람이 갖는 오히려 공격적인 태도가 자취를 감췄다. 본인이 말했듯 그는 더 인간다워졌다. 자기확신이 생겼고 그러다보니 더 너그러워지고 다정해졌다.

리처드는 수선화 다발을 들고 아파트로 들어갔다. 앤의 집은 사층에 있었다. 안면을 익힌 수위가 친절하게 맞아줬고, 그는 승강기를 타고 앤의 집으로 올라갔다.

이디스가 문을 열었고 그는 복도 끝에서 약간 숨이 가쁜 듯한 앤의 목소리를 들었다.

"이디스…… 이디스, 내 가방 봤어? 어디 됐는데."

"잘 있었어요, 이디스?" 리처드가 안으로 들어서며 말했다.

그는 이디스가 하나도 편하지 않았고, 그 사실을 감추려고 부러 친근하게 대했지만 아주 부자연스럽게 들렸다.

"안녕하세요?" 이디스가 공손하게 인사했다.

"이디스……" 침실에서 앤이 다급하게 말했다. "내 말 못 들었어? 이리 좀 와봐!"

그녀가 복도로 나온 순간 이디스가 말했다.

"콜드필드 씨가 오셨습니다."

"리처드가?" 앤이 놀란 표정으로 그를 향해 복도를 걸어왔다. 그녀는 리처드와 거실로 들어가면서 어깨 너머로 이디스에게 말했다. "그 가방 꼭 찾아야 해. 내가 세라 방에 놔뒀는지 보라고."

"다음번엔 머리를 잃어버렸다고 하겠네요." 이디스가 말하고 가버렸다.

리처드는 얼굴을 찌푸렸다. 이디스의 거침없는 말투는 예의를 중시하는 그에게 거슬렸다. 십오 년 전에는 하인들이 저렇게 말하지 않았는데.

"리처드, 오늘 당신이 올 줄은 몰랐어요. 내일 점심식사 하러 오는 줄 알았는데요."

앤의 목소리는 놀라고 조금 불편한 것처럼 들렸다.

"내일은 너무 먼 것 같아서." 그가 미소 지으며 말했다. "당신에게 주려고 이걸 가져왔어."

리처드가 수선화 다발을 내밀었고 앤은 탄성을 질렀다. 그때 문득 그는 이 방에 이미 꽃이 많다는 것을 알아차렸다. 벽난로 옆 낮은 테이블에는 히아신스 화분이 있었고, 제철보다 이른 튤립, 수선화를 꽂은 꽃병들이 있었다.

"꼭 축제 분위기군." 그가 말했다.

"물론이죠. 오늘 세라가 집에 오거든요."

"아, 그렇지…… 그래, 세라가 오지. 내가 깜빡했군."

"오, 리처드."

책망하는 말투였다. 사실이었다. 그는 잊어버렸다. 그는 세라가 오는 날을 정확히 알고 있었는데, 어제저녁에 함께 극장에 갔을 때도 아무도 그 사실을 언급하지 않았다. 하지만 두 사람 사이에는 세라가 돌아오는 날 저녁은 앤 혼자서 딸과 보낸다는 논의와 합의가 있었다. 리처드는 다음날 점심을 하러 와서 장차 의붓딸이 될 아이와 만나기로 했었다.

"미안해, 앤. 사실 깜빡했어. 당신은 많이 흥분한 것 같군." 그는 살짝 못마땅한 말투로 덧붙였다.

"글쎄요. 집에 돌아온다는 건 언제나 특별한 일이잖아요?"

"그럴 테지."

"세라를 마중하러 역에 나가려던 참이었어요." 앤은 손목시계를 힐끗 내려다봤다. "아, 괜찮아요. 연락열차는 연착하기 마련이거든요. 보통은 그래요."

이디스가 앤의 가방을 들고 당당하게 들어왔다.

"리넨 장에 있었어요. 거기 두셨던데요."

"그렇지! 베갯잇을 찾으면서 그랬나보다. 세라 침대에 초록색 시트는 깔았어? 잊지 않았지?"

"아휴, 제가 뭘 잊는 사람인가요?"

"담배도 챙겼어?"

"네."

"토비랑 점보*도?"

"네, 네, 네."

이디스는 응석을 받아주듯 고개를 저으며 방을 나갔다.

"이디스," 앤이 그녀의 등에 대고 부르면서 수선화 다발을 내밀었다. "이 꽃 좀 꽃병에 꽂아주겠어?"

"마땅한 꽃병이 있나 모르겠네요! 걱정 마세요, 뭐라도 찾아볼 테니."

그녀는 꽃다발을 받아들고 나갔다.

리처드가 말했다. "아이처럼 신이 났군, 앤."

---

* 둘 다 시가 이름이다.

"그러게요. 세라를 다시 만날 생각을 하니 기쁘네요."

그는 놀리듯이, 그러나 조금 딱딱하게 말했다.

"못 본 지 얼마나 됐다고…… 기껏해야 삼 주?"

"내가 이상하게 군다는 걸 알지만 난 우리 세라를 정말 많이 사랑해요. 설마 내가 그러지 않길 바라는 건 아니겠죠?" 앤은 그를 향해 순진한 미소를 지었다.

"물론 아니지. 나도 세라 만나는 걸 기대하고 있어."

"무척 충동적이긴 해도 다정한 아이예요. 난 두 사람이 잘 지낼 거라고 확신해요."

"나도 그럴 거라고 확신해."

그는 여전히 웃으면서 덧붙였다. "세라는 당신 딸이니까 틀림없이 아주 상냥한 아이일 거야."

"그렇게 말해주니 정말 기뻐요, 리처드." 앤은 그의 양어깨에 손을 올리고 그를 향해 얼굴을 들었다. "친절한 리처드," 그녀가 속삭이고는 그에게 키스했다. 그러고서 말을 이었다. "당신은…… 당신은 참아줄 거예요, 그럴 거죠? 내 말은…… 우리 결혼이 세라에게는 약간 충격적일 수 있다는 걸 알아달라는 거예요. 내가 편지를 그렇게 멍청하게 보내지만 않았어도 좋았을 텐데 말이죠."

"걱정할 것 없어, 앤. 알지? 날 믿어. 처음에는 받아들이기 조금 어려울지 모르지만, 이게 정말로 좋은 생각이란 걸 알게 해줘야지. 분명히 말하는데 세라가 무슨 말을 하더라도 난 불쾌해하지 않을 거야."

"아니요. 그 아이는 아무 말 하지 않을 거예요. 세라는 무척 예의바른 아이예요. 변화를 무척 싫어하긴 하지만요."

"자, 기운 내. 아무튼 이미 잡힌 결혼인데 세라가 뭘 어쩌겠어?"

앤은 그의 농담에 대꾸하지 않았다. 그녀는 여전히 걱정스러운 눈치였다.

"내가 편지만 제대로 보냈어도……"

리처드는 거리낌없이 웃으면서 말했다.

"당신은 딱 잼을 훔치다가 들킨 여자아이 같군! 괜찮을 거야, 앤. 세라와 난 금세 친구가 될 테니까."

앤은 의심스러운 눈으로 그를 보았다. 쾌활하게 장담하는 태도가 이 상황에 맞지 않는 것 같았다. 리처드가 조금 더 긴장했다면 앤은 더 마음이 놓였을 것이다.

리처드가 계속 말했다.

"앤, 그렇게 상황에 사로잡혀서 걱정하면 못 써!"

"평소엔 안 그래요." 앤이 대답했다.

"아니, 그래. 지금도 봐. 아주 간단하고 별것도 아닌 일 가지고 망설이잖아."

앤이 말했다. "내가…… 글쎄요, 민망해서 그런가봐요. 무슨 말을 어떻게 해야 할지 잘 모르겠어요."

"그냥 이러면 돼. '세라, 이분은 리처드 콜드필드 씨고, 난 삼
주 후에 리처드와 결혼할 거야.'"

"정말 그렇게 형편없이 말해요?" 앤은 자기도 모르게 웃었
다. 리처드도 미소로 답했다.

"사실 그게 최선 아닌가?"

"어쩌면 그렇겠죠." 앤은 머뭇거렸다. "당신이 모르는 건 내
가 정말이지…… 정말이지 지독히 바보 같게 느껴진다는 거예
요."

"바보 같아?" 그가 앤을 날카롭게 쳐다보았다.

"다 큰 딸에게 결혼한다는 말을 할 때는 누구나 바보 같다고
느껴요."

"사실 난 그 이유를 모르겠어."

"젊은 사람들은 우리가 이제 그런 일과는 무관하다고 무의식
적으로 생각하기 때문이죠. 그들에게 우린 늙은이예요. 그들은
사랑을—사랑에 빠지는 것을—청춘의 전유물이라고 생각해
요. 중년이 사랑에 빠져 결혼한다는 건 그들에게 우스꽝스러운
일일 뿐이에요."

"우스꽝스러울 거 하나 없어." 리처드가 날카롭게 받아쳤다.

"우리에게야 그렇죠, 우린 중년이니까."

리처드가 얼굴을 찌푸렸다. 그의 목소리에는 날이 서 있었다.

"이봐, 앤. 당신과 세라가 서로에게 대단히 지극하다는 건 알아. 아마 세라는 나에 대해 화도 나고 질투심도 느끼겠지. 그건 자연스러운 일이고, 나는 이해해. 또 그 점을 감안할 마음의 준비도 돼 있고. 처음엔 날 몹시 싫어할 테지만 괜찮아질 거야. 당신에게도 자신의 삶을 살면서 행복할 권리가 있다는 걸 틀림없이 깨달을 거라고."

앤의 뺨이 살짝 발그레해졌다.

"세라는 내 '행복'이라는 것에 반감을 갖지 않을 거예요. 못되거나 속 좁은 아이가 결코 아니니까요. 세라는 세상에서 가장 마음이 넓은 아이예요."

"사실 당신은 아무것도 아닌 일에 긴장하고 있어. 세라는 의외로 당신의 결혼을 아주 반길 거야. 더 자유롭게 자신의 삶을 영위하게 될 테니까."

"자신의 삶을 영위한다……" 앤은 비웃듯이 그의 말을 따라 했다. "꼭 빅토리아 시대 소설에 나오는 말 같네요."

"사실 엄마라는 사람들은 새끼가 둥지를 떠나는 걸 바라지 않잖아."

"아주 틀렸어요. 리처드. 완전히 틀렸어요."

"당신을 화나게 하고 싶지는 않지만, 때로는 부모의 사랑이 너무 지나칠 때도 있어. 내가 젊었을 때가 떠오르는군. 난 부모님을 무척 좋아했지만 그들과 같이 사는 게 아주 고역일 때도 종종 있었지. 얼마나 늦을 건지, 어디 가는지 늘 캐물으셨거든. '열쇠 잊지 마라' '들어올 때 시끄럽지 않게 조심해라' '지난번에 복도 불 끄는 걸 잊었더구나' '오늘밤에 또 외출한다고? 우리가 널 어떻게 키웠는데 넌 가족들을 전혀 신경쓰지 않는구나'." 리처드는 말을 멈췄다가 다시 이었다. "나는 내 가족들을 신경썼지만 세상에! 얼마나 자유롭고 싶었는지 모른다고!"

"물론 다 이해해요."

"세라가 당신이 생각하는 것보다 더 독립을 원한다는 걸 알게 되더라도 상처받지 마. 요즘은 아가씨들에게도 일자리의 문이 많이 열려 있다는 걸 알아야지."

"세라는 일할 타입이 아니에요."

"당신은 그렇게 말하지만, 대부분의 아가씨들이 직장에 다니는 걸 생각해보라고."

"그거야 주로 경제적인 필요성 때문이지 않나요?"

"무슨 뜻이지?"

앤은 답답해하면서 말했다.

"당신은 십오 년쯤 뒤처졌어요, 리처드. 한때는 '자신의 삶을 영위하는 것'과 '세상으로 나가는 것'이 유행이었죠. 아가씨들은 여전히 그러지만, 거기에 큰 매력 따위는 없어요. 세금이니 상속세니 이런저런 부담이 있으니까 직업훈련을 받는 게 현명하긴 하겠지만요. 세라는 특별한 소질이 없어요. 현대 언어*들을 제법 구사하고, 플로리스트 수업을 받고 있죠. 내 친구 하나가 꽃장식 가게를 운영하는데, 세라가 일할 자리를 마련해줬어요. 난 세라가 그 일을 제법 즐길 거라 생각하지만 그건 그냥 일일 뿐이고 그게 전부예요. 독립에 대해서는 말만 요란할 뿐이에요. 세라는 자기 가정을 사랑하고, 여기서 더할 나위 없이 행복해요."

"내가 언짢게 했다면 미안해, 앤. 하지만……"

이디스가 머리를 내밀자 리처드는 말을 멈췄다. 본인은 인정하지 않겠지만 그녀의 얼굴에는 대화를 엿들은 사람의 으스대는 표정이 떠올라 있었다.

"두 분을 방해하고 싶지는 않지만 지금 몇시인지 아세요, 부인?"

앤이 손목시계를 힐끗 내려다보았다.

"아직 시간 충분해…… 어, 아까랑 시간이 똑같네." 그녀는 손목시계를 귀에 댔다. "리처드…… 시계가 멈췄나봐요. 지금 몇시지, 이디스?"

"이십 분 지났네요."

"맙소사. 세라를 놓치겠네. 하지만 연락열차는 항상 늦잖아,

---

* 요즘 사용되는 언어. 여기서는 주로 프랑스어, 스페인어 등 유럽어를 가리킴.

그렇죠? 내 가방 어디 있지? 아, 여기 있구나. 택시가 많을 시간이니 다행이에요. 아뇨, 리처드. 따라오지 마요. 여기서 기다리다가 함께 차를 마셔요. 그래요, 그렇게 해요, 제발. 그러는 게 좋겠어요. 정말 그래요. 난 가봐야겠어요."

그녀가 급히 집을 나갔다. 현관문이 쾅 닫혔다. 모피 자락이 꽃병을 스쳐 튤립 두 송이가 빠졌다. 이디스가 몸을 숙여 꽃을 집고는 조심스럽게 꽃병에 꽂으며 말했다.

"튤립은 세라 양이 가장 좋아하는 꽃이고—늘 그랬죠—특히 연보라색 튤립을 좋아하죠."

리처드는 약간 짜증스럽게 말했다.

"이 집은 만사가 세라 중심으로 돌아가는군."

이디스는 그를 힐끗 훔쳐보았다. 그녀는 여전히 못마땅한 표정이었다. 이디스가 감정이 담기지 않은 무덤덤한 목소리로 말했다.

"아, 아가씨에게 멋대로 구는 면이 있긴 하죠, 세라 양 말이에요. 그 점은 부정할 수 없죠. 전 물건을 흘리고 다니거나, 누군가가 다 해결해줄 거라고 기대하는 아가씨들을 많이 봤어요. 발이 부르트도록 쫓아다니면서 치워야 하지만, 못할 것도 없다는 마음이 들게 하는 사람이 있어요! 그런가 하면 전혀 골칫거리를 안기지 않는 아가씨들도 있어요. 그 아가씨들은 언제나 깔끔하고, 성가신 일도 만들지 않지요. 하지만 그런다고 그 아가씨들에게 꼭 마음이 가는 건 아니더군요. 그러니까 불공평한 세상이죠. 정신 나간 정치가들이나 세상이 공평하다고 말할 거예요. 어떤 사람은 이득을 보고 어떤 사람은 손해를 보고, 그렇게 세상이 돌아가는 거죠."

그녀는 말하면서 방을 돌아다니며 물건들을 제자리에 정리하고, 쿠션을 들어 탁탁 털었다.

리처드는 담배에 불을 붙이고는 친근하게 물었다.

"앤과 오랫동안 같이 지냈죠, 이디스?"

"이십 년 넘었지요. 이십이 년이네요. 전 앤 양이 프렌티스 씨와 결혼하기 전에 그녀의 어머니에게 왔거든요. 그분은 참 훌륭한 신사였어요, 정말 그랬죠."

리처드는 그녀를 쏘아보았다. 자존심이 아주 강한 그에게는 '그분'이란 말이 약간 강조된 것처럼 들렸다.

그가 말했다.

"앤에게 우리가 곧 결혼한다는 말을 들었나요?"

이디스는 고개를 끄덕였다.

"들을 필요까지도 없었지요." 그녀가 말했다.

리처드는 약간 의식하면서, 수줍기 때문에 오히려 거드름을 피우면서 말했다. "난…… 나는 우리가 좋은 친구가 되길 바랍니다, 이디스."

이디스는 조금 우울하게 대답했다.

"저 역시 그렇게 되길 바랍니다."

리처드가 여전히 딱딱하게 말했다.

"이디스의 일이 더 많아지겠지만, 우리가 일손을 늘려서……"

"전 그런 여자들이 오는 걸 좋아하지 않아요. 전 혼자 있을 때 제가 뭘 해야 하는지 알죠. 그래요, 집에 남자분이 살게 된다는 건 변화를 뜻하겠지요. 우선 식사가 달라져야 할 테고요."

"나는 대식가가 아닙니다." 리처드가 확실히 밝혔다.

"문제는 식사의 종류지요. 남자들은 쟁반에 담아 식사하지 않거든요."

"여자들이 지나치게 쟁반 식사를 좋아하는 거지."

"그럴지도 모르겠네요." 이디스가 인정했다. 그녀는 유난히 침울한 목소리로 덧붙였다. "집에 남자가 있으면 분위기가 유쾌해진다는 건 부정하지 않겠어요."

리처드는 지나칠 정도로 고마움을 느꼈다.

"그렇게 말해주니 정말 고마워요, 이디스." 그가 따뜻하게 말했다.

"아, 절 믿으세요. 전 프렌티스 부인을 두고 떠나지 않아요. 무슨 일이 있더라도 부인 곁을 떠나지 않을 겁니다. 아무튼 문제가 코앞에 닥쳤더라도 일을 그만두는 건 제가 살아온 방식이 아닙니다."

"문제? 문제라니 무슨 뜻이죠?"

"소동이죠."

리처드는 그녀가 내뱉은 말을 따라했다.

"소동?"

이디스는 위축되지 않고 그를 마주보았다.

그녀가 말했다. "아무도 제게는 조언을 구하지 않았죠. 그리고 전 부탁받지 않으면 조언을 하는 사람이 아니지만 이 말은 해야겠네요. 세라 양이 집에 돌아왔을 때, 두 분이 이미 결혼을 하고 모든 상황이 다 끝난 상태라고 알게 되는 편이 나았을 겁니다. 제 말이 무슨 뜻인지 아시면 좋으련만."

현관에서 벨소리가 났고, 그 직후 반복해서 들려왔다.

"누가 왔는지 알고도 남겠네요." 이디스가 말했다.

그녀가 현관으로 가서 문을 열자, 두 사람의 목소리가 들렸다. 남자와 여자였다. 웃음소리와 환성이 쏟아졌다.

"이디스, 귀염둥이 아줌마." 여자의 목소리는 따뜻한 저음이었다. "엄마는 어디 있어? 들어와, 게리. 스키는 부엌 아무데나 갖다놔."

"부엌에는 안 됩니다. 그러지 마세요."

"엄마는 어디 있어?" 세라 프렌티스는 거실로 들어와 두리번거리며 다시 물었다.

키가 크고 가무잡잡한 아가씨였다. 세라의 생기와 넘치는 활력에 리처드는 깜짝 놀랐다. 아파트에 있는 세라의 사진을 보긴 했지만, 사진에 본모습까지 담길 리는 없다. 그는 젊은 모습의 앤이지만—더 야무지고 더 현대적인—같은 스타일일 거라 기대했었다. 하지만 세라 프렌티스는 활달하고 매력적인, 아버지를 닮은 딸이었다. 세라는 이국적이고 적극적이었고, 그녀의 존재만으로도 집안 분위기가 싹 달라진 것 같았다.

"와, 튤립 예쁘다." 그녀는 꽃병 위로 몸을 굽히며 감탄했다. "봄 냄새야. 꽃에서 희미한 레몬 향기가 나. 나는……"

그녀는 허리를 펴다가 리처드를 보고 눈을 동그랗게 떴다.

그가 앞으로 나서면서 말했다.

"리처드 콜드필드라고 해요."

세라는 그와 귀엽게 악수하고 예의바르게 물었다.

"엄마를 기다리시는 중인가요?"

"앤은 딸을 마중하러 방금 역에 나갔어요. 어디 보자, 오 분쯤 전일 거예요."

"정말 바보같이 귀여운 엄마! 왜 이디스가 시간에 맞춰 엄마를 내보내지 않았을까? 이디스!"

"앤의 시계가 멈췄거든요."

"엄마 시계가…… 게리…… 어디 있어, 게리?"

약간 불만스러운 표정의 잘생긴 청년이 양손에 가방을 들고 들여다보았다.

"인간 로봇 게리 왔습니다. 이것들을 다 어디다 둘까, 세라?

이 아파트에는 왜 수위들이 없어?" 그가 말했다.

"있어. 그런데 짐을 갖고 오면 어디 갔는지 하나도 안 보이지. 그건 모두 내 방에 둬, 게리. 참, 이 사람은 로이드예요. 여기는 저⋯⋯."

"콜드필드." 리처드가 말했다.

이디스가 들어왔다. 세라는 그녀를 붙잡고 요란하게 키스했다.

"이디스, 이 귀여운 뚱한 얼굴을 다시 봐서 정말 좋아."

"그래요, 뚱한 얼굴!" 이디스가 성내며 말했다. "그리고 나한테 그렇게 키스하지 말라니까요. 아가씨 분수를 지키셔야지."

"심통 부리지 마, 이디스. 내 얼굴 봐서 좋으면서 그래. 집안이 아주 깔끔한걸! 변한 것도 없고. 친츠, 엄마의 조가비 함⋯⋯ 어, 소파 위치를 바꿨네. 그리고 책상도. 전에는 저기 있었는데."

"부인이 이렇게 두면 공간이 더 넓어진다고 하셨어요."

"아니, 난 예전이 더 좋은걸. 게리⋯⋯ 게리, 어디 있어?"

게리 로이드가 들어오면서 말했다. "또 무슨 일이야?" 세라는 이미 책상을 끌어내고 있었다. 리처드가 도와주려고 움직였지만 게리가 명랑하게 말했다. "신경쓰지 마십시오. 제가 하겠습니다. 이걸 어디에 놓고 싶은데, 세라?"

"원래 있던 자리. 저쪽."

책상을 옮기고 소파를 예전 자리로 돌려놓은 뒤 세라는 한숨을 내쉬며 말했다.

"이게 더 낫잖아."

"난 그런 줄 모르겠는데." 게리가 물러나서 냉정하게 말했다.

"글쎄, 그렇대도. 난 뭐든 예전 그대로인 게 좋아. 안 그러면 집이 집이 아니거든. 새들이 수놓인 쿠션은 어디 있어, 이디스?"

"세탁소에 보냈죠."

"아, 그렇구나. 알았어. 가서 내 방을 봐야겠어." 그녀가 문가에서 멈추고 말했다. "칵테일 좀 만들어줄래, 게리? 콜필드* 씨에게도 한잔 드려. 재료는 어디 있는지 알지?"

"물론이지." 게리가 리처드를 쳐다보았다. "뭘로 드시겠습니까? 마티니? 진과 오렌지? 핑크 진?"

리처드는 갑자기 결연하게 움직였다.

"고맙지만 괜찮아요. 내 건 준비하지 않아도 됩니다. 난 가봐야겠어요."

"프렌티스 부인이 돌아오실 때까지 기다리시지 않고요?" 게리는 호감이 가고 매력적인 태도를 지닌 청년이었다. "부인이 금방 오실 텐데요. 기차가 이미 도착했다는 것을 알면 득달같이 오실 겁니다."

---

* '콜드필드'를 건성으로 부름.

"아니, 가야겠어요. 앤에게…… 저기…… 원래의 약속은 유효하다고 전해줘요. 내일 오겠다고."

그는 게리에게 고개를 끄덕이고 현관으로 갔다. 세라의 방에서 나는 소리가 복도를 지나 그의 귀에까지 들려왔다. 세라는 이디스에게 급하게 말을 쏟아내고 있었다.

리처드는 지금은 머물지 않는 게 낫겠다고 생각했다. 그와 앤이 원래 세운 계획이 옳았다. 앤이 오늘밤 세라에게 그 이야기를 하고, 내일 그가 점심을 먹으러 와서 미래의 의붓딸과 친구가 되고.

세라가 그가 그렸던 모습과 달라서 마음에 걸렸다. 그는 세라가 엄마의 과한 보살핌 속에 자라서 의존적일 거라 짐작했었다. 그러나 리처드는 세라의 미모와 활기와 냉정함에 깜짝 놀랐다.

지금까지 세라는 그저 추상적인 존재였다. 이제 그녀는 현실이었다.

Chapter

6

세라는 양단 하우스가운의 허리끈을 매면서 거실로 돌아왔다.

"스키복을 벗어던져야 했어. 샤워하고 싶어 죽겠네. 기차가 얼마나 지저분한지 몰라! 내 술 준비됐어, 게리?"

"여기 있어."

세라가 잔을 받았다.

"고마워. 그 남자는 갔어? 잘됐네."

"누구야?"

"처음 보는 사람이었어." 세라가 말하고 웃었다. "엄마가 오다가다 만난 남자겠지."

이디스가 커튼을 젖히려고 거실에 들어오자 세라가 물었다.

"그 남자 누구야, 이디스?"

"엄마 친구분이에요, 세라 양." 이디스가 대답했다.

그녀는 커튼을 휙 잡아 젖히고는 옆의 창으로 갔다.

세라가 쾌활하게 말했다. "내가 엄마에게 친구들을 골라줄 수 있게 딱 맞춰 집에 왔구나."

이디스가 "아"라고 내뱉고 두번째 커튼을 젖혔다. 그리고서 세라를 빤히 쳐다보며 말했다. "그분이 마음에 안 들어요?"

"응, 마음에 안 들어."

이디스가 뭐라고 중얼거리더니 거실에서 나갔다.

"이디스가 뭐라고 했어, 게리?"

"딱하다고 한 것 같은데."

"진짜 웃겨."

"의미심장한걸."

"이디스가 어떤지 알잖아. 엄마는 왜 안 오지? 왜 이렇게 얼 빠진 사람처럼 군담?"

"평소에는 전혀 안 그러시잖아. 나라면 그렇게 말하진 않을 거야."

"마중나와줘서 정말 고마워, 게리. 편지를 못 써서 미안하지만 사는 게 다 그런 거잖아. 그런데 어떻게 이렇게 일찍 사무실에서 빠져나와서 빅토리아역에 올 수 있었어?"

게리는 잠시 입을 다물었다가 대답했다.

"뭐, 형편상 특별히 어렵지는 않았어."

세라는 아주 경계하는 태도로 똑바로 앉아 게리를 바라보았다.

"자, 게리, 말해봐. 뭐가 잘못됐어?"

"그런 거 없어. 어쨌든 일이 아주 잘 굴러가고 있지는 않지만."

세라가 비난하듯이 말했다. "참고 견뎌보겠다고 했잖아."

게리가 이맛살을 찌푸렸다.

"나도 알아. 하지만 사정이 어떤지 세라는 몰라. 맙소사, 여기는 아주 지옥인 한국 같지만 그래도 거기서 알게 된 동료들은 대부분 괜찮은 녀석들이었다고. 그런데 귀국한 뒤로 너나없이 돈을 긁어모으는 런던의 회사에 휩쓸려 들어갔어. 루크 숙부가 어떤 사람인지 넌 모를 거야. 눈은 돼지 눈같이 찢어지고, 뚱보인데다 숨을 헐떡거려. '네가 돌아와서 무척 기쁘구나, 애야.'" 게리는 흉내를 아주 잘 냈다. 그는 느물대며 천식을 앓는 듯한 소리로 말했다. "저…… 어…… 이제 흥분되는 일들도 다 끝났으니 회사에 들어와서 어…… 아…… 진짜로 일에 전념해보길 바란다. 우리는…… 어…… 일손이 부족하니까…… 내 생각에는…… 네가 진짜 성실하게 일한다면 전망이 아주 밝다고 할 수 있지. 물론 바닥부터 시작하게 될 거다. 선처 따위는…… 어, 없고, 그게 내 모토지. 넌 오랫동안 놀아봤으니까…… 이제 네가 일에 본격적으로 매진할 수 있는지 두고보자꾸나."

그는 일어나서 방을 서성거렸다.

"뚱보 모씨는 현역 복무를 놓아봤다고 표현하지. 맙소사, 난 그 인간이 누런 중국 공산당 병사에게 저격당하는 꼴을 보고 싶어. 부자 자식들은 사무실에 궁둥짝을 깔고 앉아서 오로지 돈 생각뿐이라니까. 거의 그래……"

"아, 게리, 그만해." 세라가 안달하며 말했다. "숙부님은 그저 상상력이 없을 뿐이야. 어쨌거나 넌 자기 입으로 직장을 갖고 돈을 벌어야 한다고 말했어. 아마 모든 게 다 무지 마음에 안 들겠지만 그렇다고 무슨 수라도 있어? 런던에 그런 부자 숙부님이 있다는 건 굉장한 행운이라고. 그런 숙부님이 생긴다면 사람들은 눈이라도 내놓으려고 할걸!"

"그가 왜 부자인데?" 게리가 따졌다. "응당 내게 왔어야 할 재산을 굴리고 있기 때문이야. 해리 종조부는 왜 손위인 내 아버지가 아니라 루크 숙부에게 재산을 물려줬을까……"

"마음에 두지 마. 아무튼 그 돈이 들어온 순간 네게는 아무것도 남지 않았을 거야. 몽땅 상속세로 날아갔을 거라고."

"하지만 그건 불공평해. 너라면 받아들이겠어?"

"모든 일이 언제나 불공평하지. 하지만 불평해봤자 득 될 거 하나 없어. 우선 불평을 늘어놓으면 지겨운 사람이 되고 말아. 신세타령보다 듣기 지겨운 게 또 없거든."

"동정심이 많다고는 못하겠군, 세라."

"그래. 너도 알겠지만 난 인간은 완전히 솔직해야 한다고 믿어. 솔직하게 말하고 직장에서 나오든가, 아니면 불평은 그만하고 돼지 눈에 천식을 앓는 부자 숙부님이 런던에 있다는 행운에 감사하든가 해야 한다는 게 내 생각이야. 어, 드디어 엄마가 오는 소리가 난 것 같은데."

앤은 이제 막 열쇠를 돌려 현관문을 열었다. 그리고 거실로 뛰어들어갔다.

"세라, 우리 딸."

"엄마…… 이제야 만났네요." 세라가 엄마를 힘껏 끌어안았다. "어떻게 된 거예요?"

"내 시계 때문이야. 시계가 멈췄어."

"게리가 마중나왔으니까 괜찮아요."

"오, 게리, 잘 있었니? 그간 못 봤네."

앤은 속으로 짜증이 났지만 밝게 인사했다. 그녀는 게리와 딸의 사이가 멀어지길 무척 바라고 있었다.

"어디 봐요, 엄마. 아주 근사해 보이네요. 새 모자 맞죠? 아주 좋아 보여요, 엄마." 세라가 말했다.

"너도 그렇구나. 그리고 많이 탔네."

"설원에 햇볕이 쏟아졌거든요. 내가 붕대를 친친 감고 오지 않아서 이디스가 엄청 실망했어요. 몇 군데 부러졌으면 좋았을 텐데. 안 그래, 이디스?"

차 쟁반을 들고 들어오던 이디스는 그 질문에 대꾸하지 않왔다.

"차를 세 잔 가져왔어요. 세라 양과 로이드 씨는 진을 드시는 중이라 차 생각은 없을 것 같지만요."

"우리가 방탕한 일이라도 한다는 듯이 말하네, 이디스." 세라가 말했다.

"암튼 우린 그 아무개 씨에게도 술을 권했어요. 그 사람 누구예요, 엄마? 콜리플라워 비슷한 이름이던데."

이디스가 앤에게 말했다. "콜드필드 씨는 그냥 간다고 하셨어요. 전에 얘기했던 대로 내일 오신다고 했고요."

"콜드필드가 누구예요, 엄마? 그 사람이 왜 내일 오는데요? 난 그가 전혀 반갑지 않아요."

앤이 재빨리 말했다. "한 잔 더 할래, 게리?"

"감사하지만 괜찮아요. 이제 전 가봐야겠어요. 잘 있어, 세라."

세라가 그와 함께 현관으로 갔다. 게리가 말했다.

"오늘 저녁에 영화 보러 갈래? 아카데미 극장에서 괜찮은 유럽 영화를 하는데."

"아, 재밌겠다. 아니…… 안 그러는 게 낫겠어. 집에 돌아온 날이니까. 오늘은 엄마랑 보내는 게 좋겠어. 내가 또 바로 나가버리면 가여운 엄마가 실망할 거야."

"정말 좋은 딸이야, 세라."

"글쎄, 엄마가 무척 다정하지."

"오. 그건 내가 알지."

"물론 엄마는 수도 없이 질문을 하지. 너도 알잖아, 내가 누굴 만났는지 뭘 했는지 그런 거. 하지만 대체로는 아주 양식 있는 분이지. 이렇게 하자, 게리. 외출해도 괜찮겠다 싶으면 내가 전화하는 걸로."

세라는 다시 거실로 돌아와 케이크를 조금씩 잘라먹기 시작했다.

"이디스의 특별 케이크구나." 세라가 말했다. "맛이 무진장 진하네. 이 재료를 다 어떻게 구했나 몰라. 자, 엄마, 어찌 지냈는지 전부 얘기해봐요. 그랜트 대령님과 나머지 남자친구들과 데이트하며 좋은 시간 보냈어요?"

"아니…… 어떤 면으로는 그렇지만……"

앤은 말을 멈췄다. 세라가 그녀를 빤히 쳐다보았다.

"무슨 문제 있어요, 엄마?"

"문제? 아니. 왜?"

"아주 이상해 보여서요."

"내가?"

"엄마, 뭔가 있어요. 정말 지독하게 이상해요. 어서요, 말해보라고요. 죄라도 지은 듯한 표정이잖아요, 그런 표정은 본 적이 없어요. 어서요, 엄마. 무슨 일이 있었던 거죠?"

"정말 아무 일 없어…… 어쨌든. 아, 세라, 아가…… 그 일로 아무것도 변하지 않으리란 걸 네가 알아야 해. 모든 게 예전과 똑같을 거야, 다만⋯⋯"

앤의 목소리가 머뭇대다가 잦아들었다. 그녀는 생각했다. '난 정말 겁쟁이야. 왜 딸은 이런 일에 엄마를 이토록 수줍어하게 만들까?'

그동안 세라는 엄마를 가만히 지켜보고 있었다. 그러다 불쑥 더할 수 없을 만큼 다정하게 생글거리기 시작했다.

"믿고말고요⋯⋯ 자, 엄마, 자백해요. 내게 새아빠가 생길 거라는 소식이라도 슬그머니 발표하려고 그래요?"

"오, 세라." 앤은 안도감에 숨이 막혔다. "어떻게 알았니?"

"별로 어렵지 않았어요. 이 정도로 끔찍하게 당황하는 엄마는 본 적이 없으니까요. 내가 싫어할 거라고 생각했어요?"

"그랬던 것 같구나. 그럼 싫지 않은 거야? 정말?"

"그럼요." 세라가 진지하게 대답했다. "사실은 그게 맞는다고 생각해요. 아빠가 세상을 떠난 지도 벌써 십육 년이 됐어요. 너무 늦기 전에 엄마도 부부생활을 다시 해야죠. 엄마는 사람들이 흔히 말하는 그 위험한 나이가 됐잖아요. 그리고 워낙 구식이라 연애만 하는 것도 못하고요."

앤은 약간 무기력하게 딸을 응시했다. 모든 것이 그녀의 예상과는 완전히 다른 방향으로 흘러가는 것 같았다.

"맞아요." 세라는 고개를 끄덕이며 말했다. "엄마에게는 꼭 결혼이어야만 할 거예요."

앤은 '귀엽고 맹랑한 아이 같으니' 하고 생각했지만, 입 밖에 내지 않으려고 조심했다.

"엄마는 여전히 아주 예뻐요." 세라가 젊은 사람답게 무척 솔직하게 말을 이었다. "그건 피부가 좋기 때문이죠. 눈썹을 다듬으면 훨씬 예쁠 텐데."

"난 내 눈썹이 좋아." 앤이 고집스럽게 말했다.

"엄마는 무척 매력적이에요." 세라가 말했다. "사실 진작 그러지 않은 게 이상할 정도라니까요. 그런데 상대가 누구예요? 내가 세 사람을 꼽아볼게요. 일번 그랜트 대령님, 이번 페인 교수님, 삼번은 멜랑꼴리하고 발음하기 힘든 성을 가진 폴 씨. 하지만 그랜트 대령님이라고 확신해요. 엄마에게 오랫동안 꾸준히 공을 들였으니까요."

앤은 조금 숨을 가쁘게 쉬며 말했다.

"제임스 그랜트가 아니야. 리처드 콜드필드란다."

"리처드 콜드필드가 누군데요…… 엄마, 혹시 방금 여기 있던 그 남자예요?"

앤이 고개를 끄덕였다.

"설마, 그럴 리 없어요, 엄마. 잘난 체하는 끔찍한 사람이던데."

"그는 절대 끔찍한 사람이 아니야." 앤이 날카롭게 말했다.

"엄마도 정말, 그보다 훨씬 나은 상대와 할 수 있잖아요."

"세라, 지금 내가 무슨 말을 하는지 모르는 것 같구나. 난……
난 그 사람을 정말 많이 좋아해."

"그 사람과 사랑에 빠졌다고요?" 세라는 대놓고 의심했다.
"정말로 그에게 열정을 느낀다고요?"

앤이 다시 고개를 끄덕였다.

"엄마, 난 정말이지 이 모든 상황을 못 받아들이겠어요." 세
라가 말했다.

앤은 어깨를 똑바로 폈다.

"넌 리처드를 아주 잠깐밖에 못 봤어. 좀더 알게 되면 틀림없
이 그를 아주 좋아하게 될 거야." 앤이 말했다.

"그 남자는 너무 공격적으로 보여요."

"쑥스러워서 그랬을 거야."

"글쎄요, 내가 보기에 이건 엄마의 무덤이에요." 세라가 천천
히 말했다.

모녀는 한동안 말없이 앉아 있었다. 두 사람 다 난처했다.

"있잖아요, 엄마." 세라가 침묵을 깨고 말했다. "엄마에겐 보
살펴줄 사람이 필요해요. 왜냐하면 내가 없는 몇 주 사이에 어
리석은 일을 벌였으니까요."

"세라!" 앤이 벌컥 화냈다. "정말 버릇없구나."

"죄송해요, 엄마. 하지만 난 완전히 솔직해야 한다고 믿어요."

"아무튼 난 그렇게 생각하지 않는다."

"이렇게 된 지 얼마나 됐는데요?" 세라가 물었다.

앤은 자기도 모르게 웃음을 터뜨렸다.

"아이고 세라, 넌 빅토리아 시대 드라마에 나오는 엄한 아버지처럼 말하는구나. 리처드와 난 삼 주 전에 만났어."

"어디서요?"

"제임스가 초대한 식사 자리에서. 제임스는 그의 오랜 지인이지. 리처드는 이제 막 미얀마에서 돌아왔어."

"그 사람에게 돈은 좀 있나요?"

앤은 짜증이 나면서도 뭉클했다. 얼마나 우스꽝스러운지…… 아이는 아주 진지하게 캐묻고 있었다. 그녀는 짜증을 참으면서 메마르고 비꼬는 투로 대답했다.

"그는 독립적인 수입이 있고 날 충분히 부양할 수 있어. 그는 헬너 브로스에 다닌단다. 시내에 있는 큰 회사 말이야. 세라, 누가 보면 내가 네 딸인 줄 알겠구나, 그 반대가 아니라."

세라는 진지하게 말했다. "어쨌든 누군가는 엄마를 보살펴줘야 해요. 엄마는 스스로 돌보기엔 영 적합하지 않은 사람이니까요. 난 엄마를 아주 좋아하고, 엄마가 나가서 엉뚱한 일을 벌이는 게 싫어요. 그 사람 총각이에요? 아니면 이혼했어요? 아니면 사별?"

"리처드는 오래전에 아내를 잃었어. 아이를 낳다가 세상을 떠났고, 아이도 죽었단다."

세라는 한숨을 쉬면서 고개를 저었다.

"이제 다 알겠네요. 그가 엄마를 사로잡은 이유가 그거예요. 엄마는 언제나 눈물나는 사연에 혹하죠."

"그만 이상스럽게 굴어라, 세라!"

"그에게 누이나 엄마는요? 가족이 있나요?"

"아니, 없는 것 같던데."

"그건 다행이네요. 그 사람 집은 있어요? 어디서 살 건데요?"

"여기서 살 생각이야. 방도 많고, 그의 직장이 런던에 있으니까. 싫지 않지? 그렇지, 세라?"

"그럼요, 난 괜찮을 거예요. 그저 엄마가 걱정이죠."

"아가, 정말 자상하구나. 하지만 내 일은 내가 가장 잘 알아. 난 리처드와 함께 아주 행복할 거라고 확신한단다."

"식은 언제쯤 올릴 생각이에요?"

"삼 주 후쯤."

"삼 주요? 세상에, 그렇게 빨리 결혼할 순 없어요."

"기다린다고 좋을 게 없을 것 같은데."

"제발 부탁이에요, 엄마. 조금만 미뤄요. 잠시 내게 시간을 줘요…… 이 일에 적응할 시간을요. 부탁해요, 엄마."

"글쎄…… 같이 생각해봐야겠구나……"

"육 주. 육 주 후에 해요."

"사실 결정된 건 아무것도 없어. 내일 점심때 리처드가 집으로 오기로 했다. 세라 너, 그 사람에게 잘해줄 거지?"

"당연히 잘하죠. 무슨 생각을 하는 거예요?"

"고맙구나, 아가."

"기운 내요, 엄마. 걱정할 건 아무것도 없어요."

"분명 서로 좋아하게 될 거야." 앤이 기운 없이 말했다.

세라는 침묵했다.

앤이 갑자기 다시 벌컥하며 말했다.

"넌 최소한 노력이라도……"

"내가 엄마한테 걱정할 것 없다고 했잖아요." 잠시 후 세라가
덧붙였다. "오늘밤엔 나가지 않는 편이 낫겠죠?"

"왜? 나가고 싶어?"

"그럴까 했는데 엄마를 혼자 두면 안 될 것 같아서요."

앤은 딸에게 미소 지었고, 예전의 관계가 되살아났다.

"괜찮아, 난 적적하지 않을 거야. 솔직히 말하면 로라가 강연
회에 가자고 했고……"

"늙은 여장부께서는 어떻게 지내세요? 여전히 기운 넘치시
죠?"

"아 그럼, 여전하시지. 강연회에 안 가겠다고 했지만, 전화로
얼마든지 다시 얘기할 수 있어."

또 그녀는 리처드에게도 얼마든지 전화할 수 있었다…… 하
지만 그 생각은 지워졌다. 내일 리처드와 세라가 만날 때까지는

그와 떨어져 있는 편이 나을 것 같았다.

"알겠어요. 그럼 게리에게 전화할게요." 세라가 말했다.

"이런, 만난다는 사람이 게리야?"

세라가 약간 발끈해서 말했다.

"네. 안 될 이유라도 있나요?"

하지만 앤은 맞서지 않았다. 그녀는 부드럽게 말했다.

"그냥 궁금해서……"

Chapter

7

1

"게리?"

"응, 세라?"

"난 솔직히 그 영화는 보고 싶지 않아. 우리 다른 데 가서 얘기나 하는 게 어때?"

"좋아. 가서 뭐 좀 먹을까?"

"아니, 그건 못해. 이디스가 날 잔뜩 먹였거든."

"그럼 어디 가서 한잔하자."

그는 세라가 뭣 때문에 흥분했는지 궁금해서 힐끗 쳐다보았다. 술잔을 앞에 두자 세라는 그제야 입을 열었다. 그녀는 단도직입적으로 말했다.

"게리, 엄마가 재혼한대."

"와우!" 그는 정말로 놀랐다.

"세라는 전혀 몰랐어?" 그가 물었다.

"어떻게 알았겠어? 그 사람은 내가 집을 비웠을 때 만났다는데."

"일이 빨리 진행됐구나."

"빨라도 너무 빠르지. 그러고보면 엄마는 진짜 분별력이 없다니까!"

"상대가 누군데?"

"오늘 낮에 집에 있던 남자. 콜리플라워인가 하는."

"아, 그 남자."

"응. 말도 안 되는 상대 같지 않아?"

"글쎄, 난 별로 자세하게 못 봐서." 게리가 생각에 잠겨 대답했다. "아주 평범한 사람 같던데."

"엄마한테 전혀 안 어울리는 남자야."

"그거야 엄마가 가장 잘 판단하시겠지." 게리가 부드럽게 말했다.

"아니, 그렇지 않아. 문제는 우리 엄마가 마음이 약하다는 거야. 엄마는 인정이 넘쳐. 엄마에겐 잘 보살펴줄 남자가 필요하단 말이야."

"엄마가 잘도 그렇게 생각하시겠네." 게리가 웃으며 말했다.

"웃지 마, 게리. 이건 심각한 일이라고. 콜리플라워는 엄마한테 어울리지 않는 짝이야."

"글쎄, 그건 엄마 일이야."

"엄마는 내가 챙겨줘야 해. 전부터 그렇게 생각해왔어. 난 엄마보다 인생에 대해 훨씬 잘 알고, 엄마보다 두 배는 강하지."

게리는 그 말에 토를 달지 않았다. 대체로 동의했다. 그런데도 그는 불안했다.

게리가 천천히 말했다. "그래도 엄마가 재혼하고 싶어하신다면……"

세라가 재빨리 그의 말을 끊었다.

"그래, 나도 그건 찬성이야. 당연히 재혼해야지. 나도 엄마에게 그렇게 말했어. 엄마는 적당한 성생활을 못하고 있지. 하지만 콜리플라워는 분명히 아니야."

"세라, 혹시……" 게리는 머뭇거리며 말을 멈췄다.

"혹시 뭐?"

"혹시…… 상대가 누구든 너는 똑같은 기분이 들었을 거 같지 않아?" 그는 약간 불안했지만 기어이 말을 꺼냈다. "세라는 사실 콜리플라워가 엄마와 어울리는지 안 어울리는지 알지 못해. 그와 두 마디도 나누지 않았잖아. 네가 이러는 건 어쩌면……" 말을 끝마치는 데는 용기가 필요했고, 그는 용기를 내어 말했다. "음…… 질투 때문 아닐까?"

세라는 곧바로 분노했다.

"질투라고? 내가? 새아빠가 생긴다니까 그런다고? 어휴, 게리! 내가 오래전에 ─ 스위스에 가기 전에 ─ 엄마가 재혼해야 한다고 말하지 않았어?"

"그랬지. 하지만 이건 달라." 게리는 번뜩이는 통찰력을 보이며 말했다. "어떤 일에 대해 말만 하는 것과 실제로 그 일이 벌어지는 건 다르지."

"난 질투하는 성격이 아냐." 세라가 말했다. "난 오로지 엄마 행복만 생각한다고." 그녀가 결연하게 덧붙였다.

"내가 세라라면 다른 사람 인생을 두고 왈가왈부하지 않을 거야." 게리가 단호하게 말했다.

"하지만 우리 엄마 일이잖아."

"글쎄, 자기 일은 자기가 가장 잘 안다니까."

"내가 말하잖아, 우리 엄마는 약한 사람이라고."

"아무튼 세라가 이 일에 대해 할 수 있는 건 없어." 게리가 말했다.

그는 세라가 아무것도 아닌 일에 야단을 떤다고 생각했다. 게리는 앤의 애정사가 지겨웠고, 자기 이야기를 하고 싶었다.

게리가 불쑥 말했다.

"난 정리할까 생각중이야."

"숙부님 회사를 그만두려고? 아휴, 게리."

"더이상 붙어 있을 수가 없어. 십오 분만 늦어도 난리를 친다니까."

"그런데 출근은 제시간에 해야 하는 거 아냐?"

"옴짝달싹 못하는 불쌍한 운명이야! 장부나 뒤적이면서 아침 점심 저녁 오로지 돈 생각밖에 안 하는!"

"하지만 회사를 그만두면 무슨 일을 하려고?"

"글쎄, 뭐든 찾아봐야지." 게리가 대수롭지 않게 말했다.

"이미 여러 가지 일을 해봤잖아." 세라가 의심스러운 듯이 말했다.

"내가 맨날 해고당한다는 뜻이야? 이봐, 이번에는 해고를 기다리는 게 아니라고."

"하지만 게리, 자기가 정말 현명하다고 생각해?" 세라는 걱정스럽고, 마치 엄마같이 염려하는 눈빛으로 그를 바라보았다. "내 말은 그는 네 숙부님이고, 유일한 친척이라는 거야. 게다가 그에겐 돈이 많다고 했잖아."

"내가 얌전히 굴면 숙부가 재산이라도 남겨줄까봐? 그 말이로군."

"이름은 모르지만 그 종조부가 네 아버지에게 재산을 물려주지 않았다고 잔뜩 불평했었잖아."

"그가 올바른 가족애를 가진 사람이었다면 나는 이 도시의 거물들에게 굽실거리며 살 필요가 없었을 거야. 난 이 나라가 속속들이 썩었다고 생각해. 여길 완전히 정리하고 싶은 마음이 굴뚝같단 말이야."

"외국으로 간다고?"

"그래. 기회가 있는 어딘가로 갈 거야."

두 사람은 기회가 있는 모호한 삶을 상상하며 침묵했다.

늘 게리보다 현실적인 세라가 날카롭게 말했다.

"자본 없이 무슨 괜찮은 일을 할 수 있는데? 넌 가진 돈이 없잖아. 돈 있어?"

"내게 돈이 없다는 건 너도 알잖아. 그래도 내가 할 수 있는 일이 많이 있을 거야."

"글쎄, 실제로 뭘 할 수 있을까?"

"꼭 그렇게 암담하게 만들어야겠어?"

"미안해. 내 말은 네가 어떠한 특별 교육도 받지 않았다는 거야."

"난 사람들을 관리하고, 야외활동으로 이끄는 걸 잘하지. 사무실에 갇혀 있는 건 못해도."

"아, 게리." 세라가 한숨지었다.

"왜 그래?"

"모르겠어. 인생은 어려운 것 같아. 그간의 전쟁들이 상황을 너무 불안정하게 만들었어."

그들은 우울하게 앞을 바라보았다.

이윽고 게리는 숙부에게 한번 더 기회를 주겠다고 선심 쓰듯 말했다. 세라는 이 결정을 환영했다.

"이제 집에 가는 게 좋겠어. 엄마가 강연회에서 돌아왔을 거야." 세라가 말했다.

"무슨 강연인데?"

"나도 몰라. '우리는 어디로 가고 왜 가는가?' 그런 거겠지."

세라가 일어서서 말했다. "고마워, 게리. 큰 도움이 됐어."

"편견을 갖지 않으려고 노력해봐, 세라. 엄마가 그 사람을 좋아하고 그와 함께해서 행복해진다는 게 중요한 거니까."

"엄마가 그와 함께해서 행복해진다면, 그럼 다 괜찮은 거지."

"결국 언젠가는—내 생각에는—너도 결혼을 할 거고……"

그는 세라를 쳐다보지 않고 말했다. 그녀는 생각에 잠겨 핸드백을 물끄러미 바라보았다.

"언젠가는 하겠지. 딱히 간절하지는 않지만……" 세라가 중얼거렸다.

두 사람 사이에 유쾌한 기미가 감도는 어색한 감정이 번졌다……

2

다음날 점심을 먹으면서 앤은 안도감을 느꼈다. 세라는 아주 잘 처신해주었다. 그녀는 명랑하게 리처드를 맞았고, 식사하면서는 예의바르게 대화했다.

앤은 딸의 생기 있는 얼굴과 사랑스러운 태도에 뿌듯함을 느꼈다. 세라를 믿어도 된다는 걸, 딸이 실망시키지 않는다는 걸 알았어야 했는데.

그녀는 리처드가 더 돋보이길 바랐다. 그는 초조해했고 앤은 그걸 눈치챘다. 그는 좋은 인상을 심어주려 안달했고, 으레 그렇듯 초조함은 그에게 득이 되지 않았다. 그는 가르치려 드는, 거만에 가까운 태도를 보였다. 느긋해 보이려는 마음이 앞서서 그 자리를 주도하려는 인상을 주었다. 세라가 보인 존중하는 태도는 그가 주는 인상을 도드라지게 만들었다. 그는 지나치게 단정적으로 말했고, 본인과 다른 견해는 있을 수 없다는 듯이 굴었다. 그것이 앤을 짜증스럽게 했다. 사실 그녀는 자신감 없는 리처드의 성격을 너무 잘 알았다.

하지만 세라는 어떻게 받아들일까? 딸은 리처드가 지닌 최악의 단점을 보고 있었기 때문에, 그의 최고의 장점을 보여주는 게 아주 중요했다. 이 생각이 앤을 안달하게 했고, 그런 그녀 때문에 리처드가 화가 나 있다는 것을 앤은 알아차렸다.

식사가 끝나고 커피가 나오자, 앤은 통화를 해야 한다고 말하고 나왔다. 전화기는 그녀의 침실에 있었다. 앤은 둘만 남겨두면 리처드가 한결 편해져서 진면목을 보일 수 있을 거라 기대했다. 사실 정말 거슬리는 사람은 앤이었다. 일단 그녀가 자리를 비키면 모든 게 잘 풀릴 것 같았다.

세라는 리처드에게 커피를 건넨 뒤 예의바르고 틀에 박힌 대화를 주고받았다. 그러다 곧 시들해졌다.

리처드가 기운을 냈다. 그는 솔직함이 최고의 무기라고 판단했다. 그는 세라에게 대체로 호의적인 인상을 받았다. 그녀는 적대감을 드러내지 않았다. 그가 상황을 얼마나 잘 이해하는지 세라에게 보이는 게 중요했다. 여기 오기 전 그는 하고 싶은 말을 미리 연습했다. 사전에 연습한 말이 번번이 그렇듯, 단조롭고 꾸며서 하는 말처럼 나오고 말았다. 그는 편안함을 느끼고 싶어서 수줍음을 많이 타는 본래 성격을 감추고 아주 자신만만한 친밀감을 보이려 했다.

"자, 어린 아가씨, 내가 하고 싶은 말이 한두 가지 있어."

"아, 그러세요?" 세라는 매력적이지만 그 순간은 무표정한 얼굴을 그에게 돌렸다. 그녀는 예의바르게 기다렸고, 리처드는 아까보다 더 안절부절못했다.

"네 기분이 어떤지 잘 안다고 말하고 싶어. 틀림없이 이 일은 네게 다소 충격이었을 거야. 너와 네 엄마는 아주 가까이 지내왔지. 타인이 엄마의 삶에 끼어드는 게 싫은 건 아주 당연해. 좀 속상하고 질투가 날 테지."

세라는 부드럽고 정중하게 얼른 대답했다.

"분명히 말씀드리는데 전혀 그렇지가 않아요."

리처드는 눈치도 없이 그 말이 사실상 경고임을 알아차리지 못했다.

그가 더듬거리며 말을 이었다.

"분명 그건 아주 정상적이야. 난 널 채근하지 않을 거야. 아무리 냉담하게 굴어도 괜찮아. 네가 친구가 될 준비가 됐다고 하면, 내가 중간에서 널 만날 준비를 하고 있을게. 네가 생각해야 하는 건 엄마의 행복이야."

"저도 그걸 생각해요." 세라가 말했다.

"지금까지 앤은 널 위해 헌신했지. 이제 엄마를 생각해야 할 차례야. 넌 분명 엄마의 행복을 바라겠지. 이 점을 명심하렴. 넌 네 인생을 살아야 해, 네 앞에 많은 게 놓여 있어. 너만의 친구들, 너만의 소망과 야망. 네가 결혼이나 취직을 하게 되면 네 엄마는 완전히 혼자가 될 거야. 그건 엄마가 몹시 외로워진다는 의미지. 지금은 네가 엄마를 맨 앞에, 너 자신은 맨 뒤에 놓아야 하는 순간이야."

그러고는 말을 멈췄다. 그는 제법 잘 말했다고 생각했다.

세라는 예의바르지만 감지하기 힘든 건방진 말투로 자축하는 리처드의 기분을 망쳤다.

"종종 연설을 하시나봐요?" 세라가 물었다.

리처드가 놀라서 대꾸했다. "뭐?"

"연설을 아주 잘하실 것 같아서요." 세라가 중얼거렸다.

그녀는 의자 등받이에 기대앉아 손톱을 살폈다. 검붉은 매니큐어가 리처드의 화를 부채질했다. 그가 끔찍하게 싫어하는 스타일이었다. 이제 그는 적대적인 태도에 부딪혔음을 알아차렸다.

리처드는 애써 화를 가라앉혔다. 그 결과 거의 설교조가 되고 말았다.

"우리 아가씨에게 내가 잔소리를 했나보군. 하지만 난 네가 고려하지 않았을 법한 몇 가지를 생각해보게 하고 싶었어. 그리고 한 가지는 확실히 말할 수 있어. 네 엄마가 나를 보살핀다고 해서 너에 대한 보살핌이 줄어들지는 않을 거라는 거."

"정말요? 그렇게 말씀해주시니 참 감사하네요."

이제 적대적인 태도라는 데는 의심의 여지가 없었다.

리처드가 허세를 버렸다면, 솔직하게 이렇게 말했더라면 좋았을 것이다.

'내가 상황을 엉망으로 망치고 있구나, 세라. 난 내성적이고, 우울하고, 그래선지 엉뚱한 이야기만 늘어놓게 되는 것 같아. 하지만 난 앤을 아주 많이 좋아하고, 가능하다면 네가 나를 좋아해주면 좋겠어.' 그랬다면 세라의 방어적인 태도를 녹였을 것이다. 본심은 너그러운 아이였으니까.

하지만 그는 그러는 대신 딱딱한 말투로 말했다.

"젊은 사람들은 대체로 이기적이지. 죄다 자기 생각밖에 안 해. 하지만 넌 엄마의 행복을 생각해야 해. 앤은 자기 인생을 살아야 하고, 행복을 찾고 누릴 권리가 있어. 그리고 앤에게는 보살피고 보호해줄 사람이 필요해."

세라는 눈을 치뜨고 그를 빤히 쳐다봤다. 리처드는 당황했다. 냉정했고, 뭔가 계산하는 눈빛이었다.

"그 말씀에 더할 수 없이 동의해요." 그녀가 예상치 못한 말을 했다.

앤이 조금 초조한 모습으로 돌아왔다.

"커피 남았니?" 그녀가 물었다.

세라는 조심스럽게 잔에 따라 일어나서 엄마에게 건넸다.

"여기요, 엄마. 딱 적당할 때 돌아왔네요. 우린 이제 막 가벼운 대화를 마쳤거든요."

세라는 식당에서 걸어나갔다. 앤은 리처드에게 궁금하다는 눈빛을 던졌다. 그의 얼굴이 불그레했다.

"당신 딸은 날 좋아하지 않기로 마음을 정했어." 그가 말했다.

"아이에게 인내심을 가져요, 리처드. 제발 인내심을 가져줘요."

"걱정 마, 앤. 난 인내할 준비가 완벽히 돼 있으니까."

"당신 알죠? 이번 일이 저 아이에겐 다소 충격이었어요."

"아주 많이 그렇지."

"세라는 사랑이 넘치는 아이예요. 아주 상냥하고요, 정말이에요."

리처드는 대답하지 않았다. 그는 세라를 미운 아가씨라고 생각했지만, 그 아이의 엄마에게 그런 말을 할 순 없었다.

"다 잘될 거야." 리처드가 안심시키려고 말했다.

"그럴 거라 믿어요. 다만 시간이 필요할 뿐이죠."

그들은 안타까웠고, 무슨 말을 더 해야 할지 알 수 없었다.

3

세라는 침실로 갔다. 눈앞이 뿌예졌지만 옷장에서 옷들을 꺼내 침대에 펼쳐놓았다.

이디스가 들어와서 물었다. "뭐하는 거예요, 아가씨?"

"옷을 살펴보고 있었어. 세탁할 거나 수선할 게 없는지."

"그런 일은 제가 다 알아서 해요. 아가씨는 신경쓸 거 없어요."

세라는 대답하지 않았다. 이디스가 힐끗 그녀를 살폈고, 눈물이 고인 것을 알아차렸다.

"자 자, 이제 흥분을 가라앉혀요."

"끔찍한 사람이야, 이디스. 너무 미워. 어떻게 엄마가 저런 사람을. 아, 다 끝났어, 엉망이 됐어. 다시는 예전 같을 수 없을 거야!"

"자 자, 세라 양. 흥분해봤자 소용없어요. 나쁜 일은 말도 꺼내지 않는 게 상책이에요. 고칠 수 없다면 참아야 한다는 속담도 있잖아요?"

세라는 신경질적으로 웃어댔다.

"제때의 바늘 한 땀이 아홉 땀을 던다! 구르는 돌에는 이끼가 끼지 않는다, 그런 거? 나가, 이디스! 나가라고!"

이디스는 안쓰럽다는 듯이 고개를 젓고는 방에서 나와 문을 닫았다.

세라는 아이처럼 엉엉 울었다. 가슴이 찢어지는 것 같았다. 그녀는 아이처럼 어디서나 어두운 면만 보았다. 우울함을 덜어줄 만한 건 어디에도 없었다.

세라는 소리 죽여 흐느꼈다. "아, 엄마, 엄마, 엄마⋯⋯"

Chapter

8

1

"아, 로라, 만나서 정말 반가워요."

로라는 등받이가 수직인 의자에 앉았다. 그녀는 흐트러지게
앉는 법이 없었다.

"그래, 앤. 별일 없지?"

앤은 한숨을 쉬었다.

"세라가 좀 까다롭게 굴어서 걱정이에요."

"예상했던 일 아닌가?"

로라는 가볍고 명랑하게 물었지만 근심스러운 눈으로 앤을
바라보았다.

"썩 안정돼 보이지는 않는군, 우리 앤."

"맞아요. 잠을 잘 못 자고 두통이 있어요."

"상황을 너무 심각하게 받아들이지 마."

"말은 쉽죠. 로라는 분위기가 줄곧 어떤지 모르서서 그래요."
앤이 조바심치며 말했다. "잠깐이라도 세라와 리처드를 둘만 두
면 말다툼을 벌인다니까요."

"당연히 세라가 질투하겠지."

"그런 것 같아요."

"글쎄, 내가 말했지만 그건 예상했던 일이야. 세라에게는 여
전히 아이 같은 구석이 많아. 자식들은 제 엄마가 다른 사람에
게 시간과 관심을 쏟는 걸 싫어하지. 분명 마음의 준비를 했을
텐데, 앤?"

"네, 어떤 면에서는요. 세라가 언제나 아주 무심하고 어른처
럼 보이긴 해도 그랬죠. 말씀하신 것처럼 마음의 준비를 하고
있었어요. 준비하지 못한 부분은, 리처드가 세라를 질투한다는
거죠."

"세라가 바보짓을 하리란 예상은 했지만, 리처드는 훨씬 더
분별 있을 줄 알았다고?"

"네."

"그는 기본적으로 자기확신이 없는 사람이지. 자신감 있는 사
람이라면 껄껄 웃으면서 세라에게 꺼져버리라고 말했을 거야."

앤은 성난 듯이 이마에 손을 댔다.

"로라는 분위기를 모르셔서 그래요! 둘은 아무것도 아닌 일로 틀어져서 제가 누구 편을 드는지 보려고 저만 쳐다본다니까요."

"아주 흥미롭군."

"로라에게는 아주 흥미롭겠지만, 저한테는 정말 재미없어요."

"앤은 누구 편을 들지?"

"가능하면 누구의 편도 들지 않죠. 하지만 가끔은……"

"하지만 가끔은?"

앤은 잠시 침묵을 지키다가 대답했다.

"아시잖아요, 로라. 세라가 매사에 리처드보다 더 똑똑하게 굴어요."

"어떤 면에서 그렇단 거지?"

"글쎄요, 세라의 태도는 항상 아주 올바르죠―겉보기에는요. 아시다시피 예의바르고 뭐 그래요. 하지만 그 아이는 리처드를 괴롭히는 요령을 알아요. 세라가…… 그를 들볶아요. 그러면 리처드는 흥분하고 완전히 이성을 잃죠. 아, 왜 둘은 서로를 좋아하지 못하는 걸까요?"

"둘 사이에는 당연한 반감이 있기 때문이지. 앤도 내 말에 동의하지? 아니면 앤을 사이에 둔 질투일 뿐이라고 생각하나?"

"그 말씀이 맞는 것 같아요."

"둘은 어떤 일로 다투지?"

"시시하기 짝이 없는 일들이에요. 제가 가구 배치를 바꾸느라 책상과 소파를 옮겼던 거 기억하시죠? 그런데 세라가 달라진 게 싫다며 다시 원래대로 옮겼어요…… 그런데 어느 날 리처드가 불쑥 '난 당신이 책상을 저기 두고 싶어하는 줄 알았는데, 앤' 그러는 거예요. 전 그러면 공간이 더 넓어지긴 하겠다고 말했어요. 세라는 '글쎄요, 전 늘 있던 자리 그대로가 좋아요'라고 했고요. 그러자 곧장 리처드가 가끔 그러듯 위세 부리는 투로 '네 마음에 드느냐고 물은 게 아냐, 세라. 네 엄마의 마음에 드느냐고 물은 거지. 어서 다시 엄마가 원하는 대로 바꾸자' 하고는 곧바로 책상을 옮기고 '당신이 원하는 게 이거지?' 그러는 거예요. 저는 그렇다고 대답할 수밖에 없었죠. 그는 세라에게 고개를 돌리고 '무슨 이의라도 있나, 아가씨?' 하더군요. 세라는 그를 쳐다보면서 아주 얌전하고 예의바르게 말했어요. '아, 아뇨. 엄마가 중요하지 제가 중요한가요.' 그런데 로라도 아시죠? 제가 리처드 편을 들기는 했지만 사실은 세라에게 공감한다는 걸요. 그 아이는 제 가정과 그 안에 있는 모든 것을 사랑해요. 그런데 리처드는 세라의 감정을 전혀 이해하지 못해요. 맙소사, 제가 어떻게 해야 좋을지 모르겠어요."

"그래, 앤의 마음을 얻으려고 하는군."

"다 괜찮아질까요?"

앤은 희망어린 눈으로 친구를 바라보았다.

"그런 기대는 못하겠는걸."

"큰 위안이 되어주지는 못하시네요, 로라!"

"동화처럼 생각해봐야 아무 도움이 안 되니까."

"서로에게 너무 차가워요. 그들이 절 얼마나 힘들게 하는지 아셔야 하는데. 전 진짜로 병날 지경이에요."

"자기연민은 아무짝에도 쓸모없어, 앤. 그건 누구에게도 도움이 안 돼."

"하지만 전 너무 힘들어요."

"그 두 사람도 마찬가지일 거야, 앤. 그들에게 연민을 가져봐. 가여운 딸내미 세라는 절망적으로 괴롭고, 생각해보면 리처드도 마찬가지지."

"세상에, 세라가 집에 돌아오기 전까지 우린 무척 행복했어요."

로라는 살짝 눈썹을 치켜세웠다. 그리고 잠깐 침묵에 잠겼다가 입을 열었다. "두 사람의 결혼식이…… 언제지?"

"3월 13일이에요."

"아직 이 주일 가까이 남았군. 결혼식을 연기했지…… 이유가?"

"세라가 졸랐어요. 제 결혼에 적응할 수 있는 시간을 달라고요. 제가 손을 들 때까지 밀어붙였어요."

"세라가…… 그랬군. 리처드는 짜증을 냈겠지?"

"당연히 짜증을 냈죠. 크게 화냈어요. 리처드는 계속 제가 세라를 망쳤다고 말해요. 로라도 정말 그렇다고 생각하세요?"

"아니, 그렇게 생각하지 않아. 세라를 그렇게 사랑하면서도 지나칠 만큼 멋대로 하게 내버려둔 적은 없었지. 지금까지 세라도 늘 엄마에게 온당한 배려심을 보여줬고…… 말하자면 자기중심적인 젊은이가 할 수 있는 만큼은 그랬단 거야."

"로라, 제가 어째야 한다고 생각하시……"

그녀는 말을 멈췄다.

"내 생각을 묻는 건가?"

"아, 아니에요. 하지만 가끔 제가 이 상황을 더는 못 견딜 것 같은……"

현관문 열리는 소리가 나자 앤은 말을 멈췄다. 세라는 거실에 들어와 로라 휘스터블을 보고 기쁜 표정을 지었다.

"어머, 로라, 오신 줄 몰랐어요."

"우리 대녀는 어떻게 지내지?"

세라가 다가와 로라에게 키스했다. 바깥 공기가 밴 세라의 뺨은 싱그럽고 차가웠다.

"잘 지내요."

앤이 뭐라고 중얼대면서 거실에서 나갔다. 세라의 눈이 그녀를 좇았다. 세라는 죄책감으로 상기된 얼굴을 돌려 로라를 보았다.

로라가 고개를 크게 끄덕이며 말했다.

"그래, 네 엄마는 울고 있었어."

세라는 기세등등하고 화난 표정을 지었다.

"그게 제 탓은 아니죠."

"그럴까? 넌 엄마를 좋아하지 않니?"

"아주 좋아하죠. 아시잖아요."

"그런데 왜 엄마를 불행하게 만들지?"

"아뇨, 제가 그런 게 아니에요. 전 아무 짓도 하지 않았어요."

"넌 리처드와 말다툼을 벌이잖니?"

"아, 그거! 누구라도 도리 없을걸요! 그 사람은 구제불능이에요! 엄마도 그가 얼마나 구제불능인지 깨달아야 할 텐데! 엄마도 언젠가 알게 되는 날이 올 거예요."

로라가 말했다.

"꼭 그렇게 남의 인생에 개입해야겠니, 세라? 내가 젊었을 땐 부모가 자식에게 그런다는 비난을 받았지. 요즘은 그 반대가 된 것 같구나."

세라는 로라가 앉은 의자의 팔걸이에 걸터앉았다. 비밀을 털어놓는 것 같은 태도였다.

"하지만 전 정말 걱정돼요. 엄마는 그 사람과 행복하지 않을 거예요. 두고보세요." 세라가 말했다.

"그건 네가 참견할 일이 아니야, 세라."

"하지만 신경쓰지 않을 수가 없어요. 전 엄마가 불행해지는 걸 원치 않거든요. 엄마는 불행해질 거예요. 엄마는 너무…… 너무 무력해요. 누구라도 엄마를 보살펴줘야 해요."

로라는 볕에 그을린 세라의 두 손을 꼭 잡았다. 로라가 강한 어조로 말하자 세라는 그 말이 주의와 경고 같아서 뜨끔했다.

"잘 들어라, 세라. 내 말을 들어. 조심해. 아주 조심해라."

"무슨 뜻이에요?"

로라는 다시 강조하며 말했다.

"네 엄마가 평생 후회할 일을 하게 내버려두지 않도록 아주 조심해."

"바로 그게 제가……"

로라가 휘몰아치듯 말했다.

"난 네게 경고하는 거야. 아무도 네게 그러지 않으니까." 그 녀가 갑자기 킁킁대며 코로 숨을 들이마셨다. "세라, 지금 냄새가 나는데 무슨 냄새인지 말해줄까. 이건 번제 제물* 냄새구나, 난 제물이 달갑지 않은데."

그들이 더 이야기하기 전에 이디스가 문을 열고 말했다.

"로이드 씨가 오셨어요."

세라가 벌떡 일어났다.

---

* 제단에서 태워 신에게 바치는 제물. 시커멓게 탄 아침식사를 가리키기도 함.

"어서 와, 게리." 그녀가 로라에게 고개를 돌리며 말했다. "게리 로이드예요. 이분은 내 대모인 데임 로라 휘스트터블이셔."

게리가 악수하며 말했다.

"어젯밤 라디오에서 부인의 말씀을 들은 것 같습니다."

"고맙기도 하지."

"〈오늘 살아 있을 수 있는 방법〉 시리즈의 두번째 방송이었죠. 무척 감동했습니다."

"신소리 그만해요." 로라는 갑자기 눈을 반짝이며 게리를 보았다.

"아뇨, 진심입니다. 모든 해답을 갖고 계신 것 같았어요."

"그래요, 케이크를 직접 만드는 것보다 남에게 어떻게 만들라고 말하기가 언제나 더 쉬운 법이지. 그 편이 한결 재밌기도 하고. 하지만 인성에는 해로워요. 나는 내가 매일 점점 더 혐오스러운 인간이 되어간다는 걸 아주 잘 알고 있어요."

"오, 아니에요." 세라가 말했다.

"아니, 그렇단다. 얘야. 사람들에게 충고까지 하는 지경에 이르렀지…… 용서받기 힘든 죄악이야. 이제 난 네 엄마에게 가봐야겠다, 세라."

2

로라가 거실에서 나가자 게리가 말했다.

"난 이 나라를 떠날 생각이야, 세라."

세라가 깜짝 놀라 그를 빤히 보았다.

"아, 게리…… 언제?"

"실은 당장. 다음주 목요일에."

"어디로 가는데?"

"남아프리카."

"거긴 먼 곳이잖아." 세라가 소리쳤다.

"좀 그렇지."

"몇 년이나 못 돌아오겠네!"

"아마 그렇겠지."

"거기서 무슨 일을 할 건데?"

"오렌지 재배를 할 거야. 친구 두엇과 같이 가. 분명 꽤 재밌을 거야."

"게리, 꼭 가야 해?"

"세라, 난 이 나라가 지긋지긋해. 니무 재미없고 너무 재수가 없어. 이 나라는 내게 아무짝에도 쓸모없었고, 나도 지금껏 이 나라에 아무 쓸모가 없었어."

"숙부님은 뭐라셔?"

"아, 우린 이제 더이상 대화를 나누는 사이가 아니야. 그래도 리나 숙모는 꽤 친절하시지. 나한테 수표와 뱀에 물렸을 때 쓰는 신기한 약을 주셨어."

그가 히죽 웃었다.

"오렌지 재배에 대해 뭐 아는 게 있어, 게리?"

"전혀 없지만 곧 배우게 되겠지."

세라는 한숨을 쉬었다.

"보고 싶을 거야……"

"그럴 것 같지 않은데…… 오래 그러진 않을 거야." 게리는 그녀를 쳐다보지 않고 조금 퉁명스럽게 말했다. "어떤 사람이 지구 반대편으로 가버리면 사람들은 그를 금세 잊어."

"아니, 안 그래……"

그는 세라를 힐끗 보았다.

"그러지 않을까?"

세라는 고개를 저었다.

두 사람은 당황해서 서로 시선을 피했다.

"그동안 함께해서 즐거웠어." 게리가 말했다.

"응……"

"오렌지 농사로 성공한 사람도 꽤 있어."

"그러길 기대할게."

게리는 신중하게 단어를 골라 말했다.

"꽤 즐겁게 살아갈 수 있을 거야. 내 말은 그러니까…… 여자한테 그럴 거라고. 좋은 날씨에, 하인도 많이 둘 수 있고, 그 모든 게."

"응."

"하지만 세라는 다른 남자와 결혼하겠지……"

"아, 아니." 세라는 고개를 저었다. "너무 일찍 결혼하면 크게 실수하게 될 거야. 난 당분간 결혼할 생각이 없단 뜻이야."

"세라는 그렇게 생각하겠지만 어떤 인간이 그 마음을 바꿔놓겠지." 게리가 우울하게 말했다.

"난 아주 냉정한 사람이야." 세라가 안심시키려는 듯 말했다.

그들은 서로 시선을 피하며 어색하게 서 있었다. 그러다가 얼굴이 몹시 창백해진 게리가 잠긴 목소리로 말했다.

"세라, 난 널 사랑해. 너도 알지?"

"정말?"

천천히, 마치 떠밀린 듯 두 사람은 가까이 다가섰다. 게리가 두 팔로 그녀를 안았다. 조심스럽게, 마치 감탄한 듯 그들은 키스했다……

게리는 이렇게 어설프게 구는 게 이상하다고 생각했다. 그는 쾌활한 청년이고 여자 경험도 많았다. 하지만 이 사람은 '여자들'이 아니라 그가 사랑하는 세라였다……

"게리."

"세라……"

그가 다시 그녀에게 키스했다.

"잊지 않겠지, 세라? 그렇지? 우리가 함께 즐거웠던 일 모두…… 전부 다?"

"당연히 잊지 않을 거야."

"편지 쓸 거야?"

"난 편지에 약간 공포가 있어."

"그래도 나한테는 써줄 거지? 제발, 세라. 난 무척 외로울 거야……"

세라는 그에게서 몸을 떼고 떨면서 작게 웃었다.

"넌 외롭지 않을 거야. 여자가 많을 테니까."

"여자가 많다 해도 다 그저 그럴 거야. 그리고 난 오렌지 말고는 아무것도 없다고 상상하고 싶은데."

"가끔 나한테도 선물해줘."

"당연히 그럴게. 세라, 널 위해서라면 뭐든 할 수 있어."

"그렇다면 열심히 일해. 오렌지 농사에나 성공하라고."

"그럴게. 그러겠다고 맹세할게."

세라가 한숨을 쉬었다.

"당장 떠나는 게 아니라면 좋을 텐데. 이런저런 일을 너와 상의하면서 얼마나 안심이 됐는지 몰라."

"콜리플라워는 어때? 이제 좀 마음에 들어?"

"아니, 마음에 안 들어. 우리는 쉬지 않고 싸워. 하지만……"
그녀의 목소리가 의기양양해졌다. "내가 이기고 있다는 생각이
들어, 게리!"

게리는 불편한 표정으로 그녀를 바라보았다.

"그 말은 너희 엄마가……"

세라가 승리감에 도취한 듯 고개를 끄덕였다.

"엄마도 그가 얼마나 가망 없는 사람인지 알기 시작한 것 같
아."

게리는 더욱 불편한 표정을 지었다.

"세라, 난 네가 그러지 않으면 좋겠어……"

"콜리플라워하고 싸우지 말라고? 난 필사적으로 싸울 거야!
포기하지 않겠어. 엄마를 꼭 구해내야 하니까."

"간섭하지 않는 게 좋아, 세라. 엄마가 뭘 원하는지는 스스로
잘 아실 거야."

"전에도 말했지만 엄마는 나약해. 사람들에게 쉽게 연민을
품고 판단력도 없어. 난 엄마를 불행한 결혼에서 구하려는 거라
고."

게리가 대담하게 나섰다.

"글쎄, 그래도 난 네가 질투하고 있다고 생각해."

세라는 성난 것 같았다.

"알았어! 마음대로 생각해! 그리고 이제 그만 가보는 게 좋

겠어."

"화내지 마. 너도 네가 뭘 하고 있는지는 알고 있겠지."

"당연히 알고말고." 세라가 대꾸했다.

3

앤이 침실 화장대 앞에 앉아 있을 때 로라가 들어왔다.

"이제 기분 좀 나아졌나, 앤?"

"네. 제가 너무 어리석게 굴었어요. 이런 일들에 연연하면 안 되는데."

"젊은 남자 하나가 지금 막 왔더군. 게리 로이드. 그가 그……"

"맞아요. 어떤 아이 같으세요?"

"세라는 그를 사랑해."

앤은 걱정스러운 표정을 지었다. "세상에, 전 안 그러면 좋겠어요."

"앤이 그래봤자 소용없어."

"끝이 좋을 수 없을 거예요, 아시겠지만."

"앤은 그 청년이 전혀 성에 차지 않지?"

앤은 한숨을 쉬었다. "걱정이에요. 게리는 진득한 면이 없어요. 매력이 있긴 해요. 호감을 주긴 하지만……"

"안정감이 없다?"

"그가 어디서도 성공 못할 것 같아요. 세라는 매번 운이 나빠서 그랬다고 하지만 제 생각엔 그게 전부가 아니에요." 앤이 말을 이었다. "세라는 진짜 괜찮은 남자도 많이 알아요."

"그렇지만 그들을 따분해하겠지. 유능하고 매력적인 아가씨들이란─세라도 아주 유능하지─언제나 위험한 것들에 끌리니까. 그게 자연의 법칙인가봐. 나 역시 그 청년에게 끌렸음을 고백하지."

"로라도요?"

"내게도 여자로서의 약점은 있어. 잘 있어, 앤. 행운을 빌게."

4

리처드는 여덟시 직전에 아파트에 도착했다. 집에서 앤과 저녁을 하기로 약속했다. 세라는 저녁식사 겸 댄스파티에 갈 예정이었다. 그가 도착했을 때 세라는 거실에서 매니큐어를 바르고 있었다. 거실에서 눈깔사탕 냄새가 났다. 세라가 고개를 들고 말했다. "안녕하세요, 리처드." 그러고는 하던 일을 계속했다. 리처드는 불만스러운 듯이 그녀를 보았다. 그는 세라를 점점 미워하는 자신에게 조금 놀랐다. 전에는 선의를 가졌고, 친절하고 다정한 새아버지로서 관대하고 애정까지 느껴보려고 마음의 준비를 했다. 처음의 경계에 대해서는 각오하고 있었지만, 자신이 어린 사람의 편견을 쉽게 극복하리라 생각했다.

그런데 리처드가 보기에 상황을 주도하는 사람은 그가 아니라 세라였다. 그녀의 냉랭한 멸시와 증오는 그의 민감한 피부를 뚫고 들어와 상처를 내고 굴욕감을 안겼다. 리처드는 자신을 대단하게 생각해본 적이 없는 사람이었고, 세라의 박대는 그의 자존감을 한층 더 끌어내렸다. 처음에는 달래고 나중에는 휘어잡으려던 노력들이 처참해지고 말았다. 그는 번번이 엇박자로 말하고 행동하는 것 같았다. 세라에 대한 미움 뒤에서 앤에 대한 짜증이 점점 커지고 있었다. 앤은 당연히 그의 편을 들어야 했다. 세라를 꾸짖어 분수를 지키게 하고, 그의 편에 서는 게 마땅했다. 중재자로서 애쓰는 앤이, 그녀가 중도의 입장을 취하는 것이 리처드는 못마땅했다. 그런 태도는 아무짝에도 쓸모없었고 앤은 그 사실을 깨달아야 했다!

세라가 손톱을 말리려고 손을 뻗어 이리저리 돌렸다.

아무 말도 하지 않는 게 낫다는 걸 뻔히 알면서도 리처드는 가만있을 수가 없었다.

"손가락을 핏물에 담근 것 같구나. 젊은 여자애들은 손톱에 왜 그런 걸 칠하는지 도무지 알 수가 없어."

"그러세요?"

리처드는 감정이 상하지 않을 만한 화제를 찾으면서 말했다.

"오늘 저녁에 난 네 친구인 게리 로이드를 만났지. 남아프리카로 간다고 하더구나."

"목요일에 떠날 거예요."

"거기서 성공하려면 열심히 노력해야 할 거야. 일을 즐기지 않는 사람이 들어설 자리는 없는 곳이니까."

"남아프리카에 대해 많이 아시나봐요?"

"그런 곳들은 다 똑같아. 그 나라들은 배포 두둑한 사내들을 원하거든."

"게리는 배포 두둑한 사내예요." 세라가 말하고는 얼른 덧붙였다. "꼭 그런 표현을 써야 하겠다면요."

"그게 뭐 잘못이냐?"

세라는 고개를 똑바로 들고 그를 쌀쌀맞게 쳐다보았다.

"그냥 좀 듣기 거북해서요…… 그것뿐이에요." 그녀가 대꾸했다.

리처드는 얼굴을 붉혔다.

"네 엄마가 널 좀더 공손한 아이로 키우지 않은 게 유감이구나." 그가 말했다.

"제가 무례했나요?" 그녀는 아무것도 모른다는 눈빛으로 쳐다보았다. "정말 죄송합니다."

세라의 과장된 사과는 그에게 전혀 위로가 되지 않았다.

리처드가 불쑥 물었다.

"엄마는 어디 계시지?"

"옷 갈아입으세요. 금방 오실 거예요."

세라는 가방을 열고 거울을 꺼내 얼굴을 꼼꼼히 살폈다. 그러고는 화장을 고치기 시작했다. 입술을 다시 칠하고 눈썹을 그렸다. 이미 화장을 마친 상태였지만 리처드의 부아를 돋울 셈으로 그랬다. 세라는 리처드가 이상하고 옛날 사고방식을 가진 남자라서 여자가 남 앞에서 화장하는 것을 못마땅해한다는 걸 알았다.

리처드는 농담처럼 들리도록 애쓰면서 말했다.

"자 자, 세라. 과하게는 하지 마라."

그녀가 들고 있던 거울을 내려놓고 말했다.

"무슨 뜻이에요?"

"색깔도 그렇고 분칠도 그래. 내가 분명히 말하는데, 남자들은 진한 화장을 좋아하지 않아. 그렇게 화장하면 꼭……"

"술집 여자 같다, 그건가요?"

리처드가 화가 나서 말했다.

"난 그렇게 말하지 않았다."

"하지만 그런 의미였죠." 세라는 화장 도구를 가방에 쓸어넣었다. "도대체 이게 당신과 무슨 상관이 있다고 그래요?"

"이봐, 세라……"

"제 얼굴에 뭘 바르건 제 맘이에요. 당신이 상관할 일이 아니라고요. 간섭하기 좋아하는 잔소리꾼 같으니라고."

세라가 분노로 떨면서 고함치다시피 쏘아붙였다.

리처드도 치를 떨면서 세라에게 소리쳤다.

"참을 수 없을 만큼 성질 더러운 새끼 암여우들 중에서도 넌 진짜 구제불능이야!"

마침 그때 앤이 들어왔다. 그녀는 문가에 멈춰 서서 지친 듯이 말했다. "세상에, 이번엔 또 무슨 일이에요?"

세라가 그녀를 지나쳐 뛰어갔다. 앤은 리처드를 보았다.

"난 아이에게 화장이 과하다고 말했을 뿐이야."

앤은 몹시 화가 치밀어 한숨을 푹 내쉬었다.

"리처드, 난 정말 당신이 조금 더 분별력을 발휘해야 한다고 생각해요. 도대체 그게 당신과 무슨 상관인데요?"

리처드는 화가 나서 가만히 서 있을 수가 없었다.

"그래, 잘 알았어. 당신 딸이 술집 여자 같은 꼴로 외출해도 당신이 좋다면 도리 있나."

"세라는 그렇지 않아요." 앤이 날카롭게 쏘아붙였다. "어떻게 그런 끔찍한 말을 하죠? 요즘 아가씨들은 다 화장을 해요. 당신은 너무 고루해요, 리처드."

"고루하다! 구식이다! 당신은 날 좋게 생각하지 않아. 안 그런가?"

"아, 리처드, 우리가 이렇게 말다툼해야겠어요? 당신이 세라에 대해 그렇게 말하는 건 사실 날 비난하는 거라는 걸 모르겠어요?"

"당신을 특별히 현명한 엄마라고 생각한다는 말은 못하겠군. 세라가 당신이 키운 아이라면 말이지."

"그 말은 너무도 잔인하고, 사실도 아니에요. 세라는 아무 문제도 없어요."

리처드는 소파에 털썩 앉았다.

"외동딸을 둔 여인과 결혼하는 남자를 신이 도우시길." 그가 말했다.

앤의 눈에 눈물이 고였다.

"나한테 청혼할 때 세라가 있다는 걸 모르지 않았잖아요. 난 내가 딸을 얼마나 사랑하는지, 또 그 아이가 내게 어떤 의미인지 당신에게 말했어요."

"난 당신이 아이에게 완전히 매여 사는 줄은 몰랐어! 아침부터 밤까지 당신은 그저 세라, 세라, 세라지!"

"세상에." 앤이 중얼댔다. 그녀는 리처드 옆으로 다가가서 앉았다. "리처드, 이성적으로 행동하려고 노력해봐요. 나는 세라가 당신을 질투할지도 모른다고는 생각했지만, 당신이 세라를 질투할 줄은 몰랐어요."

"난 세라를 질투하는 게 아냐." 리처드가 불퉁하게 대꾸했다.

"하지만 리처드, 당신은 그래요."

"당신은 항상 세라가 먼저지."

"오, 이런." 앤은 무기력하게 등을 기대고 눈을 감았다. "사실 난 어떻게 해야 좋을지 모르겠어요."

"내가 들어갈 자리는 어디지? 어디에도 없어. 난 당신 안중에도 없어. 당신은 결혼식까지 연기했어, 세라가 부탁했다는 이유만으로……"

"나는 아이에게 우리 결혼에 익숙해질 시간을 좀더 주고 싶었어요."

"그래서 지금 세라가 그 사실에 더 익숙해졌나? 그 아이는 모든 시간을 날 화나게 할 자잘한 일들을 하는 데 쏟고 있잖아."

"세라가 힘들게 군다는 건 알지만 당신도 과장하고 있어요. 당신이 벌컥 화내지 않으면 가여운 세라는 한마디도 하지 못할 거예요."

"가여운 세라, 가여운 세라. 알겠어? 그게 당신의 본심이라고!"

"리처드, 그래봐야 세라는 이제 막 아이를 벗어난 어린 사람이에요. 감안하고 봐줘야죠. 하지만 당신은 어른이잖아요, 성인!이라고요."

리처드가 갑자기 누그러져서 말했다.

"이게 다 당신을 많이 사랑하기 때문이야, 앤."

"세상에."

"우린 정말 행복했어…… 세라가 집에 돌아오기 전까지는."

"알아요……"

"그런데 지금은…… 나는 계속 당신을 잃어가는 것 같아."

"그렇지 않아요, 리처드."

"앤…… 여전히 날 사랑해?"

앤은 갑자기 열정적으로 대답했다.

"어느 때보다도 그래요, 리처드. 그 어느 때보다도."

5

저녁식사는 괜찮았다. 이디스가 신경써서 식사를 준비해줬
고, 격하게 반응하던 세라가 나가자 집에는 다시 예전 같은 평
화가 깃들었다.

리처드와 앤은 웃고 이야기하며 지난 일들을 회상했고, 반갑
고 잔잔한 평온을 누렸다.

그들은 거실로 돌아가서 커피와 베네딕틴*을 마셨다. 리처드
가 말했다.

---

* 프랑스의 수도사 베네딕틴이 만든 증류주.

"근사한 저녁이었어. 아주 평화롭고. 난 언제나 이런 상황을 꿈꿨어."

"이제부터 그렇게 될 거예요."

"설마 진심으로 그렇게 생각하는 건 아니지? 앤, 나는 여러모로 생각해봤어. 진실이 불쾌한 것이라도 대면할 수밖에 없지. 솔직히 난 세라와 잘 지낼 수 있을 것 같지 않아. 셋이 함께 사는 건 도저히 불가능해 보여. 사실 할 수 있는 일은 딱 한 가지뿐이야."

"무슨 말이에요?"

"솔직히 말하면, 세라가 이 집에서 나가야 한다고 생각해."

"안 돼요, 리처드. 그럴 순 없어요."

"젊은 여자애들은 집에서 행복하지 않으면 나가서 혼자 살아."

"세라는 겨우 열아홉 살이에요, 리처드."

"젊은 여자애가 살 수 있는 곳들이 있어. 기숙사도 있고, 적당한 가정에서 보호를 받으며 사는 하숙도 있고."

앤은 단호하게 고개를 저었다.

"당신이 무슨 제안을 하는지 잘 모르는 것 같네요. 당신은 내게 재혼하고 싶다면 어린 딸을 쫓아내라고…… 내 아이를 집에서 쫓아내라고 말하고 있어요."

"젊은 여자애들은 독립을 원해."

"세라는 아니에요. 그 아이가 나가서 혼자 살고 싶은지 그렇

지 않은지는 이 일과 관계없어요. 여기는 그 아이의 집이에요,
리처드."

"글쎄, 나는 아주 좋은 계획이라고 생각하는데. 우리는 세라
에게 생활비를 넉넉히 줄 수 있어…… 내가 도울게. 그렇게 아
끼면서 살 필요도 없어. 혼자서 행복할 거고 우리도 우리끼리 행
복할 거야. 나는 이 계획이 뭐가 잘못인지 모르겠어."

"당신은 세라가 혼자서 행복할 거라고 생각해요?"

"분명 그럴 거야. 젊은 여자애들은 독립을 원한다고."

"당신은 여자애들에 대해 아무것도 몰라요. 당신이 생각하는
건 그저 당신이 원하는 것뿐이죠."

"나는 지극히 합리적이라고 생각한 해결책을 제안한 거야."

앤이 천천히 말했다. "저녁식사 전에 당신은 내게 항상 세
라가 먼저라고 말했어요. 어떤 면으로는 맞는 말이에요, 리처
드…… 내가 누구를 더 사랑하느냐의 문제가 아니에요. 하지만
둘을 놓고 볼 때…… 당신보다는 세라를 먼저 챙겨야 한다는
건 알아요. 왜냐하면 당신도 알다시피 세라는 내 책임이니까요.
세라가 완전한 성인이 될 때까지 내 책임은 끝나지 않는 거고,
세라는 아직 완전한 성인이 아니에요."

"엄마들은 자식들이 어른이 되는 걸 바라지 않지."

"그런 사람들도 있지만, 솔직히 나와 세라는 아니에요. 아마
도 당신은 알 수 없는 걸 나는 알아요…… 세라는 아직 많이 어

리고 무방비 상태라고요."

리처드는 코웃음을 쳤다.

"무방비 상태라!"

"그래요, 내가 말하려는 게 바로 그거예요. 세라는 자신을 확신하지 못하고, 인생도 확신하지 못해요. 세상에 나갈 준비가 되면 세라는 떠나려 할 테고, 그때가 되면 난 얼마든지 그러도록 도와줄 거예요. 하지만 세라는 아직 준비가 안 됐어요."

리처드가 한숨을 쉬고 말했다.

"엄마들과 입씨름해서 이길 수가 있나."

앤이 의외로 단호하게 말했다.

"난 내 딸을 이 집에서 쫓아내지 않을 거예요. 아이가 원치 않는데 그러는 건 잔인해요."

"좋아, 당신이 그렇게까지 확고하다면야."

"그래요. 사랑하는 리처드, 당신이 인내심을 가져주기만 하면 돼요. 모르겠어요? 이방인은 당신이 아니라 세라예요. 그 아이도 그렇게 느끼고요. 하지만 난 알아요, 시간이 흐르면 세라는 당신과 친해지는 법을 터득할 거예요. 왜냐하면 세라는 날 진심으로 사랑하니까요. 그리고 그 아이는 내가 불행해지는 걸 결코 바라지 않으니까요."

리처드는 얼핏 짓궂은 미소를 지으며 그녀를 바라보았다.

"다정한 앤, 얼마나 못 말리는 낙천가인지."

앤이 그의 팔로 파고들었다.

"리처드, 사랑해요…… 오 이런, 두통이 너무 심하지 않으면 좋을 텐데……"

"내가 아스피린 가져올게."

이제는 앤과 대화할 때 매번 아스피린 이야기로 끝난다는 생각이 그의 머리를 스쳤다.

1

이틀 동안 뜻밖에도 반가운 평화가 있었다. 앤은 용기를 얻었다. 결국 상황이 그리 나쁘지는 않았다. 그녀가 말했듯 시간이 흐르면 모두 괜찮아질 것이었다. 리처드에게 했던 호소는 효과가 있었다. 일주일 후면 그들은 결혼할 테고, 앤이 생각하기에 그러고 나면 삶이 제자리를 찾을 것 같았다. 세라가 리처드에 대한 격한 반감을 거두고 바깥일들에 더 관심을 갖게 될 게 분명했다.

"오늘은 기분이 한결 나은걸." 그녀가 이디스에게 말했다.

이제는 두통 없이 하루를 보내는 게 아주 놀라운 일이 됐다는 생각이 앤의 머리를 스쳤다.

"폭풍우 중의 소강상태 같은 것 아니겠어요." 이디스가 대꾸했다. "세라 양과 콜드필드 씨는 꼭 개와 고양이 같아요. 진짜 본능적인 상극인가 하는 거요."

"그래도 난 세라가 조금은 나아졌다고 생각하는데, 안 그래?"

"저라면 헛된 희망으로 들뜨지 않겠어요." 이디스가 우울하게 대답했다.

"하지만 언제까지나 그런 식일 수는 없지 않겠어?"

"저라면 기대하지 않겠네요."

이디스는 언제나 우울하지! 앤은 생각했다. 이디스는 재앙을 예언하는 것을 즐겼다.

"요즘에는 괜찮아졌어." 앤이 물러서지 않고 말했다.

"그거야 콜드필드 씨는 세라 양이 꽃집에서 일하는 낮에 오시고, 아가씨는 저녁때 부인을 독차지하니까 그렇죠. 게다가 세라 양은 로이드 씨가 외국으로 떠나는 데 정신이 팔려 있잖아요. 하지만 두 분이 결혼하면, 부인은 두 사람과 동시에 같이 있게 될 텐데 그 둘 사이에서 부인은 갈가리 찢길 거예요."

"아. 이디스." 앤은 경악했다. 끔찍한 은유였다.

그리고 그녀의 예감과 딱 맞아떨어졌다.

앤이 절망적으로 말했다. "견딜 수 없을 거야. 남부끄럽게 싸우는 걸 질색하는데 늘 그러잖아."

"맞아요. 항상 조용하고 근심 없이 살아오셨고, 그런 생활이 부인한테 맞는데 말이죠."

"내가 어떻게 해야 할까? 이디스라면 어쩌겠어?"

이디스가 느긋하게 대답했다.

"불평해봤자 소용없어요. 어릴 때 배웠어요. '인생은 눈물의 계곡일 뿐이다'."

"내게 할말이 그것뿐이라면 퍽이나 위로가 되는군!"

"우리를 시험하기 위해 신이 내리신 일들이에요." 이디스가 훈계조로 말했다. "부인도 차라리 싸우기 좋아하는 부인들 같았으면 나았을 텐데요! 그런 여자들이 많이 있어요. 예를 들면 제 숙부의 두번째 부인 같은 사람이요. 숙모는 신나게 입씨름 벌이는 걸 가장 좋아하죠. 어쩌나 독하게 말하는지…… 하지만 일단 싸움이 끝나면 악감정을 버리고 그 일을 두번 다시 생각하지 않아요. 다 털어버리는 거죠. 제가 볼 때는 아일랜드 혈통이라서 그런 것 같아요. 숙모의 어머니가 리머릭* 출신이었거든요. 악의는 없지만 그들은 늘 싸우고 싶어 근질근질한 사람들 같아요. 세라 양도 조금은 그런 기질이 있어요. 프렌티스 씨가 반은 아일랜드 혈통이라고 부인이 그러셨던 것 같은데요. 세라 양은 발끈하는 성격이긴 해도, 그렇게 마음 착한 아가씨가 또 없죠. 제게 물으신다면 로이드 씨가 바다 건너로 떠나는 건 잘된 일이

---

* 아일랜드의 도시.

라고 하겠어요. 그는 한곳에 자리잡고 살 남자가 아니죠. 세라 양은 그보다 좋은 사람을 만날 수 있어요."

"세라가 그를 많이 좋아하는 눈치여서 걱정이야, 이디스."

"저라면 걱정하지 않겠어요. 떨어져 있으면 더 애틋해진다는 말도 있지만, 우리 제인 숙모는 거기에 한마디 끼워넣곤 했죠. '다른 사람'이라고요. 눈에서 멀어지면 마음에서도 멀어진다가 더 맞는 말이에요. 이제 세라 양이나 다른 사람 일은 걱정 마세요. 여기 부인이 꼭 읽고 싶다고 도서관에서 빌려온 책이 있네요. 제가 맛있는 커피와 비스킷 몇 개 가져다드리죠. 즐길 수 있을 때 즐겨두세요."

조금 불길한 마지막 말의 암시를 앤은 무시하고 넘어갔다. 그녀가 말했다. "큰 위로가 됐어, 이디스."

목요일에 게리 로이드가 떠났고 그날 저녁 세라는 집에 돌아와서 리처드와 더 격렬하게 말다툼을 벌였다.

앤은 두 사람만 두고 자기 방으로 숨어버렸다. 그녀는 어둠 속에 누워서 두 손을 눈가에 대고, 지끈거리는 이마를 손가락으로 눌렀다. 눈물이 뺨을 타고 흘렀다.

앤은 낮은 목소리로 계속 중얼거렸다. "못 참겠어…… 못 참겠어……"

이내 리처드가 거실을 박차고 나오면서 외치다시피 내뱉은 말의 마지막 부분이 앤의 귀에 들렸다.

"……네 엄마가 계속해서 두통 핑계 대며 도망치는 걸로는 이 상황을 벗어나지 못할 거다."

그러더니 현관문이 쾅 닫혔다.

복도에서 세라의 발소리가 났다. 딸은 머뭇머뭇 천천히 자기 방으로 향했다. 앤이 불렀다.

"세라."

문이 열렸다. 세라의 목소리는 조금 찔리는 듯했다.

"어두운 데 있네요?"

"머리가 아프구나. 구석에 있는 작은 램프를 켜라."

세라는 그렇게 했다. 그녀는 눈을 피하면서 천천히 침대로 다가갔다. 세라에게는 외롭고 아이 같은 구석이 있었고, 앤은 몇 분 전만 해도 딸에게 불같이 화가 났지만 이 모습을 보자 안쓰러웠다.

"세라." 앤이 말했다. "꼭 그래야겠니?"

"제가 꼭 뭘요?"

"맨날 리처드와 그래야겠어? 넌 내 생각은 전혀 하지 않는 거니? 날 얼마나 힘들게 하는지 모르겠어? 넌 내가 행복하기를 바라지 않는 거야?"

"당연히 엄마가 행복하기를 바라요. 그래서 이러는 거죠!"

"네 말을 못 알아듣겠구나. 넌 나를 너무 비참하게 만들고 있어. 때때로 난 계속 버틸 수 없다는 생각이 들어…… 모든 게 너무 달라졌어."

"맞아요, 모든 게 달라졌어요. 그 사람이 모든 걸 망쳐놨어요.
그 사람은 내가 여기서 나가길 원해요. 엄만 그 사람이 날 내보
내게 두지 않을 거죠, 그렇죠?"

앤은 화가 났다.

"당연하지. 누가 그런 내색을 했니?"

"그 사람이 방금 그랬어요. 하지만 안 그럴 거죠, 그렇죠? 모
든 게 나쁜 꿈인 것 같아요." 갑자기 세라가 울기 시작했다. "전
부 다 엉망진창이 됐어요. 전부 다요. 내가 스위스에서 돌아온
뒤로요. 게리가 떠났고…… 아마 난 다시는 게리를 못 만날 거
예요. 그리고 엄마는 내게 등을 돌렸고……"

"난 네게 등 돌린 적 없어! 그런 말은 하지도 마라."

"아, 엄마…… 엄마."

세라는 침대 옆에 무릎을 꿇고 마구 흐느꼈다.

그녀는 간간이 한마디를 반복했다. "엄마……"

2

다음날 앤의 아침식사가 담긴 쟁반에 리처드가 보낸 쪽지가
있었다.

168

사랑하는 앤. 상황을 이대로 내버려둘 순 없어. 우리가 함께 대책이라도 세워야 해. 난 세라가 당신이 생각하는 것보다 더 말을 잘 들을 거라고 믿어.

당신의 리처드가

앤은 얼굴을 찌푸렸다. 리처드는 일부러 자기 자신을 속이는 걸까? 아니면 지난밤 세라가 부린 심한 히스테리 때문일까? 후자일 것 같았다. 세라가 풋사랑의 모든 아픔과 사랑하는 사람과의 첫 이별을 겪고 있는 거라고 앤은 확신했다. 어쨌든 세라는 리처드를 아주 싫어하고, 그러니 집을 떠나 사는 게 더 행복할지도 모른다……

앤은 충동적으로 수화기를 들고 로라 휘스트터블에게 전화를 걸었다.

"로라? 앤이에요."

"안녕하신가? 아주 이른 시간에 전화했네."

"로라, 제가 어찌해야 할지 모르겠어요. 두통이 그치지 않고 너무 고통스러워요. 계속 이런 상태로 흘러가게 둘 순 없어요. 로라의 충고가 필요해요."

"난 충고는 하지 않아. 충고야말로 가장 위험한 거니까."

앤은 아랑곳하지 않았다.

"로라, 혹시…… 세라가 나가 산다면…… 잘한 일이라고 생각하실 것 같아요? 친구와 아파트를 얻어 살거나…… 그런 식으로 산다면요?"

잠시 침묵이 흐르다가 로라가 물었다. "그 아이가 그러고 싶어해?"

"글쎄요…… 아니요, 전혀 그렇지 않아요. 그냥 생각해본 거예요."

"누구 생각인데? 리처드?"

"아…… 네."

"아주 합리적이군."

"합리적이라고 생각하세요?" 앤이 간절한 듯이 물었다.

"리처드 입장에서는 대단히 그렇다는 거야. 리처드는 자기가 뭘 원하는지 알고 있군…… 거기 매진하고 있고 말이지."

"로라는 어떻게 생각하시는데요?"

"말했잖아, 앤, 내 생각은 필요 없어. 세라는 뭐라고 하지?"

앤은 주저했다.

"사실 세라와 의논하진 않았어요…… 아직은요."

"하지만 앤도 무슨 생각이 있겠지."

앤이 마지못한 듯이 대답했다. "세라는 절대 그러고 싶어하지 않을 것 같아요."

"이런!"

"하지만 혹시 제가…… 주장을 해야 한다면요?"

"왜? 두통 때문에 그렇다고?"

"아뇨, 아니에요." 앤이 충격을 받은 듯이 외쳤다. "그건 전적으로 세라의 행복을 위해서예요."

"거참 감동적인 소리로군! 난 숭고한 감정 따윈 믿지 않아. 자세히 말해보겠어?"

"제가 자식을 너무 끼고 사는지도 모른다는 생각이 들었어요. 아이를 위해서도 제게서 떠나보내는 게 좋지 않을까요? 그러면 세라도 자기 개성을 발휘하며 살아갈 수 있을 거예요."

"그래 그래, 대단히 현대적인 생각이군."

"로라도 아시겠지만 전 세라가 순순히 납득할 거라 생각해요. 처음에는 저도 그렇게 생각하지 않았지만 지금은…… 아, 어떻게 생각하는지 말씀해주세요!"

"우리 딱한 앤."

"왜 '우리 딱한 앤'이라고 하시죠?"

"앤이 어떻게 생각하느냐고 물었잖아."

"그런 말은 도움이 안 돼요, 로라."

"앤이 원하는 식의 도움은 되고 싶지 않아."

"그거 아세요? 전 리처드가 점점 버거워져요. 그 사람이 오늘 아침에 일종의 최후통첩을 보냈어요…… 아마 곧 자신과 세라 중에서 하나를 선택하라고 절 몰아댈 거예요."

"그럼 앤은 누굴 선택할 거지?"

"오, 로라, 이러지 마세요. 전 상황을 그렇게 만들 생각이 전혀 없었어요."

"그렇다 치지."

"세상에, 절 미치게 하시네요. 로라. 도와주려고 노력조차 하지 않으시는군요." 앤은 화가 나서 수화기를 쾅 소리가 나게 내려놓았다.

3

그날 저녁 여섯시에 리처드가 전화를 걸었다.

이디스가 전화를 받았다.

"앤 있나요?"

"안 계세요. 노부인들의 집인가 하는 위원회에 가셨어요. 일곱시나 돼야 돌아오실 겁니다."

"세라는요?"

"방금 들어왔습니다. 통화하시겠어요?"

"아니, 내가 가죠."

그는 자신의 서비스아파트*에서 앤의 아파트까지 단호하게 일정한 보폭으로 걸었다. 지난밤에 잠을 설쳤고 마침내 확실한 결론을 내렸다. 그는 결정을 내리기까지 시간이 좀 걸리지만, 일단 마음을 정하면 완강하게 밀고나가는 사람이었다.

이 상태로 계속 갈 수는 없었다. 일단 세라, 다음에는 앤에게 그 사실을 알려야 했다. 아이는 짜증과 아집으로 엄마를 지치게 하고 있었다! 가엽고 상냥한 앤. 하지만 그녀에 대한 생각에 순수하게 사랑만 있는 건 아니었다. 희미하긴 하나 그는 앤에게 확실히 분노를 느꼈다. 그녀는 여자 특유의 계략으로―두통, 싸움이 커질 때마다 두통으로 주저앉으며―계속해서 요점을 피하고 있었다.

앤이 이 문제에 부딪쳐야 했다!

이 두 여자…… 여자들 특유의 허튼 수작을 멈춰야 했다!

리처드가 현관 벨을 누르자 이디스가 문을 열었고, 그는 거실로 들어갔다. 유리잔을 든 세라가 벽난로 선반 앞에서 몸을 돌렸다.

"안녕하세요?"

"안녕, 세라?"

세라는 애써서 말했다.

"어젯밤 일은 죄송해요. 제가 좀 무례했던 것 같아요."

"괜찮아." 리처드는 너그럽게 손을 저었다. "그 일에 대해서

---

* 식사를 제공하는 아파트.

는 더이상 얘기하지 말자."

"술 드려요?"

"아니, 됐어."

"엄마는 한참 후에나 오실 텐데요. 엄마는 지금……"

그가 말을 끊었다.

"괜찮아. 난 널 만나러 왔거든."

"절요?"

세라의 눈이 어둡고 가늘어졌다. 그녀는 앞으로 나와서 앉았
고, 리처드를 의심스러운 눈으로 주시했다.

"난 너와 우리의 상황에 대해 의논하고 싶어. 우리가 계속 지
금처럼 지낼 수 없다는 건 아주 분명해 보여. 그간의 모든 갈등
과 다툼. 우선 네 엄마에게 좋지 않지. 틀림없이 넌 엄마를 소중
하게 생각할 거야."

"당연하죠." 세라가 무덤덤하게 대꾸했다.

"그렇다면 우리끼리 얘기지만, 우리는 앤에게 쉴 틈을 줘야
해. 일주일 후면 네 엄마와 난 결혼해. 신혼여행에서 돌아와 이
집에서 셋이 함께 살게 되면 우리 생활이 어떨 것 같니?"

"아주 지옥 같겠죠."

"그렇지? 너도 그걸 아는구나. 우선 내가 모든 걸 네 탓으로
돌리지는 않는다는 말을 하고 싶구나."

"아주 마음이 넓으시네요." 세라가 말했다.

그녀의 말투는 진지하고 공손했다. 리처드는 아직 위험 신호를 감지할 만큼 세라를 잘 알지 못했다.

"우리가 잘 지내지 못하는 것이 안타깝구나. 솔직히 넌 날 싫어하잖니."

"굳이 그렇게 말씀하시겠다면, 네, 싫어요."

"괜찮아. 나도 네가 썩 좋지는 않으니까."

"절 지독하게 증오하시죠." 세라가 말했다.

"오, 이런. 나라면 그렇게까지 강한 표현은 쓰지 않겠다." 리처드가 말했다.

"전 그래요."

"자, 이렇게 정리하자. 우리는 서로를 싫어해. 네가 나를 좋아하건 싫어하건 내겐 별로 중요하지 않다. 내가 결혼할 사람은 네 엄마지 네가 아니니까. 난 너와 친구가 되기 위해 노력했지만 넌 응해주지 않았고…… 그러니 우리는 해결책을 강구해야지. 난 다른 방식으로 내가 할 수 있는 일을 기꺼이 할 생각이다."

세라가 의심스러운 듯이 물었다. "어떤 다른 방식이요?"

"네가 이 집에서의 생활을 견디지 못하니까, 난 네가 훨씬 더 행복할 수 있는 다른 곳에서 독립적으로 살아가도록 뭐든 해줄 생각이야. 앤이 내 아내가 되면, 난 생활을 일체 책임질 준비가 돼 있다. 네가 쓸 돈도 충분할 거야. 작고 괜찮은 아파트를 구해서 여자 친구와 살아도 좋겠지. 아파트를 꾸며봐…… 네가 원하는 대로 마음껏."

세라는 눈을 더 가늘게 뜨고 말했다. "정말 대단히 마음이 넓으시네요."

그는 이 말을 빈정거리는 말이라고 의심하지 않았다. 속으로 자신에게 박수를 쳤다. 결국 일은 아주 간단했던 것이다. 아이는 어느 쪽이 자신에게 이익인지 잘 알았다. 모든 것이 아주 순조롭게 제자리를 찾을 것이었다.

그는 세라에게 밝게 미소 지었다.

"그래, 난 사람들이 불행해지는 걸 보기 싫어. 그리고 네 엄마는 깨닫지 못하지만 난 알아. 젊은 사람들은 언제나 자기 방식대로, 독립적으로 살고 싶어한다는 걸. 너도 여기서 피곤하게 다투며 사는 것보다 혼자 사는 게 훨씬 행복할 거야."

"그러니까 이게 그 해결책이란 거군요, 그런가요?"

"아주 좋은 생각이지. 모두에게 만족스럽고."

세라가 웃었다. 리처드는 고개를 홱 돌렸다.

"날 그렇게 쉽게 해치우진 못할 거예요." 세라가 말했다.

"하지만……"

"난 안 나가요, 분명히 말하죠. 난 안 나가요……"

두 사람 다 앤이 열쇠로 현관문을 여는 소리를 듣지 못했다. 그녀가 들어왔을 때, 두 사람은 서로 노려보며 서 있었다. 세라는 몸을 떨면서 똑같은 말을 신경질적으로 반복했다.

"난 안 나가요…… 난 안 나가요…… 난 안 나가요!"

"세라……"

두 사람 모두 몸을 홱 돌렸다. 세라가 엄마에게 뛰어갔다.

"엄마, 저 사람이 날 쫓아내게 두지 않을 거죠? 나가서 여자 친구랑 아파트에서 살라고 했어요. 난 여자 친구 따위 싫어요. 독립하고 싶지도 않아요. 엄마하고 살 거예요. 날 내보내지 마요. 엄마. 그러지 마세요…… 그러지 마세요."

앤이 바로 달래며 말했다.

"물론 안 그래. 괜찮다, 아가." 그녀는 리처드에게 쏘아붙였다. "아이한테 무슨 말을 한 거죠?"

"지극히 상식적인 제안을 했어."

"저 사람은 날 미워하고, 엄마까지 날 미워하게 만들고 있어요."

세라는 마구 흐느꼈다. 히스테릭했다. 앤은 얼른 달래며 말했다.

"아냐, 세라. 바보같이 이러지 마."

그녀가 리처드에게 신호를 보내며 말했다. "우리 이 얘기는 다음에 해요."

"아니, 그럴 수 없어." 리처드가 반발하며 말했다. "우린 지금 여기서 이 얘기를 끝내야 해. 상황을 정리해야 한다고."

"제발 부탁이에요." 앤이 머리에 손을 짚으며 걸어나와 소파에 앉았다.

"머리 아프다는 핑계로 상황을 피하려 해봐야 소용없어, 앤! 문제는 당신에게 내가 먼저냐 세라가 먼저냐 그거라고!"

"그건 이 얘기와는 다른 문제예요."

"분명히 말하는데 같은 문제야! 이참에 전부 결판을 내야 한다고. 나도 더는 못 참겠어."

리처드의 고함소리는 앤의 머리에 파고들어 떨리는 모든 신경에 불을 당기고 통증을 활활 타오르게 했다. 그녀는 위원회 회의를 마치고 지쳐 돌아온 참이었고, 이제 더는 지금처럼 사는 것을 견디지 못할 것 같았다.

그녀가 힘없이 말했다. "지금은 당신과 얘기할 힘도 없어요, 리처드. 정말 못하겠어요. 더는 못 견디겠다고요."

"분명히 말하는데 결판을 내야 해. 세라가 여기서 나가든 내가 그러든 둘 중 하나야."

미세한 떨림이 세라의 몸속을 달렸다. 그녀는 턱을 치켜들고 리처드를 노려보았다.

"완벽하게 현명한 제안이야." 리처드가 말했다. "난 그 요지를 세라에게 설명했고, 세라도 당신이 들어오기 전까지는 별로 반대하지 않는 것 같았어."

"난 안 나가요." 세라가 말했다.

"세라, 원하면 언제든 와서 네 엄마를 만날 수 있지 않겠어?"

세라는 앤을 향해 몸을 홱 돌리더니 그녀 옆에 주저앉았다.

"엄마, 엄마, 날 내쫓지 않을 거죠? 안 그럴 거죠? 엄마잖아요."

앤이 얼굴을 붉혔다. 그녀가 갑자기 단호하게 말했다.

"내 딸이 원하지 않는 한, 난 내 하나뿐인 딸을 집에서 내보내지 않을 거야."

리처드가 소리쳤다. "세라도 원해…… 날 괴롭히려고 그러는 게 아니라면!"

"그건 당신 생각이고요!" 세라가 쏘아붙였다.

"잠자코 있어." 리처드가 외쳤다.

앤이 양손으로 머리를 감쌌다.

"도저히 못 참겠어요. 두 사람에게 경고하는데, 난 못 참아……"

세라가 울며 호소했다.

"엄마……"

리처드가 화를 내며 받아쳤다.

"소용없어, 앤. 당신도, 당신의 그 두통도! 당신은 선택해야해, 빌어먹을!"

"엄마!" 이제 세라는 완전히 제정신이 아니었다. 그녀는 겁에 질린 아이처럼 앤에게 매달렸다. "엄마와 나를 갈라놓지 못하게 해요. 엄마…… 그러지 못하게 해달라고요……"

앤은 여전히 머리를 감싼 채 말했다. "더는 못 견디겠어요. 그만 가는 게 좋겠어요, 리처드."

"뭐라고?" 그가 앤을 빤히 쳐다보았다.

"제발 가요. 날 잊어줘요…… 소용없는 일이에요……"

리처드는 다시금 분노에 휩싸였다. 그가 차갑게 말했다.

"당신이 지금 무슨 말을 하는지 알긴 해?"

앤은 정신없이 대답했다. "난 평화롭게 살고 싶어요…… 계속 이럴 순 없어요……"

세라가 다시 속삭였다. "엄마……"

"앤……" 리처드의 목소리에는 믿기지 않는다는 듯한 고통이 배어 있었다.

앤이 절망적으로 외쳤다. "소용없어요…… 소용이 없다고요, 리처드."

세라가 격분해서 아이처럼 그에게 달려들었다.

"나가요. 우린 당신 같은 사람 필요 없어요, 못 들었어요? 우린 당신을 원하지 않는다고요……"

의기양양한 그녀의 얼굴은, 그렇게 아이 같지 않았다면 보기 흉했을 것이다.

리처드는 세라에게는 신경쓰지 않았다. 오직 앤을 바라보고 있었다.

그가 조용히 말했다. "진심인가? 난…… 다시 돌아오지 않을 거야."

앤이 지친 목소리로 대답했다.

"알아요…… 단지…… 어떻게도 할 수 없는 일인 것뿐이에요, 리처드. 잘 가요……"

그가 방에서 천천히 걸어나갔다.

세라가 "엄마" 하고 외치며 앤의 무릎에 얼굴을 묻었다.

앤은 기계적으로 딸의 머리를 쓰다듬었지만, 그녀의 눈은 방금 리처드가 나간 문에 머물러 있었다.

잠시 후 그녀는 현관문이 꽝하고 단호하게 닫히는 소리를 들었다.

빅토리아역에서 느꼈던 한기가 커다란 적막감과 함께 밀려들었다……

이제 리처드는 계단을 내려가 마당을 지나 거리로 나섰다……

그녀의 삶에서 걸어나갔다……

2부

1

　로라 휘스트터블은 공항버스의 유리창으로 낯익은 런던의 거리를 친근하게 내다보았다. 왕립위원회 일로 오랫동안 런던을 떠나 세계를 도는 흥미로운 장기 여행을 했다. 미국에서 있었던 마지막 몇몇 회의는 몹시 힘들었다. 로라는 강연을 하고 회의를 주재했으며, 오찬과 만찬에 참석했다. 그러다보니 개인적인 친구들을 만날 짬을 내기가 힘들었다.

　하지만 이제 끝났다. 그녀는 편지, 통계 자료, 관련 문건으로 가방을 채운 채 집에 돌아왔고, 앞으로 발표 준비라는 더 고단한 일이 남아 있었다.

　로라는 활력이 넘치고 체력이 강한 여인이었다. 늘 여가보다는 일에 몰두하는 데 더 매력을 느꼈지만, 여느 사람들과 달리 그런 면을 자랑스러워하지는 않았다. 그녀는 때때로 그런 면이 장점이기보다 약점으로 보일 거라고 순순히 인정했다. 일이란 사람들이 자기 자신에게서 도망칠 때 쓰는 유용한 방법 중 하나라고 로라는 말하곤 했다. 또 거짓 없이 겸손과 만족 속에서 자존심을 지키며 살아가는 것만이 인생의 진정한 조화를 얻는 길이라고 말했다.

로라는 한 번에 한 가지 일에만 집중하는 사람이었다. 그녀는 친구들에게 소식을 알리는 장문의 편지를 써본 적이 없었다. 떠나 있을 때는 떠나 있었다, 몸뿐 아니라 생각도.

그녀는 신경써서 화사한 그림엽서들을 집의 일손들에게 보냈다. 안 그랬으면 다들 심통을 부렸을 것이다. 하지만 친구나 가까운 사람들은 로라가 전화를 걸어 낮고 투박한 목소리로 돌아왔다고 알리는 것이 그녀의 첫 기별임을 알고 있었다.

편안하고 남성적인 분위기의 거실을 둘러보았고, 바셋이 우울한 목소리로 무덤덤하게 읊는 그동안의 소소한 집안일 얘기를 흘려들으면서 로라는 집에 돌아오니 좋다고 생각했다.

그녀는 마지막에 "말해줘서 고맙네"라고 말하고는 바셋을 내보냈고, 크고 낡은 가죽 안락의자에 앉았다. 사이드테이블에 쌓인 편지와 간행물에는 신경쓰지 않았다. 급한 일은 유능한 비서가 모두 처리해놓았을 것이다.

그녀는 시가에 불을 붙인 후, 의자에 등을 기대고 눈을 반쯤 감았다.

한 시기의 끝, 다른 시기의 시작……

로라는 긴장을 풀면서 뇌의 작동을 늦추고 새로운 리듬으로 갈아탔다. 동료 위원들, 그동안의 문제들, 이론들, 관점들, 미국 인사들, 그녀의 미국인 친구들…… 모든 것이 조용히, 확실하게 뒤로 물러나 그림자가 되었다……

런던, 만나야 할 사람들, 괴롭히게 될 고위 인사들, 그녀가 악역을 자처해 부딪칠 정부 부처들, 받아들이기로 한 현실적인 정책들, 읽어야 할 보고서들…… 모든 것이 머릿속에 명료하게 떠올랐다. 앞으로의 캠페인, 힘든 일과……

하지만 그러기 전에 업무에서 벗어나 다시 적응할 시간이 필요했다. 사적인 관계들과 즐거움들. 친구들을 만나서…… 그들의 고민과 기쁨에 다시 관심을 가져야 했다. 단골집을 찾아가는 일…… 사생활이 주는 백한 가지 즐거움. 나눠주려고 사온 선물들…… 그녀는 우글쭈글한 얼굴을 부드럽게 펴면서 미소 지었다. 머릿속에 이름들이 떠올랐다. 샬럿, 어린 데이비드, 제럴딘과 그녀의 자식들, 월터 엠린, 앤과 세라, 파크스 교수……

그녀가 떠나 있는 동안 그들에게 무슨 일이 있었을까?

로라는 별일 없으면 모레 서식스로 제럴딘을 만나러 가고 싶었다. 수화기를 들고 전화를 걸어 날짜와 시간을 정했다. 그다음에는 파크스 교수에게 전화했다. 눈이 멀고 거의 듣지도 못하지만 그는 건강도 컨디션도 최상인 듯했고, 오랜 친구 로라와의 열띤 토론을 고대했다.

다음 전화는 앤 프렌티스에게 했다.

이디스가 받았다.

"이런, 전화 주셔서 놀랐습니다. 오랜만입니다, 데임 로라. 신문에서 부인에 대한 기사를 읽었죠, 한두 달 전쯤에요. 아니요, 죄송하지만 프렌티스 부인은 외출하셨어요. 요즘은 거의 저녁마다 나가시죠. 네, 세라 양도 외출했고요. 네, 부인. 전화하셨다고, 돌아오셨다고 전해드리죠."

로라는 앤이 전화해주지 않으면 다시 걸기가 어려울 거라고 말하려다가 그냥 전화를 끊었다. 그리고 다른 번호를 돌렸다.

로라는 계속 통화하고 약속을 잡으면서, 알아봐야겠다고 다짐한 사소한 일을 마음 뒤편으로 밀어냈다.

분석적으로 사고하는 그녀가 이디스의 말에 놀란 이유에 대해 의문을 가진 건 잠자리에 들어서였다. 그 생각을 다시 하기까지 좀 시간이 걸렸지만, 마침내 그녀는 명확히 알았다. 이디스는 앤이 외출했고, 요즘은 저녁마다 거의 나간다고 말했다.

로라가 찌푸린 건 앤이 아주 많이 변한 것 같았기 때문이다. 세라라면 매일 저녁 돌아다닌다 해도 이상할 것이 없다. 아가씨들은 그러니까. 하지만 차분한 앤은 가끔 저녁식사 약속이 있고, 이따금 영화나 연극을 보러 다니긴 했지만 저녁마다 외출하지는 않았었다.

로라는 침대에 누워서 잠시 앤 프렌티스에 대해 생각했다……

2

로라가 앤의 아파트 현관 벨을 누른 것은 이 주일이 지나서였다.

문을 연 이디스의 시큰둥했던 얼굴이 미세하게 바뀌더니 반가운 기색을 비쳤다.

그녀가 비켜섰고, 로라는 안으로 들어갔다.

"프렌티스 부인은 외출하시려고 옷을 갈아입고 있어요. 하지만 만나뵙고 싶어하실 겁니다." 이디스가 말했다.

그녀는 로라를 서둘러 거실로 안내했고, 쿵쾅쿵쾅 발소리를 내며 복도를 걸어 앤의 침실로 갔다.

로라는 그곳을 둘러보다가 조금 놀랐다. 거실이 완전히 달라져 있었다. 예전과 같은 곳이라고 생각할 수 없을 정도였고, 순간적으로 다른 집에 온 게 아닌가 하는 엉뚱한 생각까지 들었다.

가구 몇 점은 그대로였지만 한쪽 구석에 커다란 칵테일 바가 들어서 있었다. 새로운 데코는 프랑스 제국의 현대판처럼 멋진 줄무늬 새틴 커튼, 온통 금박과 오르머루[*]로 장식돼 있었다. 벽에는 현대적인 그림 몇 점이 걸려 있었다. 누구의 집에 있는 방이라기보다는 연극 무대 '세트'처럼 보였다.

이디스가 들어와서 말했다.

"프렌티스 부인이 금방 오실 겁니다."

"완전히 달라졌네." 로라가 주변을 가리키며 말했다.

"돈이 엄청 들었죠." 이디스가 못마땅한 듯이 말했다. "아주 괴상한 청년 한둘이서 이걸 다 한 거예요. 믿지 못하시겠지만요."

"아니, 그럴 수도 있지." 로라가 말했다. "난 그들이 일을 멋지게 잘 해낸 것 같은데."

"겉만 번지르르하죠." 이디스가 콧방귀를 뀌며 말했다.

"시대에 맞춰 살아야지, 이디스. 세라가 아주 좋아하겠는걸."

"글쎄요, 이건 세라 양 취향에도 맞지 않아요. 아가씨는 바뀌는 걸 좋아하지 않거든요. 전부터 그랬답니다. 소파 옮기는 일조차 싫어했던 거 기억 안 나세요? 그러니 아니에요, 이 모든 일에 열을 올리는 사람은 프렌티스 부인이시죠."

로라는 눈썹을 살짝 치켜세웠다. 앤이 분명 많이 변했을 거란 생각이 다시 들었다. 그때 서둘러 복도를 걸어오는 발소리가 들렸고, 앤이 양팔을 펼치며 들어왔다.

---

[*] 금박 대용으로 쓰는 구리, 아연의 합금.

"로라, 정말 반가워요. 너무 뵙고 싶었어요."

앤은 로라에게 짧고 형식적인 키스를 했다. 놀란 로라는 그녀를 찬찬히 보았다.

그랬다, 예전의 앤이 아니었다. 흰머리가 몇 가닥 섞여 있던 부드러운 갈색 머리는 적갈색으로 염색하고 최신의 파격적인 스타일로 잘랐고, 얼굴은 눈썹을 다듬고 돈을 많이 들여 화장한 듯했다. 그녀는 크고 특이한 모조 장신구가 달린 짧은 칵테일드레스를 입고 있었다. 동작이 부산하고 뭔가 꾸미는 듯했으며, 로라에게는 다른 변화보다 그것이 가장 중요했다. 조용하고 느긋한 몸가짐이 그녀가 이 년 전에 알던 앤의 가장 큰 특징이었기 때문이다.

이제 그녀는 방을 돌아다니며 말하고, 조그만 물건들을 만지작거리고, 질문해놓고 대답을 기다리지 못했다.

"정말 오랜만이네요. 많은 시간이 흘렀죠. 물론 신문에서 종종 로라에 대한 기사를 읽었어요. 인도는 어땠나요? 미국에서는 로라에 대해 아주 법석을 떠는 것 같던데요? 좋은 음식도 많이 드셨겠죠? 비프스테이크 같은 거요. 언제 돌아오셨어요?"

"이 주 전에. 내가 전화했었는데 앤은 외출하고 없었지 아마. 이디스가 전하는 걸 깜빡했나보군."

"딱한 이디스. 이디스의 기억력이 전 같지 않아요. 아뇨, 이디스가 얘기한 것 같아요, 그래서 전화를 드리려고 했는데…… 로

라는 아실 거예요." 그녀는 가볍게 웃었다. "너무 바쁘게 살거
든요."

"예전에 앤은 바쁘게 살지 않았지."

"제가요?" 앤은 애매하게 말했다. "안 그럴 수가 없는 것 같
아요. 한잔하세요, 로라. 진에 라임 넣어드릴까요?"

"고맙지만 괜찮아. 난 칵테일은 안 마시거든."

"맞아요, 로라는 브랜디에 소다수를 넣어 드시는데. 여기 있
어요." 앤은 술을 따라 로라에게 가져다주고는 자기 술을 가지
러 갔다.

"세라는 잘 지내?" 로라가 물었다.

앤이 자신 없는 듯이 대답했다.

"네, 즐겁게 잘 지내요. 얼굴도 거의 못 보긴 하지만. 진이 어
디 있지? 이디스! 이디스!"

이디스가 들어왔다.

"왜 진이 하나도 안 보여?"

"아직 안 왔어요." 이디스가 대답했다.

"여분을 꼭 챙겨두라고 했잖아. 안 되겠어, 정말! 집에 술이
넉넉한지 항상 반드시 확인해야 한다고."

"충분히 주문하는데, 어찌된 영문인지 누가 알겠어요. 제 생
각에는 지나치게 많이 주문해요." 이디스가 말했다.

"됐어, 이디스." 앤이 화가 나서 쏘아붙였다. "가서 사다줘."

"네? 지금요?"

"그래, 지금."

이디스가 우울한 표정으로 물러가자 앤이 성을 내며 말했다.

"매사에 깜빡깜빡한다니까요. 못 말려요!"

"자, 흥분 말고 이리 와 앉아서 앤에 대해 전부 말해봐."

"이야깃거리가 별로 없어요." 앤이 웃었다.

"외출할 참이었나? 내가 붙잡고 있는 건가?"

"아, 아니에요. 남자친구가 데리러 올 거예요."

"제임스 그랜트?" 로라가 미소 지으며 물었다.

"가여운 제임스 노인이냐고요? 오, 아뇨. 요즘은 그 사람 거의 안 만나요."

"어째서?"

"늙은 남자들은 끔찍하게 따분하니까요. 제임스가 좋은 사람인 건 알지만 그의 길고 두서없는 이야기들이…… 그냥 참을 수가 없어요." 앤은 어깨를 으쓱했다. "심한 말이지만 사실이 그래요!"

"세라 이야기는 하지 않는군. 만나는 남자는 있나?"

"남자야 많죠. 세라는 인기가 많거든요, 다행히도…… 사실 세라가 연애도 잘 못하는 아이라면 제가 견디기 힘들었을 거예요."

"특별한 사람은 없고?"

"글쎄요. 말하기가 어려워요. 딸들은 엄마들에게 아무 말도 안 하니까요, 그렇지 않나요?"

"게리 로이드는 어때? 앤이 전에 아주 걱정하던 청년."

"아, 그애는 남아프리카인가 어딘가로 떠났어요. 모든 게 깨끗이 정리돼서 다행이죠. 그걸 기억하실 줄이야!"

"난 세라에 관한 일은 기억하지. 그애를 무척 좋아하니까."

"다정하시네요, 로라. 세라는 잘 지내요. 이래저래 아주 제멋대로고 성가시게 굴지만 그거야 그 나이 때는 다 그렇잖아요. 곧 집에 들어올 테니까……"

전화벨이 울리자 앤은 말을 끊고 전화를 받았다.

"여보세요?…… 어머, 당신이구나…… 아, 물론. 나도 좋아해요…… 응, 하지만 수첩을 봐야 아는데…… 아, 못살아. 어디 뒀는지 모르겠어…… 그래요, 분명 괜찮을 거예요…… 그럼 목요일…… 프티 샤에서…… 응, 그렇죠?…… 조니가 완전히 곤드레만드레 취한 게 웃겼어…… 물론 우리 모두 좀 과하긴 했지…… 그래요, 나도 좋아……"

그녀가 수화기를 내려놓더니 말과는 딴판으로 만족스러운 듯한 목소리로 말했다.

"이놈의 전화! 종일 울려댄다니까요."

"다들 쓰니까 그렇지." 로라 휘스트터블이 무뚝뚝하게 맞장구쳤다.

그리고 덧붙였다. "아주 즐겁게 지내는 것 같은데?"

"하는 일 없이 빈둥거릴 순 없죠. 아, 세라가 온 것 같은데요."

복도에서 세라의 목소리가 들려왔다.

"누구? 로라? 어머, 잘됐네!"

그녀는 거실 문을 활짝 열어젖히고 들어왔다. 로라 휘스트터블은 세라의 미모에 놀랐다. 망아지 같던 미숙한 분위기는 간데없었고 이제 눈에 띄게 예쁜 아가씨가 되어 있었다. 얼굴과 자태가 유난히 아름다웠다.

세라는 대모를 보자 기쁨으로 환한 표정을 지으며 다정하게 키스했다.

"데임 로라, 정말 반가워요. 그 모자를 쓰니까 근사하시네요. 전투적인 티롤 사람 분위기도 살짝 나고요, 무슨 왕족 같아요."

"버릇없는 녀석." 로라가 미소 지으며 말했다.

"아뇨, 진짜예요. 사실 대모님이야 저명인사시죠, 안 그래요?"

"너야말로 정말 아름다운 아가씨가 됐구나!"

"아, 비싼 화장품 덕분이에요."

전화벨이 울리자 세라가 받았다.

"여보세요? 누구시죠? 네, 잠시만요. 엄마 전화예요…… 역시나."

앤이 수화기를 건네받자 세라는 로라가 앉은 의자의 팔걸이에 걸터앉았다.

"엄마를 찾는 전화가 온종일 울려대요." 그녀가 웃음을 터뜨리며 말했다.

앤이 날카롭게 말했다.

"조용히 해, 세라, 안 들리잖니. 네…… 저, 그럴 것 같은데요…… 다음주엔 약속이 꽉 차 있어서…… 수첩을 확인해볼게요." 그녀가 몸을 돌려 말했다. "세라, 가서 내 수첩 좀 가져올래? 침대 옆에 있을 거야……" 세라가 거실에서 나갔다. 앤은 수화기에 대고 말을 이어갔다. "글쎄요, 물론 무슨 뜻인지 알아요…… 네, 그런 일은 끔찍하게 난감하죠…… 그래요, 당신?…… 글쎄요, 제 생각에는…… 제겐 에드워드가 있고…… 또…… 아, 여기 수첩이 있네요. 네……" 그녀는 세라에게 수첩을 받아서 페이지를 넘겼다. "아뇨, 금요일은 어떻게 해볼 수가 없겠어요…… 네, 그후로는 가능해요…… 잘 알겠어요, 럼리 스미스스에서 만나요…… 아 그럼요, 제 생각도 그래요. 그녀는 지독하게 물렀어요."

앤이 수화기를 내려놓고 큰 소리로 말했다.

"이놈의 전화! 아주 머리가 돌아버리겠다니까……"

"엄마는 전화를 아주 좋아하잖아요. 외출도 그렇고요. 엄마도 알 텐데요." 세라가 로라에게 몸을 돌리고 물었다. "엄마 헤어스타일 정말 멋지지 않아요, 로라? 몇 년은 젊어 보여요."

앤은 꾸민 듯이 웃으며 말했다.

"세라가 절 우아한 중년으로 살게 두질 않네요."

"아휴 엄마, 즐겁게 지내는 걸 좋아하잖아요. 엄마는 저보다 남자친구가 훨씬 더 많아요. 그리고 동이 트기 전에야 집에 돌아오고요."

"말도 안 되는 소리 그만해, 세라." 앤이 말했다.

"오늘밤은 누구예요, 엄마? 조니예요?"

"아니, 바질이야."

"아, 엄마가 나보다 먼저 오겠네요. 사실 내 생각에 바질은 거의 끝난 것 같거든요."

"쓸데없는 소리." 앤이 날카롭게 말했다. "바질은 정말 유쾌한 사람이야. 넌 어떻게 할 거니? 외출할 거지?"

"네, 로렌스가 데리러 올 거예요. 얼른 옷 갈아입어야 해요."

"그럼 준비해야지. 그리고 세라, 물건 좀 사방에 어질러놓지 마. 모피에 장갑에. 그 유리잔도 좀 치워. 그러다 깨지겠어."

"알겠어요, 엄마. 그만 좀 해요."

"누군가는 해야지. 넌 치우는 법이 없잖니. 사실 난 네가 이러는 걸 어떻게 참고 사는지 모를 지경이야! 아니…… 그것들 좀 가지고 가!"

세라가 나가자 앤은 지긋지긋하다는 듯이 한숨을 쉬었다.

"정말 여자애들은 사람을 아주 미치게 만들어요. 세라가 얼마나 성가시게 구는지 짐작도 못하실 거예요!"

로라는 친구를 힐끗 곁눈질했다.

앤의 목소리에는 징밀 언짢고 짜증스러운 기분이 깔려 있었다.

"너무 바쁘게 지내느라 지친 건가, 앤?"

"물론 그래요…… 녹초가 될 정도로 지쳤어요. 그렇긴 해도 즐겁게 살려면 뭐든 해야 하잖아요."

"예전에 앤은 혼자서도 큰 어려움 없이 즐겁게 사는 사람이었어."

"집에 앉아서 좋은 책을 읽고 쟁반에 담아 식사를 하면서요? 누구나 그런 따분한 시기를 거치죠. 하지만 전 새로운 원기를 얻었어요. 그런데 로라, 먼저 그 표현을 쓰신 분이잖아요? 그게 실현되는 걸 보니 기쁘지 않으세요?"

"난 딱히 사교생활을 얘기한 게 아니었어."

"물론 그런 의미로 한 말씀이 아니었죠. 로라는 뭔가 가치 있는 일을 찾으라고 하셨죠. 하지만 모든 사람이 로라처럼 공인이 되고, 뛰어나게 체계적이고 진지할 순 없어요. 전 즐겁게 사는 게 좋아요."

"세라는 어떤 걸 좋아하지? 그애도 즐겁게 사는 게 좋대? 딸은 어때? 행복한가?"

"당연하죠. 그 아이는 멋진 시간을 보내고 있어요."

앤은 가볍고 태평하게 말했지만, 로라는 얼굴을 찌푸렸다. 로라는 세라가 거실에서 나가면서 한순간 몹시 권태로운 표정을 지은 것이 마음에 걸렸다. 마치 웃는 가면이 순간적으로 흘러내린 것 같았고, 로라는 그 아래서 불확실하고 고통스러운 뭔가를 힐끗 봤다고 생각했다.

세라는 행복할까? 앤은 그렇다고 생각하는 게 분명했다. 그리고 그건 앤이 잘 알 터였다.

'공연히 상상하지 마, 이 여자야.' 로라는 자신에게 단호하게 말했다.

하지만 여전히 마음이 편치 않고 꺼림칙했다. 이 집에는 뭔가 걸맞지 않은 분위기가 흘렀다. 앤, 세라, 이디스까지 모두 그걸 감지했다. 모두 뭔가 숨기고 있다고 로라는 생각했다. 이디스의 못마땅한 듯한 우울한 표정, 앤의 안절부절못하고 긴장한 듯한 부자연스러운 태도, 세라의 위태로워 보이는 태연함…… 어딘가에 무슨 문제가 있었다.

현관 벨이 울렸고, 이디스는 아까보다 더 우울한 표정으로 모브레이 씨가 왔다고 알렸다.

모브레이가 튀어들어왔다. 그 말 말고 달리 표현할 말이 없었다. 명랑한 곤충이 휙 스쳐지나가는 것 같은 동작이었다. 로라는 그가 오스릭* 역을 맡으면 잘하겠다고 생각했다. 그는 젊고,

---

* 『햄릿』의 등장인물.

허세를 부리는 남자였다.

"앤!" 그가 소리쳤다. "그걸 입었군요! 세상에, 최고예요."

그가 고개를 기울이고 앤을 살피는 동안, 앤이 로라에게 그를 소개했다.

흥분한 그는 감탄하면서 로라에게 돌진하듯 다가갔다.

"카메오 브로치군요. 정말 사랑스럽네요! 전 카메오를 무척 좋아합니다. 완전히 빠졌죠!"

"바질은 빅토리아 시대 장신구에 빠져 있어요." 앤이 말했다.

"그럼요, 그들에겐 상상력이 있었죠. 절묘하고도 절묘한 이 로켓*의 세공을 보세요! 두 사람의 머리가 한데 어우러져 구불거리다가 수양버들이 되고 항아리가 돼요. 요즘은 이런 표현을 못하잖아요. 사라진 예술이죠. 왁스플라워**─전 왁스플라워에도 흠뻑 빠졌죠─도, 파피에 마세***로 만든 작은 테이블도 그래요. 앤, 당신에게도 정말 끝내주는 그 테이블을 보여주고 싶어요. 안에 차통을 두면 딱 좋거든요. 아주아주 비싸지만 그만한 가치가 있어요."

로라가 말했다.

---

* 사진 등을 넣어 목걸이에 다는 작은 갑.

** 왁스를 써서 만든 조화.

*** 성형할 수 있게 아교나 풀을 섞어 다시 펄프 상태로 만든 종이.

"난 가봐야겠군. 내가 붙들고 있으면 안 되겠어."

"더 계시면서 세라와 이야기라도 나누세요. 그 아이를 거의 못 보셨잖아요. 그리고 로렌스 스틴은 한참 후에나 올 거예요."

"스틴? 로렌스 스틴이라고?" 로라가 날카롭게 물었다.

"네, 해리 스틴 경의 아들이요. 아주 멋진 남자죠."

"저런, 앤은 그렇게 생각해요?" 바질이 말했다. "난 언제나 그가 멜로드라마 같은 분위기를 풍긴다고 생각하는데…… 삼류 영화처럼요. 하지만 여자들은 너나없이 그에게 빠져들죠."

"그는 샘이 날 만큼 부자예요." 앤이 말했다.

"맞아요, 바로 그거예요. 부자들은 대부분 정말 지루해 죽을 정도로 매력이 없죠. 그런데 그 누구는 돈과 매력을 둘 다 가졌으니 불공평한 것 같아요."

"자, 우린 나가봐야겠어요." 앤이 말했다. "전화드릴게요, 로라. 우리 언제 오래도록 즐겁게 이야기 나눠요."

앤은 꾸민 듯한 태도로 로라에게 키스하고 바질 모브레이와 나갔다.

복도에서 바질의 목소리가 들려왔다. "저 부인은 멋진 시대물에 나오는 사람같이 정말 엄숙하네요. 왜 내가 전에 저분을 만나지 못했을까요?"

몇 분 후 세라가 급히 들어왔다.

"빨리했죠? 서두르느라 얼굴엔 거의 손도 못 댔어요."

"예쁜 드레스구나, 세라."

세라가 빙그르르 돌았다. 예쁜 몸매에 달라붙는 옅은 암녹색 새틴 드레스를 입고 있었다.

"맘에 드세요? 무지 비싼 거예요. 엄마는 어디 있어요? 바질과 나갔어요? 아주 유쾌하긴 하지만 정말 끔찍한 남자예요. 심술궂기도 하고. 유난히 연상의 여인들을 숭배하고요."

"아마도 그 편이 이익일 테니까." 로라가 엄하게 말했다.

"로라는 냉소적인 어른이시죠…… 정말 딱 맞는 말이에요! 하지만 어차피 엄마에게도 재미가 좀 있어야 해요. 안됐잖아요. 물론 엄마는 즐겁게 지내고 있죠. 아직도 아주 매력적이고요. 그래도 늙는다는 건 틀림없이 끔찍한 일일 거예요!"

"내가 장담하는데, 그건 제법 편안한 일이란다." 로라가 말했다.

"대모님에겐 모든 게 그렇겠지만, 우리가 모두 저명인사가 될 수는 없잖아요! 지난번 저희와 만난 후로 몇 년 동안 어떤 일을 하셨어요?"

"대개는 직권을 남용하면서 지냈지. 다른 이들의 인생에 간섭하고, 내 말대로만 하면 편하고 즐겁고 좋고 행복해질 거라고 떠들어대면서. 사실은 오만한 태도로 나 자신을 지겨운 인간으로 만들었단다."

세라가 다정하게 웃었다.

"제게도 어떡하면 인생을 잘 살아갈 수 있는지 알려주시겠어요?"

"하고 싶은 말이 있니?"

"글쎄요, 제가 아주 영리하게 살아간다는 확신이 들지 않아요."

"무슨 문제라도 있어?"

"사실 그런 건 아니에요…… 전 즐겁게 지내고 있어요. 그래도 뭔가를 해야 할 것 같아서요."

"어떤 일?"

세라가 애매하게 말했다.

"음, 모르겠어요. 뭔가 하고 싶어요. 뭐라도 배우고 싶고요. 고고학이나 속기, 타자, 혹은 마사지나 건축 같은 거요."

"아주 범위가 넓구나! 특별히 하고 싶은 일은 없고?"

"글쎄요…… 아뇨, 없는 것 같아요…… 플로리스트 일도 괜찮기는 한데 좀 싫증이 나요. 제가 진짜 원하는 게 뭔지 모르겠어요……"

세라는 목적 없이 방을 왔다갔다했다.

"결혼할 생각은 없니?"

"아, 결혼이요!" 세라는 얼굴을 찌푸렸다. "다들 결혼에는 실패하는 것 같아요."

"꼭 그렇진 않아."

세라가 말했다. "음, 제 친구들도 대부분 갈라섰어요. 일이 년은 괜찮지만 그후에 잘못돼요. 엄청난 부자와 결혼하면 괜찮을 것 같긴 해요."

"그러니까 그게 네 결혼관이니?"

"그런 사람이 유일하게 합리적인 상대란 거죠. 연애도 어떤 면으로는 괜찮지만, 결국은……" 세라가 재잘거렸다. "성적 매력에 끌렸을 뿐이고, 그건 오래갈 수가 없어요."

"넌 교과서만큼이나 아는 게 많은 것 같구나." 로라가 무뚝뚝하게 말했다.

"그럼 그게 사실이 아니란 말씀이에요?"

"완벽한 사실이지." 로라가 재빨리 응수했다.

세라는 조금 실망한 표정을 지었다.

"그러니까 결국…… 엄청난 부자와 결혼하는 수밖에 없는 거네요."

로라는 입술을 살짝 일그러뜨리며 미소 지었다.

"그마저도 오래 못 갈지 모르지." 그녀가 말했다.

"맞아요, 요즘은 돈도 불안한 거니까요."

"내 말은 그런 뜻이 아닌데." 로라가 말했다. "돈도 결국은 성적 매력과 비슷하다는 뜻이란다. 사람은 거기에 익숙해져. 다른 모든 것처럼 그 즐거움도 차츰 사라지지."

"전 그렇지 않을 거예요." 세라가 낙관적으로 말했다. "근사한 옷…… 모피, 보석, 요트……"

"아직도 이렇게 아이 같구나, 세라."

"천만에요. 전 가끔 제가 무척 나이든 것 같고 환멸을 느껴요."

"네가?" 로라는 예쁜 세라의 진지하고 앳된 얼굴을 보며 웃지 않을 수 없었다.

"사실은 언젠가 이 집에서 나가야 한다고 생각하고 있어요." 세라가 뜻밖의 말을 했다. "직장을 얻거나 결혼을 해서요. 전 요즘 엄마를 무척 힘들게 하거든요. 착실하게 지내려고 노력하지만 효과가 있는 것 같진 않아요. 물론 제가 까다로운 아이라서 그럴 거예요. 인생은 참 이상하죠, 로라? 어느 순간 모든 게 재밌고 만족스럽다가도 또 어느 순간에는 모든 게 다 잘못된 것 같고 내가 어디 있는지 뭘 하고 싶은지를 모르겠어요. 마땅히 이야기 나눌 상대도 없고요. 전 가끔 겁을 먹은 것처럼 이상한 기분에 빠져요. 왜 무서운지 뭐가 무서운지 모르지만…… 그냥 무서워요. 정신분석이라도 받아야 할까봐요."

현관 벨이 울렸다. 세라가 벌떡 일어서며 말했다.

"로렌스일 거예요!"

"로렌스 스틴?" 로라가 날카로운 어조로 물었다.

"네. 그를 아세요?"

"얘기는 들어봤지." 로라가 대답했다. 무거운 말투였다.

세라가 웃음을 터뜨렸다.

"틀림없이 안 좋은 얘기였겠네요." 그녀가 말했다. 그때 이디스가 문을 열고 "스틴 씨예요"라고 알렸다.

로렌스 스틴은 키가 크고 가무잡잡했다. 마흔 살쯤 됐고 그 나이쯤으로 보였다. 호기심이 많은 눈은 눈꺼풀에 거의 가려졌고, 나른한 동물처럼 기품 있게 움직였다. 여자들이 즉시 눈여겨보는 부류의 남자였다.

"어서 와요, 로렌스." 세라가 말했다. "로렌스 스틴이고요, 이 분은 제 대모님인 데임 로라 휘스터터블이세요."

로렌스 스틴이 다가와 로라의 손을 잡으며 허리를 굽혔는데 그 자세가 어딘지 연극적이고 뻔뻔해 보였다.

"정말 영광입니다." 그가 말했다.

"아셨죠, 로라?" 세라가 말했다. "대모님은 진짜로 왕족이시라니까요. 데임이 되는 건 분명 무척 흥미로운 일일 거예요. 저도 데임이 될 수 있을까요?"

"내 생각엔 확실히 못 될 것 같은데." 로렌스가 말했다.

"어머, 왜요?"

"당신의 재능은 다른 쪽이니까."

그가 로라에게 고개를 돌렸다.

"마침 어제 부인의 글을 읽었습니다. 〈카먼데이터〉에서요."

"아, 그렇군요. 결혼의 안정성에 관한 글이죠." 로라가 말했다.

로렌스가 중얼대듯 말했다.

"부인은 결혼의 안정성을 누구나 바라는 것으로 단정하시는 것 같더군요. 하지만 제 생각에 요즘 세상에서 결혼의 가장 큰 매력은 일시성인 듯합니다."

"로렌스는 결혼을 아주 많이 해봤거든요." 세라가 짓궂게 끼어들었다.

"겨우 세 번이라고, 세라."

"맙소사." 로라가 말했다. "설마 신부들을 욕조에서 죽이는 건 아니겠죠?"

"이 사람은 그 신부들을 가정법원에서 없애버렸죠. 죽이는 것보다 훨씬 간단하게." 세라가 말했다.

"하지만 유감스럽게도 훨씬 돈이 많이 들죠." 로렌스가 말했다.

"난 당신의 두번째 부인을 그녀가 아가씨일 때 알았어요." 로라가 말했다. "모이러 데넘. 맞죠?"

"네, 그렇습니다."

"아주 매력적인 아가씨였죠."

"저도 동의합니다. 아주 사랑스러웠죠. 아주 순진하고."

"가끔은 그런 특징에 큰돈을 쓰는 사람도 있지요." 로라가 응수했다.

그녀가 일어섰다.

"난 가야겠어."

"저희가 태워다드릴게요." 세라가 말했다.

"아니, 괜찮아. 활기차게 걷고 싶구나. 잘 있어라, 아가."

그녀가 나가고 급히 문이 닫혔다.

"못마땅한 기색이 역력하군. 난 당신 인생에 나쁜 영향을 미치는 사람이지. 내게 문을 열어줄 때마다 콧구멍으로 불을 뿜어대는 용 같은 이디스도 있고." 로렌스가 말했다.

"쉿, 이디스가 듣겠어요." 세라가 말했다.

"그게 아파트의 가장 큰 단점이야. 사생활이 없지……"

그가 그녀에게 성큼 다가섰다. 세라는 살짝 몸을 빼면서 경망스럽게 말했다.

"맞아요, 아파트에는 사생활이 없어요. 심지어 화장실에도 슬며시 못 간다니까."

"당신 어머니는 오늘 저녁에도 어딜 가셨나?"

"저녁식사 하러 나갔어요."

"당신 어머니는 내가 아는 여자 중에서 가장 현명하시지."

"어떤 면에서요?"

"간섭하지 않으니까, 안 그래?"

"그렇죠…… 네, 그럼요……"

"전에도 말했지만…… 자, 나갈까?" 그는 물러서 잠시 세라를 훑어보았다. "오늘밤이 최고로 예쁘군. 아주 완벽해."

"무슨 날이길래 야단이에요? 특별한 일이라도 있어요?"

"축하 파티야. 우리가 뭘 축하할지는 나중에 말해주지."

Chapter

2

세라가 같은 질문을 던진 것은 몇 시간 후였다.

그들은 런던에서 가장 고급스러운 나이트클럽 중 한 곳의 몽롱한 분위기 속에 앉아 있었다. 사람들이 북적대고 환기가 잘되지 않아 겉보기엔 다른 나이트클럽과 다를 게 없어 보였다. 그래도 이즈음 이곳이 인기였다.

세라는 몇 번인가 그들이 무엇을 축하하는지 물어봤지만, 로렌스는 그럴 때마다 용케 질문을 피했다. 그는 기대감을 고조시키는 데 노련했다.

세라는 담배를 피우면서 주위를 둘러보다가 말했다. "엄마의 답답하고 나이든 몇몇 친구는 내가 이런 데 출입하는 걸 허락한 엄마를 못마땅해할 거예요."

"나와 함께 가도 된다고 허락해서 더 그렇겠지?"

세라는 웃음을 터뜨렸다.

"왜 당신을 위험하다고 하죠? 순진하고 어린 아가씨들을 유혹해서?"

로렌스는 과장되게 진저리를 치며 말했다. "그런 천한 짓은 안 하지."

"그럼요?"

"나는 신문에서 끔찍한 술판이라고 말하는 데를 가거든."

세라가 솔직하게 말했다. "당신이 괴상한 파티를 연다는 말은 들은 적 있어요."

"그렇게 말하는 사람들도 있지. 간단히 말하면, 난 관습에 따르지 않는 사람이야. 용기만 있다면 인생엔 해볼 만한 일이 널려 있지."

세라가 적극적으로 반응했다.

"그게 바로 내 생각이에요."

로렌스가 말을 이었다.

"난 사실 어린 아가씨들을 별로 좋아하지 않아. 멍청하고 솜털 보송보송한 꼬마들은. 하지만 당신은 달라, 세라. 당신은 용기와 불꽃을 가졌어…… 당신 안에는 진짜 불꽃이 있지." 그의 눈길이 천천히 애무하듯 의미심장하게 그녀를 훑고 지나갔다. "또 당신은 아름다운 육체도 가졌지. 감각을 즐길 수 있는 몸…… 음미하고…… 느낄 수 있는…… 당신은 아직 자신의 잠재력을 몰라."

세라는 내면의 반응을 감추려 애쓰며 아무렇지 않은 듯이 말했다.

"멋진 대사네요, 로렌스. 여자들이 잘 넘어갔겠어요."

"난 여자를 만나도 대부분은 따분해서 한눈을 팔지. 당신은 안 그래. 그래서……" 그가 세라를 향해 잔을 들었다. "우리 축하하자고."

"그래요. 그런데 뭘 축하하죠? 왜 죄다 미스터리예요?"

그가 세라에게 미소 지었다.

"미스터리가 아냐. 아주 간단해. 오늘 내 이혼 확정판결이 내려졌어."

"아……" 세라는 놀란 표정을 지었다. 로렌스는 그녀를 쳐다보고 있었다.

"깨끗이 정리됐어. 그건 그렇고…… 어때, 세라?"

"뭐가요?" 세라가 물었다.

로렌스가 갑자기 거칠게 말했다.

"눈 동그랗게 뜨고 순진한 척하지 마, 세라. 당신도 잘 알잖아…… 내가 당신을 원한다는 거. 안 지 제법 됐을 텐데."

세라는 그의 시선을 피했다. 심장이 기분좋게 뛰었다. 로렌스에게는 아주 흥분되는 뭔가가 있었다.

"당신은 많은 여자들에게서 매력을 느낄 거예요, 그렇죠?" 그녀가 가볍게 물었다.

"요즘엔 정말 몇 사람만 그래. 지금은 당신뿐이고." 그가 말을 멈췄다가 조용히 그리고 거의 아무렇지 않은 듯이 덧붙였다. "세라는 나와 결혼하게 될 거야."

"난 결혼하고 싶지 않아요. 아무튼 당신이 당장은 매인 데 없이 자유로워져서 기쁘긴 하네요."

"자유는 환상이야."

"당신은 결혼생활의 좋은 광고라 할 만한 사람은 아니죠. 당신 아내는 무척 불행했을 거예요."

로렌스가 차분하게 대답했다.

"그 여자는 나와 함께 산 마지막 두 달 동안 거의 매일 울었지."

"당신을 좋아했기 때문이겠죠?"

"그렇겠지. 그런데 믿을 수 없을 정도로 바보 같은 여자였어, 늘."

"그런데 왜 결혼했어요?"

"중세 초기의 프리미티브 마돈나*와 정말 똑같이 생겼거든.

---

* 르네상스 이전 시기의 성모상.

212

내가 가장 좋아하는 예술의 시대지. 그런데 그런 작품이 집에 있으니까 싫증이 나더군."

"당신은 잔인한 악마예요." 세라는 반발하면서도 한편으로는 매혹됐다.

"솔직히 내 그런 점을 좋아하는 거 아닌가? 내가 착하고 성실하고 믿음직한 남편 타입이었다면 당신은 나에 대해 두번 다시 생각하지 않았을걸."

"그래요, 당신은 적어도 솔직하긴 해요."

"지루하게 살고 싶어, 세라? 아니면 아슬아슬하게 살고 싶어?"

세라는 대답하지 않았다. 그녀는 사이드접시에 놓인 작은 빵 조각을 빙 돌렸다. 그러다가 말했다. "당신의 두번째 아내―로라가 알던 모이러 데넘―는 어땠어요?"

"그 부인에게 듣는 게 낫지 않을까." 그가 미소 지었다. "부인이 아주 자세하게 얘기해줄 텐데. 모이러는 착하고 순진한 여자였어. 내가 마음을 아프게 했지, 낭만적으로 표현하자면."

"당신은 아내에게 정말 위험한 존재군요."

"첫번째 아내만큼은 아프게 하지 않았다고 장담할 수 있어. 도덕적인 반감이 그녀가 날 떠난 이유였으니까. 높은 기준을 가진 여자였지. 진실은 그거야, 여자들은 보이는 모습 그대로의 남자와 결혼생활을 하는 데 만족하지 않는다는 거. 여자들은 남자가 달라지길 바라지. 하지만 난 당신에게 내 본래 모습을 감추지 않을 거고, 그건 당신도 인정하게 될 거야. 난 아슬아슬한 게 좋고, 금지된 쾌락을 갈망해. 내겐 높은 도덕 기준 따위 없고, 나 자신을 숨기지 않아."

그가 목소리를 낮췄다.

"난 당신한테 많은 걸 줄 수 있어. 돈으로 살 수 있는 것들—당신의 근사한 몸에 두를 모피, 흰 피부에 드리울 보석—말고도 많은 걸. 난 당신의 모든 감각을 일깨울 수 있어. 당신을 살게 만들 수 있어, 느끼게 만들 수 있어…… 모든 삶은 경험이란 걸 기억해."

"난…… 그래요, 그럴 거예요."

세라는 반발과 매혹이 섞인 감정으로 그를 바라보았다. 로렌스가 그녀에게 더 가까이 몸을 기울였다.

"인생에 대해 진짜로 뭘 알지, 세라? 아무것도 모르지! 난 당신을 끔찍하고 추악한 곳으로 데려갈 수도 있어. 거기서는 삶이 격렬하고 암울하게 흘러가고, 살아 있다는 것이 어두운 황홀감으로 변하는 걸 느낄 수 있어, 느낄 수 있다고!"

그는 눈을 가늘게 뜨고 자신의 말이 그녀에게 미치는 효과를 지켜봤다. 그러고는 일부러 그 분위기를 깼다.

"자, 이제 여기서 나가는 게 좋겠군." 그가 쾌활하게 말했다

로렌스는 웨이터에게 계산서를 가져오라고 손짓했다.

그러더니 세라를 향해 무심한 듯이 미소 지었다.

"이제 당신을 집에 데려다주지."

호화롭고 캄캄한 차 안에서 세라는 경계심을 드러내며 긴장하고 있었지만, 로렌스는 그녀에게 손가락 하나 대지 않았다. 그녀는 자기가 실망하고 있다는 것을 알았다. 로렌스는 그 사실을 알아차리고 슬그머니 웃었다. 그는 여자를 아주 잘 알았다.

그가 세라와 함께 아파트로 올라갔다. 세라가 열쇠로 문을 열고 거실로 들어가 전등을 켰다.

"한잔할래요, 로렌스?"

"아냐, 됐어. 잘 자, 세라."

세라는 그를 불러야만 했다. 그는 그것을 기대하고 있었다. "로렌스."

"응?"

로렌스는 문가에 서서 어깨 너머로 돌아보았다. 그의 시선은 감정인이 품평하듯 그녀를 훑어내려갔다. 완벽했다. 아주 완벽했다. 그는 그녀를 가져야만 했다. 그는 자신의 맥박이 조금 빨라진 걸 알았지만, 내색하지 않았다.

"저…… 나는……"

"응?"

그가 세라에게 돌아왔다. 세라의 엄마와 이디스가 가까운 곳에 잠들어 있을 거란 사실을 의식하고 두 사람은 목소리를 낮췄다.

세라가 다급한 목소리로 말했다.

"저…… 사실 난 당신을 진심으로 사랑하지 않아요."

"그래?"

그의 말투는 그녀의 목소리를 다급하고 조금 더듬거리게 만들었다.

"아니…… 사실은 아니에요. 정확히는 아니에요. 당신이 모든 재산을 잃고…… 만약 오렌지 농장 같은 데로 일하러 떠난다면 난 당신을 두번 다시 생각하지 않을 거란 소리에요."

"그야 당연하지."

"그건 내가 당신을 사랑하지 않는다는 거잖아요."

"내게 낭만적인 헌신보다 더 따분한 건 없어. 난 그걸 바라지 않아, 세라."

"그러면…… 뭘 바라는데요?"

어리석은 질문이지만 그녀는 묻고 싶었다. 계속하고 싶었다. 그리고 그것이 뭔지 알고 싶었다.

그들은 아주 가까이 있었다. 갑자기 그가 고개를 기울여 세라의 목덜미에 키스했다. 그리고 그녀를 안더니 젖가슴을 쥐었다.

세라는 벗어나려고 하다가 이내 굴복했다. 호흡이 점점 빨라졌다.

잠시 후 그는 그녀를 풀어줬다.

"당신이 나에 대해 아무 감정이 없다고 한다면, 당신은 거짓

말쟁이야." 그가 나직이 말했다.

그는 이 말을 한 후 그녀를 남겨두고 떠났다.

3

앤은 세라보다 사십오 분쯤 먼저 집에 돌아왔다. 열쇠로 현관문을 열고 들어오는데 구식 컬링핀을 잔뜩 꽂은 이디스가 침실 밖으로 머리를 내밀자 앤은 짜증이 났다.

요즘 들어 앤은 이디스를 보면 점점 더 화가 치밀었다.

이디스가 곧바로 말했다.

"세라 양이 아직 안 들어왔어요."

그녀의 말에 숨은 무언의 비난이 앤을 화나게 했다. 앤은 쏘아붙였다.

"그게 뭐 어쨌다고?"

"하루종일 쏘다니다니요…… 어린 아가씨가."

"말도 안 되는 소리 하지 마, 이디스. 요즘은 내가 젊었을 때와는 달라. 여자애들도 다 자기 일은 자기가 알아서 할 수 있게 교육받고 자랐다고."

"그러니 더 딱하죠." 이디스가 말했다. "결국 사고를 친다고요. 십중팔구 그 꼴이 나요."

"내가 젊었을 때도 그런 일은 있었어." 앤은 무덤덤하게 말했다. "의심할 줄 모르고 무지한 아가씨가 조롱거리가 되는 건 그 어떤 샤프롱*이라도 막지 못했어. 요즘 여자애들은 무슨 책이든 읽고 뭐든 하고 어디든 다닌다고."

"아이고." 이디스가 우울하게 말했다. "한 번의 경험이 책 몇 권보다 낫다는 이야기가 있죠. 하긴 부인이 괜찮다면 제가 참견할 일은 아니지요…… 하지만 어딜 가나 온통 남자, 남자예요. 무슨 뜻인지 아실 거예요. 그리고 오늘밤 아가씨와 함께 나간 남자분은 별로 탐탁지가 않아요. 제 동생 노라를 비탄에 빠트렸던 두번째 남자가 꼭 그랬어요. 일이 터진 뒤에는 눈 튀어나오도록 울어봤자 아무 소용 없어요."

앤은 짜증이 나면서도 웃지 않을 수 없었다. 이디스와 그 가족들은 참! 더구나 자신감 넘치는 세라를 배신당한 시골 아가씨로 상상하니 우스웠다.

---

* 젊은 여자가 사교장에 나갈 때 보호해주는 사람으로 대개 나이 많은 부인이다.

그녀가 말했다. "자 자, 그만 안달하고 가서 자. 오늘 내가 처방받은 수면제는 사다났어?"

이디스가 툴툴거렸다.

"침대 옆에 뒀어요. 잠을 자려고 약을 먹는 건 좋지 않아요······ 나중엔 그게 없으면 잘 수 없게 되죠. 결국 그렇게 된다니까요. 보나마나 지금보다 더 불안할 거고요."

앤은 화가 나서 몸을 휙 돌렸다.

"불안하다니? 난 불안하지 않아."

이디스는 대꾸하지 않았다. 그저 입꼬리를 늘어뜨리고 숨이 막힐 만큼 길고 확연한 한숨을 내쉬고는 자기 방으로 들어갔다.

앤은 화를 내며 침실로 갔다.

정말 갈수록 더 못 봐주겠어. 내가 왜 이디스를 참고 사는지 모르겠고. 그녀는 생각했다.

불안하다고? 물론 그녀는 불안하지 않았다. 최근에 눈을 뜬 채 누워 있는 습관이 생겼을 뿐이다. 누구나 가끔은 불면증에 시달린다. 누워서 시계 소리를 듣거나 멀뚱멀뚱 생각하고 또 생각하는 것보다—다람쥐 쳇바퀴 돌듯—약이라도 먹고 밤새 푹 자는 편이 더 현명하다. 닥터 매퀸은 이 점을 잘 이해했고, 그녀에게 아주 약하고 무해한 약을 처방해줬다. 브롬화물이라고 했다. 마음을 가라앉히고 생각을 멈추게 하는 약······

맙소사, 다 귀찮아. 이디스와 세라, 친절한 로라까지. 앤은 로라에 대해서는 약간의 죄책감을 느꼈다. 일주일 전에 로라에게 전화했어야 하는데 하지 않았다. 로라는 그녀의 가장 오랜 친구 중 하나였다. 그런데 왠지 로라 때문에 성가셔지고 싶지 않았다―아직은 그랬다―종종 로라는 상당히 까다롭게 구니까……

세라와 로렌스 스틴? 그들 사이에 진짜 무슨 일이 있는 걸까? 젊은 여자애들은 나쁜 남자에게 쉽게 끌리잖아…… 설마 진지한 관계는 아니겠지. 그렇다 한들……

수면제를 먹자 진정됐고, 앤은 잠들었다. 하지만 잠들어서도 베개에 머리를 가만두지 못하고 뒤척이며 안절부절못했다.

다음날 아침 일어나 침대에서 커피를 마실 때 침대 옆 전화가 울렸다. 수화기에서 로라 휘스트터블의 걸걸한 목소리가 들려오자 앤은 짜증이 치밀었다.

"앤, 세라가 로렌스 스틴과 자주 만나나?"

"세상에, 로라, 그것 때문에 아침부터 전화하신 거예요? 제가 그걸 이렇게 알아요?"

"이봐, 앤은 세라 엄마잖아."

"그렇긴 하지만 부모라고 항상 자식에게 어디 가는지 누구랑 가는지 캐묻진 않아요. 무엇보다 자식들이 그걸 참아주질 않고요."

"진정해 앤, 얼버무리지 말고 말해봐. 그가 세라를 따라다니는 거 맞지?"

"글쎄요, 아닐 거예요. 아직 이혼 문제도 해결되지 않은 상태고요."

"그건 어제부로 완전히 끝났어. 내가 신문에서 읽었지. 앤은 그 남자에 대해 얼마나 알지?"

"해리 스틴 경의 외아들이고 돈이 엄청나게 많다는 건 알죠."

"악명 높은 평판은?"

"아, 그거요! 젊은 여자애들은 언제나 평판 나쁜 남자한테 끌리기 마련이에요…… 바이런 경* 시대 이후로 쭉 그랬을걸요. 하지만 사실 그건 별 의미가 없어요."

"앤과 하고 싶은 얘기가 있는데, 오늘 저녁에 집에 있을 건가?"

앤이 얼른 대답했다.

"아뇨, 전 나갈 거예요."

"그럼 여섯시쯤 보지."

"죄송해요, 로라. 제가 칵테일파티에 가기로……"

"알았어. 그럼 다섯시쯤 가지…… 아니면……" 로라의 목소리가 무겁고 단호해졌다…… "지금 가는 게 낫겠어?"

앤은 품위 있게 물러섰다.

---

*19세기 영국의 낭만주의 시인으로 바람둥이로 알려졌다.

"다섯시면 적당하겠네요."

앤은 몹시 화가 나서 한숨을 내쉬며 수화기를 내려놓았다. 정말 로라는 어쩔 수가 없어! 각종 위원회, 유네스코, 국제기구들…… 그것들이 그녀의 머릿속을 바꿔놓았다.

"시간이 문제가 아니라 난 로라가 여기 오는 게 싫어." 앤은 안달하며 중얼거렸다.

그랬지만 로라가 오자 그녀는 온갖 기쁜 시늉을 하며 친구를 맞았다. 이디스가 차를 들여오는 사이 그녀는 명랑하면서도 초조하게 재잘거렸다. 로라는 평소와 달리 적극적이지 않았다. 얘기를 듣고 대답만 할 뿐이었다.

대화가 잦아들자 로라는 찻잔을 내려놓고 평소처럼 단도직입적으로 말했다.

"앤을 걱정시켜서 미안하지만, 내가 미국에서 돌아오는 도중 두 남자가 로렌스 스틴에 대해 하는 말을 우연히 듣게 됐어. 별로 유쾌한 내용은 아니었지."

앤은 얼른 어깨를 으쓱했다.

"로라도 참, 얼핏 들은 이야기라면……"

"아주 흥미로울 때가 많지." 로라가 말했다. "점잖은 남자들이 그에 대해 몹시 비판적으로 말하더군. 또 난 그의 두번째 부인이었던 모이러 데넘과 결혼 전부터 알고 지낸 사이인데, 모이러는 지금 심한 신경쇠약에 걸려 있어."

"그러니까 지금 로라는 세라가……"

"난 세라가 로렌스 스틴과 결혼하면 신경쇠약에 걸릴 거라고 말하는 게 아니야. 세라는 더 유연한 성격이지. 사소한 일 때문에 큰일을 그르치는 타입은 아니야."

"그러면……"

"하지만 난 세라가 아주 불행해질지 모른다고 생각해. 게다가 세번째 근거가 있어. 실라 본 라이트라는 젊은 여자에 대한 신문 기사 읽어봤나?"

"악물중독에 관련된 거였나요?"

"맞아. 그 여자는 그 일로 두 번이나 법정에 섰지. 그리고 한때 로렌스 스틴의 친구였어. 그러니까 내 말은, 로렌스 스틴은 아주 위험한 위인이라는 거야…… 혹시 앤이 아직 모른다면 말이지…… 하지만 아마 알고 있겠지?"

"물론 그에 대한 소문이 있다는 건 알아요." 앤은 마지못해 말했다. "그런데 제가 뭘 어쩔 수 있다는 거죠? 전 세라가 그와 만나는 걸 막을 수 없어요. 만약 그런다면 세라는 엇나갈 거예요. 여자애들은 강요당하는 걸 못 참아요, 잘 아시잖아요. 말리면 공연히 일을 더 크게 만들 거라고요. 전 지금으로선 둘 사이에 심각할 건 조금도 없다고 생각해요. 그는 세라에게 빠졌고, 악명 높은 남자가 좋아한다니까 세라는 우쭐한 것뿐이에요. 로라는 그가 세라와 결혼하고 싶어한다고 생각하시는 것 같은데……"

"맞아, 난 그가 세라와 결혼하고 싶어한다고 생각해. 내 표현대로 하자면, 그는 수집가야."

"무슨 말씀을 하시는 건지 모르겠어요."

"그런 타입이 있어. 썩 바람직한 타입은 아니지. 앤은 세라가 그와 결혼하고 싶다고 하면 어떨 것 같아?"

앤이 매섭게 대꾸했다. "제가 어떻게 생각하느냐가 뭐가 중요해요? 여자애들이란 다 자기 하고 싶은 대로, 자기가 좋아하는 사람과 결혼하는데요."

"하지만 세라에게는 엄마의 영향이 클 거야."

"아뇨, 천만에요. 그건 로라가 틀리셨어요. 세라는 완전히 제멋대로예요. 전 간섭하지 않겠어요."

로라가 그녀를 빤히 쳐다보았다.

"난 도무지 앤을 이해할 수가 없어. 세라가 그 남자와 결혼해도 괜찮다는 건가?"

앤은 담배에 불을 붙이고 초조하게 연기를 뿜었다.

"잘 모르겠어요. 평판이 나쁜 남자도 아주 훌륭한 남편이 되곤 하잖아요, 놀아볼 만큼 놀아봤으니까요. 세속적인 잣대로만 보자면 로렌스 스틴은 꽤 훌륭한 신랑감이에요."

"그건 앤에게 영향을 주지 않는 잣대겠지. 앤이 원하는 건 세라의 행복이지 그 아이가 부자가 되는 건 아닐 테니까."

"물론이죠. 하지만 아직 모르시나본데요. 세라는 예쁜 것들을 아주 좋아해요. 화려한 생활을 즐기고요…… 저보다 훨씬 더요."

"하지만 세라가 그런 조건만 보고 결혼하지는 않겠지?"

"전 그렇게 생각하지 않는데요." 앤이 의심스러운 듯이 대답했다. "사실 세라는 로렌스 스틴에게 완전히 빠진 것 같아요."

"그러면 앤은 돈이 결정적인 영향을 미친다고 생각하는 건가?"

"모르겠어요, 정말! 세라는…… 글쎄요, 가난한 남자라면 망설였을 거예요. 우리 그런 관점으로 말해보죠."

"과연 그럴까." 로라가 생각에 잠겨 말했다.

"요즘 여자애들은 오로지 돈에 대해서만 생각하고 말해요."

"그래, 말! 난 세라의 말을 들었지, 고맙게도. 대단히 합리적이고 현실적인, 감성적이지 않은 말만 하더군. 하지만 언어란 생각을 표현하는 것인 동시에 생각을 숨기는 것이기도 해. 시대를 불문하고 젊은 여자애들은 틀에 박힌 말만 하지. 문제는 세라가 진심으로 원하는 것이 무엇이냐는 거야."

"모르겠어요. 그냥…… 즐겁게 사는 거겠죠." 앤이 말했다.

로라는 그녀를 힐끗 쳐다보았다.

"앤은 세라가 행복하다고 생각해?"

"그럼요. 세라는 아주 즐겁게 지내고 있어요, 로라."

로라가 골똘히 생각하며 말했다.

"난 세라가 별로 행복한 것 같지 않던데."

앤이 날카롭게 말했다.

"요즘 여자애들은 다들 그렇게 불만스러운 표정을 지어요. 허세 같은 거라고요."

"그럴지도 모르지. 그러니까 앤은 로렌스 스틴에 대해 아무것도 할 수 없다고 생각한다는 건가?"

"제가 뭘 할 수 있는지 모르겠어요. 차라리 로라가 세라에게 얘기해보시지그래요?"

"난 나서지 않을 거야. 고작 대모잖아. 내 분수를 알아."

앤은 화가 나서 얼굴을 붉혔다.

"그럼 제가 세라와 얘기해야 한다고요?"

"그게 아냐. 앤이 말했다시피 얘기해봤자 별 소용이 없을 테니까."

"하지만 제가 뭔가를 해야 한다고 생각하시잖아요."

"아니, 꼭 그런 것도 아니야."

"그럼 도대체 무슨 말씀을 하시려는 거죠?"

로라는 생각에 잠겨 거실을 둘러보았다.

"앤의 마음속에서 무슨 일이 벌어지고 있는지 궁금했을 뿐이야."

"제 마음속이라고요?"

"응."

"아무 일도 벌어지지 않아요. 아무 일도."

로라는 거실 저편으로 보내던 시선을 거두고 새처럼 재빨리 앤을 힐끔거렸다.

"아무 일도…… 그게 내가 걱정하는 거야." 그녀가 말했다.

"무슨 말인지 전혀 모르겠어요."

로라가 말했다.

"앤의 마음속에서 아무 일도 벌어지지 않는다면, 그게 더 우울하지."

"잠재의식에 대한 얼토당토않은 얘기를 하시려나보군요! 로라는…… 어쩐지 절 비난하시는 것 같네요."

"난 앤을 비난하지 않아."

앤이 일어나서 거실을 서성거리기 시작했다.

"무슨 말씀을 하시려는 건지 모르겠어요…… 전 세라에게 헌신했고…… 그 아이가 제게 얼마나 소중한지 로라도 아시잖아요. 전…… 그래요, 세라를 위해 모든 걸 희생했다고요!"

로라가 진지하게 말했다. "이 년 전 앤이 딸을 위해 큰 희생을 했다는 걸 알지."

"그러세요?" 앤이 물었다. "그걸로 로라에게 보여드리지 않았나요?"

"내게 보여주다니, 뭘?"

"제가 세라에게 얼마나 끔찍이 헌신적인지요."

"앤, 난 앤이 헌신적이지 않다고 말하는 게 아냐! 앤은 자신을 변호하고 있지만 내 비난 때문에 그러는 건 아니지." 로라가 일어섰다. "이제 가봐야겠어. 오지 않는 편이 나았겠어……"

앤이 문으로 따라나왔다.

"어쨌든 확실한 건 아무것도 없고…… 딱히 할말도 없어요."

"그래, 그렇지."

로라가 말을 멈췄다. 그러더니 갑자기 놀랄 만큼 힘주어 말했다.

"희생이 어려운 건 일단 시작되면 한 번으로 끝나지 않는다는 거야! 그건 계속해서……"

앤은 놀라서 그녀를 바라보았다.

"무슨 뜻이죠, 로라?"

"아무것도. 잘 있어, 앤. 그리고 이 말 한마디만 명심해, 심리학자로서 하는 말이니까. 생각할 시간이 없을 정도로 살지는 마."

앤은 선량한 성품이 되살아난 듯 웃음을 터뜨렸다.

"너무 늙어서 아무것도 할 수 없게 되면 그때 앉아서 생각할게요." 앤이 명랑하게 말했다.

이디스가 찻잔을 치우러 들어왔고, 앤은 벽시계를 힐끗 보고는 비명을 지르며 침실로 갔다.

그녀는 유난히 공들여 화장하고 거울에 바짝 붙어 찬찬히 들여다보았다. 새로 한 머리가 괜찮았다. 커트 덕분에 훨씬 젊어 보였다. 현관문 두드리는 소리가 나자 그녀는 이디스를 소리쳐 불렀다.

"우편물 왔어?"

이디스는 잠시 말없이 편지들을 살피다가 말했다.

"청구서밖에 없는데요. ……세라 양에게 편지 한 통이…… 남아프리카에서 온 거네요."

이디스는 마지막 세 어절을 약간 강조했지만 앤은 알아차리지 못했다. 앤이 거실로 돌아갔을 때 세라가 열쇠로 현관문을 열고 들어왔다.

"내가 국화를 질색하는 건 이 끔찍한 냄새 때문이지." 세라가 투덜댔다. "노린의 가게를 그만두고 모델로 취직해야겠어요. 샌드라가 날 쓰고 싶어서 난리예요. 월급도 더 준다고 하고요. 어머, 티파티라도 하던 참이었어요?" 이디스가 들어와 찻잔을 집어드는 것을 보며 세라가 물었다.

"로라가 오셨었어."

"또요? 어제도 오셨었는데."

"알아." 앤은 잠시 망설이다가 말했다. "네가 로렌스 스틴과 만나지 못하게 해야 한다고 말하러 오신 거였어."

"로라가 그러셨어요? 걱정이 지나치시네요. 내가 못돼먹은 커다란 늑대한테 잡아먹힐까봐 걱정이시래요?"

"그런 거지." 앤은 신중하게 말했다. "그의 평판이 아주 안 좋다더구나."

"누가 그걸 모르겠어요? 아까 복도에서 우편물을 봤는데?" 세라가 나가더니 남아프리카 소인이 찍힌 편지를 들고 돌아왔다.

앤이 말했다.

"로라는 내가 나서서 그 관계를 끝나게 해야 한다고 생각하시는 것 같아."

세라는 편지를 물끄러미 내려다보았다. 그러며 무심히 대꾸했다. "뭐라고요?"

"로라는 내가 너희 두 사람을 갈라놔야 한다고 생각하신다고."

세라가 쾌활하게 말했다.

"엄마가 어떻게요?"

"나도 그렇게 말했지." 앤이 의기양양하게 말했다. "요즘 엄마들은 아무 힘도 없다고."

세라가 의자 팔걸이에 걸터앉아 봉투를 뜯었다. 그리고 두 장의 편지를 꺼내 읽기 시작했다.

앤이 계속 말했다.

"사람들은 로라의 나이를 생각 안 하지! 로라는 너무 연로해서 사실 요즘 사고방식에 대해선 아무것도 몰라. 실은 나도 네가 로렌스 스틴과 가깝게 지내는 것이 전부터 마음에 걸리긴 했

어. 하지만 괜히 말했다가는 상황만 악화시킬 것 같았지. 네가
어리석은 짓을 하지 않을 거라 믿기도 했고……"

그녀가 말을 멈췄다. 세라는 편지에 열중한 채 중얼거렸다.

"물론이죠, 엄마."

"하지만 네가 누구를 만날지는 너 스스로 정해야 해. 내 생각
에 종종 마찰이 생기는 이유는……"

전화벨이 울렸다.

"아, 전화네!" 앤이 외쳤다. 그녀는 반가워하며 전화기로 다
가가 기대에 차서 수화기를 들었다.

"여보세요…… 네, 제가 프렌티스인데요…… 네…… 누구
요? 성함을 잘 못 알아듣겠어요…… 콘퍼드라고 하셨나요? 아, 콜
드…… 아! 세상에! 이렇게 멍청할 수가…… 리처드예요?……
정말 오랜만이에요…… 오, 정말 친절하군요…… 아뇨, 물론 아
니에요…… 아뇨, 나도 기뻐요…… 진심이에요…… 가끔 궁
금했는데…… 어떻게 지냈어요?…… 뭐라고요?…… 정말이
요?…… 잘됐네요. 진심으로 축하해요…… 분명 좋은 여자겠
죠…… 정말 잘됐어요…… 만나보고 싶네요……"

세라는 의자 팔걸이에서 일어났다. 그녀는 멍하고 얼빠진 얼
굴로 문 쪽으로 천천히 걸어갔다. 손에는 다 읽은 편지가 구겨
진 채 들려 있었다.

앤이 계속 말했다. "아뇨, 내일은 안 되겠어요, 아니, 잠깐만

요. 수첩을 가져올게요……" 그녀가 급하게 외쳤다. "세라!"

세라가 문가에서 몸을 돌렸다.

"네?"

"내 수첩 어디 있지?"

"엄마 수첩이요? 몰라요."

세라는 한참 떨어져 있었다. 앤이 짜증을 내며 말했다.

"가서 좀 찾아봐. 분명 어디 있을 텐데. 내 침대 옆에 있을 거야. 얘, 얼른."

세라가 거실에서 나가더니 잠시 후 앤의 스케줄 수첩을 들고 돌아왔다.

"여기요, 엄마."

앤이 수첩을 넘겼다.

"듣고 있어요, 리처드? 아뇨, 점심은 어렵겠네요. 목요일에 올래요?…… 아, 그렇군요. 아쉽네요. 점심도 안 되고요?…… 저런, 꼭 아침 기차로 가야 해요?…… 어디서 묵죠?…… 아, 그 모퉁이 돌아서 바로 있는? 그럼 지금 잠깐 와서 한잔하는 것도 어렵겠어요?…… 아뇨, 외출할 거지만 아직 시간 충분해요…… 그게 좋겠어요. 바로 와요."

앤은 수화기를 내려놓고 멍하니 허공을 바라보며 서 있었다.

세라가 별다른 관심 없이 물었다. "누구였어요?" 그러더니 간신히 덧붙였다. "엄마, 게리에게 소식이 왔는데요……"

앤이 갑자기 정신을 차렸다.

"이디스한테 최고로 좋은 잔들하고 얼음 좀 가져오라고 해. 얼른. 그 사람들이 올 거야."

세라는 고분고분하게 움직였다.

"누가요?" 그러나 여전히 별다른 관심 없이 물었다.

앤이 말했다. "리처드…… 리처드 콜드필드!"

"그 사람이 누군데요?" 세라가 물었다.

앤은 딸을 날카롭게 쳐다보았지만, 딸의 얼굴은 태평했다. 세라가 이디스에게 갔다가 돌아오자 앤이 힘주어 말했다.

"리처드 콜드필드였어."

"리처드 콜드필드가 누군데요?" 세라는 어리둥절한 표정을 지었다.

앤은 두 손을 꼭 맞잡았다. 분노가 솟구쳐서, 떨리는 목소리를 진정시키려고 잠시 입을 다물어야 했다.

"그러니까 넌…… 그의 이름조차 기억 못하는구나."

세라의 눈이 다시 한번 손에 쥔 편지로 쏠렸다. 그녀는 아무렇지 않게 말했다. "내가 아는 사람이에요? 그 사람에 대해 말해봐요."

앤은 갈라진 목소리로 말했고, 이번에는 놓칠 수 없을 만큼 강조하며 말했다.

"리처드 콜드필드."

세라는 놀라서 고개를 들었다. 그녀는 그제야 알아들었다.

"뭐라고요! 콜리플라워가 아니고요?"

"그래."

세라에게는 멋진 농담이었다.

"세상에. 그 사람이 다시 등장하다니." 그녀는 재밌다는 듯이 말했다. "그 사람이 아직도 엄마를 좋아한대요?"

앤이 짧게 대꾸했다. "아니, 그는 결혼했어."

"그거 잘됐네요. 부인이 어떤 사람일까요?" 세라가 말했다.

"그가 아내를 데리고 한잔하러 여기 올 거다. 곧 도착할 거야. 랭포트에 묵고 있다는구나. 이 책들 좀 치워, 세라. 네 물건들은 복도에 갖다놓고. 이 장갑도."

앤은 가방에서 작은 거울을 꺼내 초조하게 얼굴을 살폈다. 세라가 돌아오자 그녀가 물었다.

"나 괜찮니?"

"네, 예뻐요." 세라는 건성으로 대답했다.

앤은 거울을 보며 얼굴을 찌푸렸다. 그러고는 가방을 닫고 불안한 듯 거실을 돌아다니며 의자를 똑바로 놓고 쿠션을 제자리에 정리했다.

"엄마, 게리에게 소식이 왔어요."

"그래?"

국화를 꽂은 청동 꽃병은 구석 테이블에 놓는 것이 더 어울릴 것 같았다.

"게리는 거기서도 아주 운이 없었나봐요."

"그래?"

담배는 여기, 성냥도.

"네, 오렌지에 무슨 병이 생겨서 동업자와 빚더미에 앉았고…… 다 팔 수밖에 없었대요. 완전한 실패예요."

"안됐구나. 하지만 놀랐다고는 말 못하겠다."

"왜요?"

"게리에겐 늘 그런 일이 벌어지는 것 같으니까." 앤이 멍하게 말했다.

"네…… 네, 그렇죠." 세라는 의기소침했다. 예전만큼 화를 내며 게리를 역성들게 되지 않았다. 세라는 내키지 않는 듯이 말했다. "게리 잘못이 아니에요……" 이제는 예전처럼 그 말에 대해 확신이 없었다.

"그럴지도 모르지." 앤이 심드렁하게 말했다. "그런데 난 게리가 무슨 일을 하든 잘되지 않을 것 같아."

"그래요?" 세라는 다시 의자 팔걸이에 앉아 진지하게 물었다. "엄마는 정말 게리가 절대 성공하지 못할 것 같아요?"

"그래 보인대도."

"그래도 난 게리에겐 뭔가가 있다고 생각해요. 그렇다고 확신해요."

"매력은 있지." 앤이 말했다. "하지만 인생에서는 패배자야."

"그럴지도 모르죠." 세라는 한숨을 쉬었다.

"셰리주 어디 있지? 리처드는 진보다 셰리주를 좋아했는데. 아, 저기 있구나."

세라가 말했다. "게리는 케냐로 갈 거예요. 다른 친구와 함께요. 자동차를 팔면서 정비소를 운영하겠대요."

"희한하기도 하지." 앤이 평했다. "무능한 사람들은 모두 결국 정비소를 차리니 말이지."

"하지만 게리는 차에 관한 한 박사예요. 10파운드 주고 산 차를 멋지게 달리게 만들었거든요. 그리고 엄마, 게리는 게으르거나 일을 하지 않는 게 아니에요. 그는 일을 하고, 때로는 지독할 정도로 열심히 해요. 내 생각에는 그저……" 세라는 골똘히 생각하며 말했다. "판단력이 그리 좋지 못한 것 같아요."

앤은 그제야 딸에게 집중했다. 그녀는 부드럽지만 단호하게 말했다.

"얘, 내가 너라면…… 게리를 마음에서 깨끗이 떨쳐낼 거야."

세라는 충격을 받은 듯했다. 입술이 떨렸다.

"그래요?" 세라가 머뭇거리며 말했다.

현관 벨이 울렸다. 삭막하고 고집스럽게 울려댔다.

"그들이 왔어." 앤이 말했다.

그녀는 벽난로 선반 옆으로 가서 꾸민 듯한 자세로 섰다.

Chapter

4

리처드는 난처할 때면 늘 그랬듯 지나치게 자신만만한 태도로 집안으로 들어섰다. 도리스만 아니었으면 그는 결코 오지 않았을 것이다. 하지만 도리스가 궁금해했다. 그녀는 리처드를 졸랐고, 입술을 삐죽이고 토라졌다. 그녀는 젊고 예뻤고, 나이 차이가 많이 나는 남자와 결혼했다는 이유로 종종 자기 뜻대로 하려고 고집을 부렸다.

앤은 상냥하게 미소 지으며 걸어와 두 사람을 맞았다. 마치 무대에서 연기하는 사람 같았다.

"리처드, 다시 만나서 정말 기뻐요! 이분이 아내인가요?"

예의바른 인사와 의미 없는 대화 뒤로 생각들이 분주했다.

리처드는 생각했다.

'앤, 많이 변했군…… 내가 알던 여자가 아닌 것 같아……'

그런 생각을 하자 안도감 비슷한 것이 밀려들었다.

'어차피 나와는 어울리지 않는 여자였어…… 정말 그래. 모든 면에서 너무나 세련되고…… 패셔너블해. 명랑하고. 나와는 어울리지 않아.'

그러자 그는 아내인 도리스에게 다시금 애정을 느꼈다. 그는 어린 아내 도리스에게 푹 빠져 있었다. 하지만 리처드는 도리스의 가식적인 말씨가 탐탁지 않았고, 그녀의 반복적인 교태에 조금 질리기도 했었다. 그는 자신이 다른 계층의 여자와 결혼했다는 것을 인정하지 않았다. 남쪽 해안가의 어느 호텔에서 그녀를 만났는데, 집안은 부유했고 그녀의 아버지는 은퇴한 건축업자였다. 장인장모의 태도가 신경에 거슬리던 때도 있었다. 하지만 일 년이 지나자 그런 일은 줄어들었다. 도리스의 친구들에 대해서도 그런 집안에서 사귈 법한 친구들로 자연스럽게 받아들이게 됐다. 그가 원하던 게 아니라는 건 알고 있었다…… 도리스는 오래전 죽은 알린의 자리를 메우지 못할 터였다. 하지만 도리스는 그의 감각을 다시 깨어나게 해줬고, 당장은 그걸로 충분했다.

도리스는 앤에 대해 의심을 품고 질투했는데, 그녀의 외모를 보고는 기분좋게 놀랐다.

'뭐야, 늙어빠졌잖아.' 도리스는 젊은 사람답게 무자비하고 옹졸한 생각을 했다.

도리스는 방과 세간에 깊은 인상을 받았다. 앤의 딸 역시 아주 세련되고 마치 〈보그〉에 나오는 사람 같았다. 그녀는 남편이 한때 이 세련된 여자와 결혼을 약속했었다는 사실이 조금 감탄스러웠다. 그래서 남편을 더 높이 평가하게 됐다.

앤은 리처드를 보고 충격을 받았다. 앤에게 자신만만하게 말하고 있는 이 남자는 이제 낯선 사람이었다. 리처드가 앤에게 낯선 사람이었듯 앤도 리처드에게 낯선 사람이었다. 리처드와 앤, 그들은 완전히 다른 길을 걸어왔고, 이제 둘 사이에 공통된 영역은 없었다. 앤은 리처드의 이중적인 면을 알고 있었다. 그는 늘 거만하고 완고한 사람이었다. 그러나 또한 흥미로운 가능성들을 지닌 소박한 사람이었다. 그 가능성들에 문이 닫혀버렸다. 앤이 사랑했던 그 리처드는, 넉살좋고 거들먹거리는 흔하디흔한 영국 남편이란 틀에 갇혀버렸다.

그는 평범하고 포식 동물 같은 여자를 만나 결혼했다. 심장과 뇌의 능력은 떨어지고 그저 발그레하고 뽀얀 곱상한 외모를 자신만만해하는, 젊은 사람 특유의 노골적인 성적 매력만 있는 여자와.

리처드가 이 여자와 결혼한 건 바로 그녀, 앤이 그를 떠나보냈기 때문이다. 분노와 원망에 찬 리처드는 그의 마음을 끌려고 애쓰는 첫번째 여자의 손쉬운 먹잇감으로 전락했다. 그래, 어쩌면 이게 최선이었으리라. 앤은 리처드가 행복할 거라 생각했다……

세라가 마실 것을 가져와서 예의바르게 말했다. 세라의 생각은 아주 단순하게, 이 한 줄로 전부 표현됐다. '진짜 지독하게 고루한 사람!' 그녀는 밑바닥을 흐르는 감정들에 대해선 알지 못했다. 그녀의 마음 한구석에는 여전히 '게리'라는 이름에서 파생한 뭉근한 아픔이 있었다.

"방이 완전히 달라졌네요?"

리처드가 실내를 둘러보았다.

"멋있어요, 프렌티스 부인." 도리스가 말했다. "리전시 스타일*로 최근에 다 바꾸신 건가요? 전에는 어땠어요?"

"장밋빛 도는 옛 스타일의 가구들이 있었지." 리처드는 아련하게 말했다. 난롯불의 아늑한 불빛을 받으며 앤과 함께 낡은 소파에 앉아 있던 기억이 떠올랐다. 그 소파는 치워지고 엠파이어 스타일**의 긴 의자가 놓여 있었다. "나는 이것보다 그전 가구들이 더 마음에 드는군요."

"남자들은 정말 끔찍할 정도로 보수적이죠. 안 그런가요, 프

---

* 섭정 시대에 유행한 화려한 스타일.
** 나폴레옹 제1제정 시대에 유행한 간결하고 직선적인 스타일.

렌티스 부인?" 도리스가 바보같이 웃었다.

"아내는 날 최신 유행에 따라가게 하려고 작정을 했죠." 리처드가 말했다.

"당연하죠. 난 당신을 제 나이보다 더 들어 보이는 구닥다리로 돌아가게 내버려두지 않을 거예요." 도리스가 애정을 담아 말했다. "이 사람이 전보다 몇 년은 더 젊어 보이지 않나요?"

앤은 리처드의 눈을 피했다. 그녀가 말했다.

"근사해 보이는군요."

"골프를 시작했어요." 리처드가 말했다.

"우린 베이싱 히스 인근에 주택을 구했어요. 운이 좋았죠. 리처드가 출퇴근하기에 열차편도 꽤 편리해요. 정말 근사한 골프 코스가 있고요. 물론 주말에는 많이 혼잡하지만."

"요즘에는 마음에 드는 집을 구하는 것도 대단한 행운이죠." 앤이 말했다.

"맞아요. 아거Aga 쿠커도 있어요. 전기 배선이 구석구석 되어 있는 최신식의 새집이죠. 리처드는 다 쓰러져가는 케케묵은 집이 좋다고 했지만 제가 한사코 반대했어요! 우리 여자들이 현실적이잖아요, 그렇죠?"

앤이 다소곳이 대답했다.

"요즘 지어진 현대식 주택은 집안일을 많이 덜어주죠. 정원은 있어요?"

리처드가 "실은 없어요"라고 말하는 순간, 도리스가 "네, 있죠"라고 대답했다.

그의 아내가 그를 책망하는 눈으로 바라보았다.

"여보, 그러면 우리가 심은 구근은 어떻게 말할 건가요?"

"집 주변에 천 제곱미터 정도 되는 땅이 있어요." 리처드가 말했다.

순간 그와 앤의 눈이 마주쳤다. 두 사람은 언젠가 시골로 내려가 살게 되면 정원을 만들자고 말한 적이 있었다. 울타리 친 정원의 과일나무, 잔디밭과 나무들……

리처드가 얼른 세라에게 고개를 돌렸다.

"그런데 우리 아가씨는 뭘 하고 지내시지?" 세라로 인한 과거의 신경과민이 되살아나 그는 유난히 거슬리게 비아냥댔다. "떠들썩한 파티로 바쁘시겠지?"

세라는 활짝 미소 지으면서 생각했다. '콜리플라워가 얼마나 끔찍했는지 잊고 있었네. 내가 저 작자를 눌러준 건 엄마를 위해 잘한 일이야.'

"네, 그래요." 그녀가 말했다. "하지만 바인 스트리트*에서 파티를 끝내는 건 일주일에 두 번까지만 한다는 게 규칙이에요."

"요즘 아가씨들은 술을 너무 마셔. 혈색이 나빠지는데도……

* 술집이 많은 런던의 유명 거리.

하지만 네 얼굴은 아주 좋아 보이는구나."

"예전부터 화장에 관심이 많으셨죠." 세라가 상냥하게 말했다.

그녀는 앤과 대화를 나누고 있는 도리스에게 갔다.

"한 잔 더 드릴게요."

"아뇨, 괜찮아요. 이제 안 되겠어요. 지금도 머리가 어쩔한걸
요. 칵테일 바가 아주 멋져요. 세심하게 신경쓰셨나봐요."

"정말 편리하죠." 앤이 말했다.

"아직 결혼은 안 했나, 세라?" 리처드가 물었다.

"네, 아직이요. 하지만 결혼하자는 남자들은 있죠."

"애스콧*이나 그런 모임에 많이 다니겠네요." 도리스가 부러
운 듯이 말했다.

"올해는 비가 오는 바람에 제가 가진 가장 좋은 드레스를 망
쳤어요." 세라가 말했다.

"저, 프렌티스 부인." 도리스가 다시 앤에게 고개를 돌렸다.
"제가 상상하던 모습과 완전히 다르세요."

"어떻게 상상했는데요?"

"남자들은 원래 엉뚱하게 설명하잖아요."

"리처드가 어떻게 설명했는데요?"

"글쎄요. 꼭 이 사람 말 때문이라기보다 제가 그런 인상을 받

---

　*국왕이 참석하는 귀족적인 경마.

왔어요. 전 부인을 조용하고 내성적이고 자그마한 여자로 상상했어요." 도리스가 찢어지는 소리를 내며 웃었다.

"조용하고 내성적이고 자그마한 여자? 너무 따분한 사람같이 들리는데요!"

"아, 아니에요. 리처드는 부인을 많이 칭찬했어요. 정말 그랬어요. 제가 가끔 굉장히 질투가 날 정도로요."

"무슨 그런 터무니없는 말을."

"글쎄 어떤지 아세요? 가끔 밤에 리처드가 말없이 착 가라앉아 있으면 전 그 여자 생각을 하는 거냐고 남편을 떠보곤 했어요."

(당신, 내 생각 하는 거예요? 그래요? 당신이 그런다니 믿기지가 않네요. 날 생각하지 않으려고 노력해요…… 내가 당신에 대해 그러려고 애쓰는 것처럼요.)

"베이싱 히스를 지날 일이 있으면 꼭 우리집에 들러주세요, 프렌티스 부인."

"친절하시군요. 저도 그리고 싶어요."

"다른 사람들도 그렇지만 우리도 일하는 사람을 못 구해서 골치예요. 파출부밖에 없어요, 그나마도 믿을 수 없는 경우가 많고요."

리처드는 세라와의 날선 대화에서 빠져나오며 말했다.

"여전히 이디스가 있더군요, 앤?"

"네, 이디스가 없으면 우린 큰일날 거예요."

"참 훌륭한 요리사죠. 이디스가 근사하면서도 소박한 저녁을 차려주곤 했는데."

어색한 순간이 흘렀다.

이디스가 차린 소박한 저녁상, 난롯불, 장미 꽃봉오리와 잔가지가 프린트된 친츠…… 나긋나긋한 목소리의 갈색 머리 앤…… 대화와 계획…… 행복한 미래…… 스위스에서 집으로 돌아온 딸―하지만 그는 그것이 문제가 될 줄 꿈에도 몰랐고……

앤은 그를 가만히 바라보았다. 앤은 한순간 추억에 잠긴 슬픈 눈으로 자신을 바라보는 진짜 리처드를―그녀의 리처드를―보았다.

진짜 리처드? 도리스의 리처드 역시 앤의 리처드와 마찬가지로 진짜 아닌가.

하지만 이 순간 그녀의 리처드는 다시 한번 사라지고 없었다. 작별 인사를 건네는 사람은 도리스의 리처드였다. 이야기가 좀더 이어지고, 초대의 말이 오갔다…… 가지 않을 작정일까? 고상한 척 말하는 못되고 욕심 많은 어린 여자. 가여운 리처드―오, 가여운 리처드!―그러나 앤, 그녀가 저지른 짓이었다. 그녀는 그를 호텔 라운지로 쫓아냈고, 도리스가 거기서 기다리고 있었다.

하지만 그가 정말 가여운 사람일까? 젊고 예쁜 아내를 얻어서 어쩌면 아주 행복한지도 모르는데.

마침내! 그들은 떠났다! 세라는 정중하게 그들을 배웅한 뒤 거실로 와서 끔찍하다는 듯이 "휴우!" 하고 내뱉었다.

"끝나서 정말 다행이다! 엄마는 잘 빠져나온 거예요."

"그런 것 같구나." 앤이 꿈속을 헤매는 사람처럼 말했다.

"자, 대답해봐요, 엄마. 지금도 저 남자와 결혼하고 싶어요?"

"아니. 지금이라면 저 남자와 결혼하고 싶지 않아." 앤이 대답했다.

(우리는 인생의 그 교차점에서 멀리 떠나왔어. 리처드 당신은 한쪽 길로, 나는 다른 길로. 나는 당신과 세인트 제임스 공원을 걷던 그 여자가 아니고, 당신은 내가 같이 늙어가고 싶어하던 그 남자가 아니야…… 우리는 다른 사람들이야, 낯선 사람들. 당신은 오늘의 내 모습을 별로 달가워하지 않았지. 난 당신이 지루하고 잘난 체한다고 생각했고……)

"엄마는 죽도록 따분했을 거예요, 그걸 이제 알겠죠?" 세라가 젊고 확신이 넘치는 목소리로 말했다.

"그래." 앤은 천천히 대답했다. "맞는 말이야. 난 죽도록 따분했을 거야."

(이렇게 가만히 앉아서 노인이 될 순 없어. 밖으로 나가 즐겨야지. 분명 많은 일이 생길 거야.)

세라가 엄마의 어깨에 다정하게 손을 올렸다.

"그렇고말고요. 엄마가 정말 좋아하는 건 활기찬 삶이에요. 작은 정원이 딸린 교외 집에 처박혀 남편이 여섯시 십오분 기차로 오는 걸 기다리거나 사번 홀을 삼 타로 끝냈다느니 하는 말 따위나 들으며 산다면 아마 엄마는 따분해서 죽었을 거라고요! 그건 엄마가 원하는 전원생활이 아니에요."

"한때는 그런 생활을 동경했지."

(울타리가 있는 오래된 정원, 나무들이 있는 잔디밭, 앤 왕조 양식으로 지은 아담한 장밋빛 벽돌집. 리처드는 골프를 치지 않았을 거고, 장미나무에 물을 주고 나무 밑에 초롱꽃을 심었을 것이다. 아니, 그가 골프를 시작했더라도 난 그가 사번 홀을 삼 타에 끝낸 걸 기뻐했을 것이다!)

세라가 엄마의 뺨에 애정을 담아 키스했다.

"내가 엄마를 구해줬으니 엄만 정말 내게 고마워해야 해요." 그녀가 말했다. "내가 없었다면 엄마는 그 남자와 결혼했을걸요."

앤은 몸을 뒤로 뺐다. 그녀는 동공이 커다래진 눈으로 세라를 뚫어질 듯이 바라보았다.

"그래, 네가 없었다면 난 그 남자와 결혼했을 거야. 그런데 지금은…… 난 그러고 싶지 않아. 그는 내게 아무런 의미도 없어."

앤은 벽난로 선반으로 걸어가서 손가락으로 선반을 쓸었다. 그녀의 눈은 충격과 고통으로 어두웠다. 앤이 조용히 말했다.

"허무해…… 허무해…… 인생은 정말 형편없는 농담 같아!"

세라가 바로 걸어가서 자기 잔에 술을 따랐다. 그러고는 잠시 망설이며 서 있더니 등을 돌린 채 애써 아무렇지 않은 듯이 말했다.

"엄마…… 역시 얘기하는 게 좋겠어요. 로렌스가 내게 청혼했어요."

"로렌스 스틴이?"

"네."

잠시 침묵이 흘렀다. 앤은 한동안 아무 말도 하지 않았다. 그러다가 물었다.

"넌 어쩔 생각인데?"

세라가 몸을 돌려 호소하는 눈빛으로 엄마를 힐끔거렸지만, 앤은 딸을 쳐다보지 않았다.

세라가 말했다. "모르겠어요……"

그녀의 목소리는 아이처럼 외롭고 겁먹은 느낌을 주었다. 세라는 기대를 품고 앤을 바라봤지만 앤의 표정은 딱딱하고 차가웠다. 잠시 후 앤이 말했다.

"아무튼 그건 네가 스스로 결정할 일이지."

"알아요."

가까이 있던 테이블에서 세라는 게리의 편지를 집어들었다. 그녀는 편지를 물끄러미 내려다보면서 천천히 구겼다. 그러더니 이윽고 고함치듯 날카롭게 외쳤다.

"어떻게 하면 좋죠!"

"내가 뭘 도와줄 수 있는지 모르겠구나." 앤이 말했다.

"엄마는 어떻게 생각하는데요? 제발 무슨 말이라도 해줘요."

"그의 평판이 좋지 않다는 건 이미 말했잖니."

"아, 그거요! 그건 문제도 아니에요. 모든 덕을 갖춘 모범생이라면 재미없어서 못 견딜 테니까요."

"그는 돈이 많지." 앤이 말했다. "그는 널 아주 즐겁게 해줄 거야. 하지만 나라면 좋아하지도 않는 사람과 결혼하지는 않겠다."

"그를 좋아해요, 어떤 면에서는요." 세라가 천천히 대답했다.

앤이 시계를 보며 일어섰다.

"그럼 뭐가 문제지?" 그녀는 활기차게 말했다. "이런, 엘리엇의 집에 가야 하는데 잊고 있었네. 많이 늦겠어."

"그런데도 잘 모르겠어요……" 세라가 말을 멈췄다. "난……"

앤이 물었다. "다른 사람이 있는 건 아니지?"

"없어요." 세라가 말했다. 그녀는 손에 들고 있던 구겨진 편지를 다시 한번 내려다보았다.

앤이 급히 말했다.

"게리 생각을 하고 있다면, 내가 당장 네 머리에서 그를 꺼내주마, 세라. 게리는 안 돼, 마음을 빨리 다잡을수록 좋아."

"엄마 말이 맞겠죠." 세라가 천천히 말했다.

"내가 분명 옳아." 앤이 단호하게 말했다. "게리는 깨끗이 잊어. 로렌스 스틴을 좋아하는 게 아니라면 그와 결혼하지도 말고. 넌 아직 아주 젊어. 시간도 충분하고."

세라는 우울하게 벽난로 쪽으로 걸어갔다.

"로렌스와 결혼하는 게 좋을 것 같아요······ 어쨌든 그는 아주 매력적이니까요. 아, 엄마." 갑자기 비명이 터졌다. "어떻게 하죠?"

앤은 화가 나서 말했다.

"너 정말 두 살짜리 애같이 구는구나! 네 인생을 어떻게 내가 결정할 수 있겠니? 결정할 책임은 네게 있어. 그건 오직 네게만 있는 거야."

"네, 알아요."

"그런데?" 앤은 답답했다.

세라가 아이처럼 말했다.

"난 엄마가······ 어떻게든 도움을 줄 거라고 생각했거든요."

앤이 말했다. "난 이미 네게 원하지 않으면 누구와도 결혼할 필요가 없다고 말했어."

세라는 여전히 아이 같은 표정을 지으며 뜻밖의 말을 했다. "그런데 엄마, 혹시 날 치워버리고 싶은 거 아니에요?"

앤이 날카롭게 대답했다.

"세라, 무슨 소리를 하는 거니? 당연히 아니지. 생각하는 것 하고는!"

"죄송해요, 엄마. 사실은 진심이 아니었어요. 그냥 모든 게 전과는 너무 달라진 것 같아서요. 전에 우린 정말 즐거웠잖아요. 그런데 요즘엔 내가 맨날 엄마의 신경을 거스르는 것 같아요."

"내가 가끔 좀 불안해하고 초조해했는지 모르지." 앤이 차갑게 말했다. "하지만 너도 신경질적일 때가 있잖니?"

"네, 전부 내 잘못인 것 같아요." 세라가 생각에 잠겨 말했다. "친구들이 거의 다 결혼했어요. 팸이랑 베티, 수전도요. 조앤은 아직 안 했지만 걔는 정치에 완전히 빠져버렸죠." 그녀는 다시 말을 멈췄다가 이었다. "로렌스와 결혼하면 분명 즐거울 거예요. 옷이며 모피며 원하는 걸 다 갖게 될 테니까 아주 신나겠죠."

앤이 냉담하게 말했다. "난 네가 돈 있는 남자와 결혼하는 게 확실히 더 좋을 거라고 생각해. 네 취향대로 살려면 돈이 많이 들지. 넌 언제나 용돈을 초과해서 쓰잖니."

"난 가난하게 살기는 싫어요." 세라가 말했다.

앤은 숨을 깊게 들이마셨다. 그녀는 자신이 가식적이고 위선적이라고 의식하고 있었고, 무슨 말을 해야 할지 난감했다.

"얘야, 난 사실 무슨 말을 해줘야 할지 모르겠어. 알겠지만 난 이 일이 순전히 네 일이라고 생각하니까. 내가 널 어느 쪽으로 이끌거나 충고하는 건 잘못이라고 생각한단다. 이건 반드시 네가 판단해야 할 문제야. 너도 알지?"

세라가 바로 대답했다.

"물론이에요. 내가 너무 지겹게 굴었죠? 엄마를 걱정시키고 싶지는 않은데. 그래도 이거 하나는 말해줄 수 있죠? 엄마는 로렌스를 어떻게 생각해요?"

"사실 난 그 남자에 대해 아무 느낌도 없어."

"가끔 난…… 그 사람이 조금 무서워요."

"얘, 그건 좀 우습지 않니?" 앤은 재미있어했다.

"그건 그렇지만……"

세라는 게리의 편지를 천천히 찢기 시작했다. 처음에는 길게 쭉 찢었다가 갈기갈기 찢었다. 그녀는 종잇조각들을 허공에 뿌리고, 눈보라처럼 휘날리며 떨어지는 광경을 지켜보았다.

"불쌍한 게리." 세라가 말했다.

그런 뒤에 앤을 흘낏 곁눈질하며 말했다.

"엄마, 내게 무슨 일이 일어나고 있는지 신경쓰는 거 맞죠?"

"세라, 너 정말!"

"질질 끌어서 죄송해요…… 그냥 기분이 너무너무 이상해서 그래요. 눈보라 속에 서 있는데 어느 쪽으로 가야 집이 나오는 지 모르는 것 같은 기분…… 오싹하고 이상해요. 모든 게 다 달라진 것 같아요…… 엄마마저도."

"정말 말도 안 되는 소리를 하는구나. 난 이제 정말 나가봐야

해."

"그래야죠. 중요한 모임인가요?"

"그래, 키트 엘리엇이 완성했다는 새 벽화를 꼭 보고 싶어."

"알았어요." 세라가 말을 멈췄다가 이었다. "엄마, 난 로렌스를 생각보다 더 좋아하는지도 모르겠어요."

"그렇대도 놀라울 것 없지." 앤이 가볍게 대꾸했다. "하지만 서두를 것 없어. 다녀올게, 얘야⋯⋯ 난 날아가야 하게 생겼다."

앤이 나가고 현관문이 닫혔다.

이디스가 부엌에서 잔을 치울 쟁반을 들고 거실로 왔다.

세라는 폴 로베슨의 레코드를 틀어놓고 구슬픈 감상에 젖어 〈가끔 난 엄마 없는 아이가 된 기분이야〉*를 듣고 있었다.

"아가씨가 좋아하는 노래네요! 이 노래만 들으면 전 정말 오싹오싹해요." 이디스가 말했다.

"난 멋진 곡이라고 생각하는데."

"누구나 다 제멋에 사는 법이니까요." 이디스가 툴툴거렸다. "사람들은 왜 담뱃재를 재떨이에 얌전하게 털지 못하죠? 사방에 재를 날리니 원."

"카펫에 좋거든**."

---

* Sometimes I feel like a motherless child.
** 담뱃재가 카펫의 벼룩을 죽인다는 속설이 있다.

"그런 말이 있긴 하지만 지금은 순 거짓말 같네요. 저기 구석에 버젓이 쓰레기통이 있는데 왜 바닥에다 종잇조각을 뿌려놨는지……"

"미안해, 이디스. 내가 생각 없이 그랬어. 내 과거를 찢어버리는 걸 행동으로 옮기고 싶었거든."

"과거요? 아이고!" 이디스가 콧방귀를 뀌었다. 그러더니 세라의 얼굴을 살피면서 부드럽게 물었다. "뭐가 잘못됐어요?"

"아무것도 아냐. 이디스, 나 결혼할까봐."

"서두르지 마요. 천생연분이 나타날 때까지 기다려요."

"누구든 어때? 어차피 잘되지 않을 텐데."

"말도 안 되는 소리 마요! 대체 왜 그러는데요?"

세라가 사납게 말했다. "난 이 집에서 나가고 싶어."

"이 집이 어때서요?" 이디스가 물었다.

"나도 몰라. 모든 게 달라졌어. 왜 그런 걸까, 이디스?"

이디스가 다정하게 말했다.

"아가씨가 어른이 되어가는 중이니까요."

"그게 이유야?"

"그렇다고 할 수 있죠."

이디스는 잔들을 챙긴 쟁반을 들고 문으로 향했다. 그러다가 불쑥 쟁반을 내려놓고 돌아왔다. 그녀는 오래전 아기방에서 머리를 토닥여줬던 것처럼 세라의 검은 머리를 토닥였다.

"자 자, 우리 아가씨, 자 자."

세라는 순간 기분이 바뀌어서 발딱 일어나 이디스의 허리를 잡았다. 그녀는 신나게 방을 누비며 왈츠를 추기 시작했다.

"난 결혼할 거야, 이디스. 신나지 않아? 로렌스하고 결혼할 거라고. 그는 돈이 많고 끝내주게 매력적이지. 내가 운이 좋은 거 맞지?"

이디스는 투덜거리며 몸을 뺐다. "이랬다가 저랬다가, 대체 뭐가 문제예요, 세라 양?"

"내가 약간 돌았거든. 이디스도 내 결혼식에 꼭 와줘. 그날 입을 예쁜 드레스 사줄 테니까…… 원한다면 진홍색 벨벳으로."

"결혼식이 뭐 대관식이라도 되는 줄 알아요?"

세라는 이디스의 양손에 쟁반을 들려주고 그녀를 문 쪽으로 밀었다.

"가봐요, 우리 할머니. 투덜거리지 말고."

이디스는 의심스러운 듯이 고개를 저으며 나갔다.

세라는 천천히 거실로 돌아왔다. 그리고 갑자기 큰 의자에 몸을 던지더니 울고 또 울었다.

레코드가 끝까지 돌았고, 낮고 우울한 노랫소리가 다시 흐르기 시작했다……

가끔 난 엄마 없는 아이가 된 기분이야, 집을 멀리 떠나……

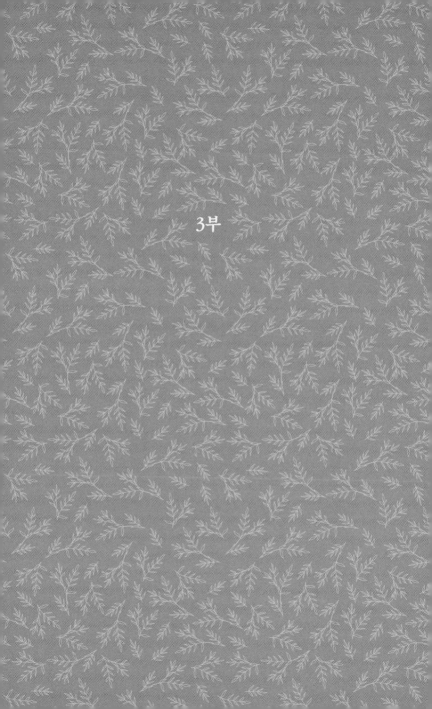

3부

이디스는 불편한 자세로 천천히 부엌을 돌아다녔다. 최근 그
녀는 자신이 '류머티즘'이라고 주장하는 그 증세가 더 심해졌
고, 그 때문인지 화를 참지 못했다. 그리고 여전히 어떤 집안일
도 다른 사람에게 맡기기를 완강히 거부했다.

이디스가 '그 호퍼 부인'이라고 부르는 코를 훌쩍거리는 여자
가 일주일에 한 번 와서 이디스의 시샘어린 감시를 받으며 정해
진 일만 할 수 있었다. 하지만 그 이상으로 하려들면 이디스에
게 매몰차게 거절당했다. 감히 그런 시도를 하는 파출부에게는
나쁜 징조였다.

"전 늘 잘해왔어요, 안 그래요?"가 이디스의 구호였다.

그녀는 순교자 같은 분위기를 풍기고 한층 뚱한 표정을 지으며 계속 집안일을 해나갔다. 거의 온종일 낮은 목소리로 투덜대는 버릇까지 생겼다.

그녀는 지금도 그러고 있었다.

"우유를 점심때에야 가져오다니 뭔 생각이람! 우유는 아침식사 전에 배달돼야지, 그게 적당한 시간이잖아. 흰 가운 입고 휘파람이나 불어대면서 오는 버르장머리 없는 젊은것들…… 자기들이 뭐라도 되는 줄 아나? 건방진 애송이 치과의사 같은 꼴이구먼……"

현관문 열리는 소리가 들리자 그녀는 잠시 입을 다물었다가 이내 중얼거렸다. "또 소동이 벌어지겠군!" 그리고 수돗물에 그릇을 거칠고 요란하게 헹궜다.

앤이 부르는 소리가 들렸다.

"이디스."

이디스는 설거지통에서 손을 빼서 롤러 타월에 꼼꼼하게 닦았다.

"이디스…… 이디스……"

"갑니다, 가요."

"이디스!

이디스는 눈썹을 치켜세우고 입꼬리를 늘어뜨리면서 부엌에서 나와 복도를 지나 거실로 갔다. 앤 프렌티스가 편지들과 청구서들을 뒤적이고 있었다. 이디스가 들어서자 그녀가 몸을 돌렸다.

"로라에게 전화드렸어?"

"네, 당연히 드렸지요."

앤이 말했다. "급한 일이라고…… 내가 꼭 만나고 싶어한다고 했어? 오실 수 있대?"

"곧 오겠다고 하시던데요."

"그런데 왜 아직인 거야?" 앤이 화를 내며 물었다.

"겨우 이십 분 전에 전화했어요. 부인이 외출하시자마자요."

"한 시간쯤 된 것 같아. 왜 안 오시지?"

이디스가 달래듯이 말했다.

"모든 일이 그렇게 뚝딱 되나요. 애태워봤자 좋을 게 없어요."

"로라에게 내가 아프다고도 했지?"

"부인이 또 그런 상태라고 말씀드렸죠."

앤이 화를 내며 말했다. "그게 무슨 뜻이야? 또 그런 상태라니? 그냥 신경성이야. 신경이 갈가리 찢어지는 것 같은."

"맞아요, 바로 그거요."

앤은 화가 나서 충직한 하녀를 노려보았다. 그녀는 안절부절 못하고 창가로 갔다 다시 벽난로 선반 앞으로 돌아왔다. 이디스는 일 때문에 마디가 굵고 거칠어진 커다란 손을 앞치마에 비비면서 앤을 쳐다보며 서 있었다.

"잠시도 가만있을 수가 없어." 앤이 불평했다. "어젯밤엔 한숨도 못 잤어. 끔찍한 기분이야, 끔찍해……" 그녀는 의자에 앉아서 관자놀이를 눌렀다. "뭐가 문제인지 모르겠어."

"전 알죠." 이디스가 말했다. "외출을 너무 많이 해서 그래요. 그 나이에는 무리라고요."

"이디스!" 앤이 외쳤다. "주제넘은 소리 하지 마. 요즘 부쩍 심해지고 있어. 오랫동안 함께 지내면서 날 위해 열심히 일해준 건 고맙지만, 계속 이러면 나가라고 할 수밖에 없을 거야."

이디스는 천장을 올려다보며 순교자 같은 표정을 지었다.

그녀가 말했다. "전 안 나갈 거예요. 할말은 이것뿐이에요."

"내가 통고하면 이디스는 나가야 해." 앤이 말했다.

"만약 그러신다면 부인은 제가 생각했던 것보다 훨씬 어리석은 사람이에요. 저야 아주 쉽게 다른 일자리를 구할 거예요. 아마 파출부 알선 업체들이 쫓아다닐걸요. 하지만 부인은 어떻게 지내시려고요? 출퇴근하는 파출부밖에 없을 텐데요! 아니면 외국인이거나. 요리는 기름투성이라 속이 뒤집힐 거고 집안에 온통 냄새가 밸 거예요. 게다가 외국인들은 전화도 제대로 못 받죠…… 이름을 잘못 알아듣거나요. 깔끔하고 상냥한 말씨를 가진 마음에 쏙 드는 여자를 들이고 믿을 수 없을 정도로 좋아하다가 어느 날 집에 돌아왔을 때 그 여자가 모피며 보석을 훔쳐 줄행랑친 걸 알게 될 수도 있죠. 저번에 맞은편 플레인 코트에서 그런 사건이 있었다잖아요. 부인은 살림이 제대로 굴러가야 하는 사람이에요, 옛날 방식으로요. 전 맛있고도 담백한 요리를 잘하고, 천방지축인 요즘 젊은것들처럼 설거지하면서 예쁜 그릇을 깨지도 않아요. 더군다나 전 부인을 잘 알죠. 부인은 제가 없으면 못 살 거고, 전 그걸 뻔히 아니까 안 나갈 거예요. 아무리 그러셔도요. 누구에게나 짊어져야 하는 십자가가 있는 법이에요. 성경에도 나와 있다시피. 부인이 제 십자가예요. 전 기독교인이거든요."

앤은 눈을 꼭 감은 채 신음하며 몸을 앞뒤로 흔들었다.

"아, 머리야…… 머리가……"

이디스의 딱딱하고 뚱한 표정이 누그러지고 눈빛이 부드러워졌다.

"자 자, 이제 그만하세요. 제가 맛있는 차를 만들어드리죠."

앤이 토라져서 소리쳤다. "난 맛있는 차를 원하는 게 아냐. 난 그거 싫어."

이디스는 한숨을 쉬며 다시 천장을 올려다봤다.

"좋을 대로 하세요." 그녀가 말하고 거실에서 나갔다.

앤은 손을 뻗어 상자에서 담배를 꺼냈고 불을 붙인 다음 한 모금 빨았다. 그러고는 재떨이에 비벼 껐다. 일어나서 다시 왔다갔다하기 시작했다.

일 분쯤 지났을까, 그녀는 전화기로 가서 번호를 돌렸다.

"여보세요…… 여보세요…… 래즈컴 부인과 통화할 수 있을까요…… 아, 마시아 당신이야?" 앤의 목소리가 부자연스럽게 명랑해졌다. "어떻게 지내?…… 아, 정말 아무 일도 아니야. 그냥 생각나서 전화했지…… 모르겠어, 그냥 많이 우울했어. 어떤 기분인지 알지? 내일 점심때 약속 있어?…… 아, 그렇구나…… 목요일 밤? 응, 괜찮아. 그게 좋겠어. 내가 리 씨나 다른 사람한테도 연락해볼게, 같이 파티 하자. 그럼 재밌겠다…… 아침에 전화할게."

전화를 끊었다. 순간적으로 생겼던 활기가 사라졌다. 앤은 또다시 서성거리기 시작했다. 그때 현관 벨이 울렸고, 그녀는 기대감에 젖어 우뚝 멈춰 섰다.

앤은 이디스의 말을 들었다.

"거실에서 기다리고 계세요." 그리고 로라 휘스터블이 들어왔다. 크고 위엄 있고 엄한, 거친 바다 가운데 있는 바위처럼 든든한 안정감을 주는 여자.

앤이 로라에게 달려갔다. 그녀는 아주 흥분해서 두서없이 외쳤다.

"아, 로라…… 로라…… 와주셔서 정말 고마워요……"

로라는 눈썹을 치켜세웠고, 침착하게 앤을 주시했다. 로라는 앤의 양어깨를 잡고, 그녀를 가만히 긴 의자로 데려가 앉혔다. 그리고 앤 곁에 앉으며 말했다.

"자, 대체 무슨 일이지?"

앤이 여전히 흥분한 목소리로 말했다.

"아, 와주셔서 정말 기뻐요. 전 미칠 것만 같아요."

"말도 안 되는 소리 마." 로라가 강하게 말했다. "문제가 뭐지?"

"없어요. 전혀 없어요. 그냥 신경이 날카로워요. 그게 무서워요. 가만있질 못하겠어요. 뭐가 문제인지 모르겠다고요."

"그래, 별로 좋아 보이지는 않는군." 로라는 전문가답게 탐색하는 눈길로 앤을 보았다.

사실 로라는 앤의 모습에 속으로 깜짝 놀랐다. 두꺼운 화장으로 가린 얼굴이 초췌했다. 몇 달 전 그녀를 마지막으로 봤을 때보다 몇 살은 더 들어 보였다.

앤이 조바심치며 말했다. "저는 아주 건강해요. 다만…… 왜 그런지 모르겠어요. 잠을 잘 수가 없어요…… 그걸 먹지 않으면요. 그리고 너무 불안하고 화가 치밀어요."

"의사는 만나봤나?"

"요즘엔 안 만났어요. 가도 수면제를 처방해주면서 과로하지 말라는 말만 하니까요."

"아주 괜찮은 조언인데."

"네, 하지만 너무 바보 같아요. 이렇게 불안했던 적이 없어요, 로라. 제가 안 그랬다는 거 아시잖아요. 신경증이 뭔지도 모르는 여자였다고요."

로라는 잠시 침묵하면서 겨우 삼 년 전의 앤 프렌티스를 떠올렸다. 차분한 온화함, 평화로움, 인생을 즐기는 마음, 상냥하고 한결같은 성격. 로라는 이 친구가 몹시 안쓰러웠다.

로라가 말했다.

"앤은 불안한 적이 없었다고 말하지만 누구나 그렇지. 다리가 부러진 사람도 전에는 다리가 부러진 적이 없었다고 말할 걸!"

"제가 왜 신경증 따위에 걸린 걸까요?"

로라는 대답에 신중했다.

그러더니 차분하게 말했다. "의사 말이 맞아. 앤이 너무 바쁘게 살아서 그럴 거야."

앤이 날카롭게 대꾸했다.

"온종일 울적하게 집에만 있을 순 없어요."

"울적하지 않고 있을 수도 있어." 로라가 말했다.

"아뇨." 앤이 초조하게 손을 떨면서 대답했다. "전…… 전 아무것도 안 하고 멍하게 앉아 있을 수 없어요."

"왜 못해?" 질문이 탐침探針처럼 날카로웠다.

"모르겠어요." 앤은 더 심하게 떨었다. "혼자 있을 수가 없어요. 전……" 그녀는 절망하는 눈빛으로 로라를 보았다. "혼자 있는 게 무섭다고 하면 로라는 절 미쳤다고 생각하시겠죠?"

"앤이 지금까지 했던 말 중에 가장 그럴듯한 말인데." 로라가 얼른 대답했다.

"그럴듯하다고요?" 앤은 깜짝 놀랐다.

"그래, 그게 진실이니까."

"진실이요?" 앤은 눈꺼풀을 내렸다. "진실이라니, 무슨 뜻인지 모르겠어요."

"진실을 알지 못하면 어디로도 나아갈 수 없지."

"아, 하지만 로라는 모르실 거예요. 혼자 있는 게 무섭단 생각을 해본 적이 없을 테니까요. 안 그런가요?"

"없지."

"그러면 모르실 거예요."

"그렇지 않아. 난 알아." 로라가 부드럽게 말을 이었다. "왜 날 불렀지, 앤?"

"아무나 붙잡고 얘기라도 하지 않으면 견딜 수 없을 것 같았으니까요······ 로라라면 어떻게든 해주실 것 같았어요."

그녀는 희망을 품고 친구를 바라보았다.

로라는 고개를 끄덕이며 한숨을 쉬었다.

"앤은 내게 마술을 원하는군."

"저를 위해 뭐라도 해주세요, 로라. 심리분석이든 최면술이든 뭐든요."

"멈보 점보*인가 하는 그거?" 로라는 단호하게 고개를 가로 저었다. "내가 앤을 위해 모자에서 토끼를 꺼내줄 순 없어. 앤이 스스로 해야지. 우선 앤은 그 속에 뭐가 들었는지부터 알아내야 해."

"무슨 뜻이죠?"

로라는 잠시 기다리다가 입을 열었다. "앤은 행복하지 않지."

이 말은 질문이라기보다 확언이었다.

앤은 서둘러, 어쩌면 지나치게 서둘러 대답했다.

"아, 아니요, 전 행복해요…… 적어도 어떤 면으로는 그래요. 아주 즐겁게 지내고 있어요."

"앤은 행복하지 않아." 로라가 야멸차게 말했다.

앤은 어깨를 으쓱하고 손을 휘저으며 쏘아붙였다.

"행복한 사람이 있기나 한가요!"

"다행히 꽤 많은 사람이 그렇지." 로라가 분명하게 대답했다. "앤은 왜 행복하지 않을까?"

"모르겠어요."

"진실밖에는 그 무엇도 앤을 도와주지 못해. 사실 앤은 그 답을 아주 잘 알아."

앤은 한동안 침묵을 지키다가 용기를 움켜쥐기라도 한 듯 불쑥 말을 토해냈다.

---

* mumbo jumbo. 미신적인 의식 혹은 아프리카의 주술사를 가리킴.

"그래요, 솔직히 말해서 제가 늙어가고 있기 때문일 거예요. 이제 중년이고 미모도 사그라지고, 앞으로 기대할 게 아무것도 없으니까요."

"이런, 이 친구야! 기대할 게 아무것도 없다고? 앤에겐 튼튼한 몸과 괜찮은 머리가 있어. 중년이 될 때까지는 신경쓸 시간조차 없는 일이 정말 많아. 전에도 내가 말했을 거야. 책을 읽고, 꽃을 가꾸고, 음악을 듣고, 그림을 보고, 사람을 만나고, 햇볕을 쬐는 일…… 이 모든 것이 패턴으로 복잡하게 얽힌 걸 우린 인생이라고 하지."

앤은 잠시 침묵하다가 도전적으로 대꾸했다.

"하지만 모든 건 결국 성性의 문제로 귀결되는 것 같아요. 여자가 더이상 남자에게 매력적이지 못하면 다른 건 아무것도 중요하지 않아요."

"어떤 여자들에게는 그럴지도 모르지. 앤에게는 맞는 말이 아냐. 『영원한 시간』*을 연극이나 책으로 봤겠지? 이런 대사 기억나나? '그것을 알아차릴 수만 있다면, 인간에게는 평생 행복할 수도 있는 시간이 있다.' 앤도 전에는 거기에 근접했었지, 안 그런가?"

앤의 표정이 변했다. 부드러워졌다. 갑자기 훨씬 젊어진 것 같았다.

---

* 1908년에 피오나 매클라우드가 윌리엄 샤프라는 필명으로 쓴 희곡.

그녀가 중얼거렸다. "네, 있었죠. 리처드와 함께 그런 시간을 보낼 수도 있었죠. 그 사람과 함께 행복하게 늙어갔을 수도."

로라가 깊은 연민을 느끼며 말했다.

"알고 있어."

앤이 계속했다. "그런데 이제…… 전 그를 잃은 걸 후회조차 할 수 없어요! 그래요, 그를 다시 만났어요…… 아, 딱 일 년 전 이네요…… 그런데 그는 이미 제게 아무런 의미도 없는 존재 가 되어 있었어요…… 아무 의미 없는. 그건 너무도 비극적이고, 너무도 이상했어요. 모든 게 사라졌어요. 우린 더이상 서로에 게 아무 의미도 되지 못했죠. 그는 그저 평범한 중년이었고…… 조금 잘난 체하고 많이 지루한 남자일 뿐이었고, 곱상할 뿐 머 리는 텅 비고 겉만 번지르르한 어린 새 아내에게 얼이 빠진 것 같았어요. 그래요, 아주 점잖았지만 정말 따분했어요. 그런 데…… 그런데도…… 우리가 만약 결혼했다면…… 함께 행복 했을 것 같아요. 우린 분명 행복했을 거라고요."

"그래, 그랬을 거야." 로라가 생각에 잠겨 말했다.

"전 행복에 아주 가까이 다가가 있었어요…… 거의 다 갔는 데……" 앤의 목소리는 자기연민으로 떨렸다. "그런데…… 모 든 걸 포기해야 했어요."

"그래야 했나?"

앤은 이 질문에 신경쓰지 않았다.

"전 모든 걸 포기했어요…… 세라 때문에!"

"맞아." 로라가 말했다. "그리고 앤은 그것 때문에 세라를 용서하지 않고 있어, 그렇지?"

앤은 화들짝 놀라 상념에서 빠져나왔다.

"무슨 뜻이죠?"

로라가 고약하게 콧방귀를 뀌었다.

"희생이라니! 얼어 죽을 희생! 희생의 의미가 뭔지 잠깐이라도 생각해봐. 그건 따뜻하고 관대하고 기꺼이 자신을 불사르겠다는 기분을 느끼는 영웅적인 한순간이 아니야. 가슴을 칼 앞에 내미는 희생은 쉬워. 왜냐하면 그런 건 거기서, 자기의 본모습보다 훌륭해지는 그 순간에 끝나니까. 하지만 대부분의 희생은 나중까지—온종일 그리고 매일매일—끌어안고 살아야 하는 거고, 그렇기 때문에 쉽지가 않아. 희생을 하려면 품이 아주 넉넉해야 하지. 앤은 충분히 넉넉하지가 않았어……"

앤은 화가 나서 얼굴을 붉혔다.

"전 세라를 위해, 제 인생 전체가 행복해질 수 있는 단 한 번의 기회를 포기했어요. 그런데 로라는 그걸로 충분하지 않았다고 하시네요!"

"난 그렇게 말하지 않았어."

"모두 다 제 잘못이라는 거잖아요!" 앤은 여전히 화를 냈다.

로라가 진지하게 말했다. "우리 인생 고민거리의 절반은 자신을 진짜 자신보다 더 좋고 멋진 사람이라고 생각하는 데서 생기지."

하지만 앤은 귀담아듣고 있지 않았다. 동조할 수 없는 억울한 감정이 쏟아져나왔다.

"세라는 전형적인 요새 젊은 여자아이예요. 자기 생각만 하지 다른 사람 생각은 전혀 하지 않아요! 일 년 전 리처드가 전화했을 때 그 아이는 그를 기억하지도 못했어요. 그의 이름조차 세라에겐 아무 의미도 없었던 거예요…… 아무 의미도."

로라는 정확히 짚었음을 확인하는 분위기를 풍기며 무겁게 고개를 끄덕였다.

"그래, 그랬군……" 그녀가 말했다.

앤이 말했다. "제가 뭘 할 수 있었겠어요? 두 사람은 끝도 없이 다퉜어요. 전 안절부절못했죠! 제가 끝내지 않았다면 하루도 평온하지 않았을 거예요."

로라는 분명하게 뜻밖의 말을 했다.

"내가 앤이라면 리처드 콜드필드를 포기한 것이 세라 때문이었는지, 아니면 자기 마음의 평화 때문이었는지 생각해볼 거야."

앤은 원망의 눈길로 그녀를 쳐다보았다.

"전 리처드를 사랑했어요." 그녀가 말했다. "하지만 세라를 더 사랑했죠……"

"아니, 결코 그렇게 단순하지 않아. 난 앤이 세라보다 리처드를 더 사랑했던 순간이 있었을 거라고 생각해. 앤의 마음에 있는 비참함과 원망은 바로 그 지점에서 솟구치는 거야. 세라를 더 사랑해서 리처드를 포기했다면, 지금 같은 상태는 되지 않았을 거야. 하지만 세라가 앤을 몰아붙여서 마음이 약해져 그를 포기했다면—불화와 다툼에서 달아나고 싶어서 그랬다면, 그것이 포기가 아니라 패배였다면—그래, 스스로 인정하고 싶지 않겠지. 그래도 앤은 그때 리처드를 아주 깊이 사랑했었던 거야."

앤이 쓸쓸하게 말했다.

"하지만 이제 그 사람은 제게 아무 의미도 없어요!"

"세라는 어때?"

"세라요?"

"그래. 세라는 앤에게 어떤 의미가 있지?"

앤은 어깨를 으쓱하더니 말했다.

"그 아이가 결혼한 후로는 거의 못 봤어요. 아주 바쁘고 즐겁게 지낼 거예요. 하지만 말했다시피 전 그 아이를 거의 못 봐요."

"난 어젯밤에 세라를 봤어⋯⋯" 로라가 말을 멈췄다가 이었다. "친구들과 함께 레스토랑에 있었어." 그녀가 다시 입을 다물었다가 무뚝뚝하게 내뱉었다. "취했더군."

"취했다고요?" 앤은 깜짝 놀란 듯이 물었다. 그러더니 웃음을 터뜨렸다. "로라, 고지식하게 그러시면 안 돼요. 요새 젊은 사람들은 다들 맘껏 마시고, 모두가 완전히 취하거나 '맛이 가거나' 하지 않으면 파티가 별로였다고 생각한다고요."

로라는 냉정을 잃지 않았다.

"그럴지도 모르지. 아는 젊은 여자가 공공장소에서 취해 있는 모습을 보고 못마땅해하는 내가 고지식한 노인이란 건 인정할게. 하지만 그것만이 아니야, 앤. 세라에게 말을 걸었는데, 그애 동공이 풀려 있었어."

"그게 무슨 뜻이에요?"

"코카인 때문일 수도 있지."

"마약이요?"

"그래. 전에 내가 로렌스 스틴이 마약 밀매와 관련있다고 말하지 않았나? 그는 돈이 아니라 오로지 쾌락을 위해 그걸 하지."

"로렌스는 늘 아주 멀쩡해 보이던데요."

"그래, 그는 마약을 해도 영향을 받지 않아. 난 그런 타입을 알아. 그들은 쾌락을 즐겨 실험할 뿐이고, 그런 사람은 중독자가 되지 않지. 하지만 여자는 달라. 불행한 여자는 이런 것들에 사로잡히지…… 스스로는 끊을 수 없을 정도로."

"불행하다니요?" 앤이 믿을 수 없다는 투로 물었다. "세라가 그렇다고요?"

로라는 그녀를 지긋이 보면서 덤덤하게 말했다. "앤은 알아야지. 앤은 그 아이의 엄마야."

"네, 엄마죠! 하지만 세라는 제게 털어놓지 않아요."

"왜 그럴까?"

앤은 일어나서 창가로 갔다가 다시 벽난로 쪽으로 천천히 걸어왔다. 로라는 앉아서 가만히 그녀를 지켜봤다. 앤이 담배에 불을 붙이자 로라가 나직이 물었다.

"세라가 불행하다는 건 앤에게 정확히 어떤 의미일까?"

"왜 그런 질문을 하시죠? 당연히 속상하죠…… 끔찍하게."

"그래?" 로라가 일어났다. "자, 난 가야겠어. 십 분 후에 위원회 회의가 있거든. 시간에 딱 맞춰 갈 수 있겠군."

그녀가 문 쪽으로 갔다. 앤이 뒤따라갔다.

"'그래?'라니요? 무슨 뜻으로 하신 말씀이죠, 로라?"

"내가 여기 어디다 장갑을 뒀는데…… 어디 뒀더라?"

현관 벨이 울렸다. 이디스가 부엌에서 문을 열어 나왔다.

앤이 채근했다. "뭔가 뜻이 있는 말이었죠?"

"아, 여기 있었군."

"로라, 냉정하시네요. 너무 심하세요!"

이디스가 와서 알렸다. 그녀는 미소인지 뭔지 모를 표정을 짓고 있었다.

"손님이 오셨네요. 로이드 씨예요, 부인."

앤은 누군지 알아보지 못한 듯이 게리 로이드를 잠시 빤히 쳐다보았다.

그를 본 지 삼 년이 넘었고 게리는 세 살이 아니라 그보다 훨씬 나이가 많이 든 듯했다. 고생한 얼굴이었고, 성공하지 못한 사람 특유의 지친 주름이 새겨져 있었다. 그가 입은 뻣뻣하고 촌스러운 모직 양복은 한눈에 봐도 낡은 것이었고, 구두는 허름했다. 일이 잘되지 않은 게 분명했다. 그러나 인사를 건네는 게리의 미소는 진지했고, 불안해하기는커녕 진중했다.

"게리, 놀랐어!"

"절 기억해주시다니 고맙습니다. 삼 년 반은 긴 시간인데요."

"나도 젊은이를 기억해요. 하지만 날 기억하지는 못할 것 같은데." 로라가 말했다.

"아니요, 당연히 기억합니다, 데임 로라. 누가 부인을 잊을 수 있겠습니까."

"듣기는 좋군…… 정말인가요? 자, 아무튼 나는 이만 가야겠군요. 잘 있어, 앤, 그리고 로이드 씨."

로라는 나갔고 게리는 앤을 따라 벽난로 앞으로 갔다. 그는 앉아서 앤이 권하는 담배를 받았다.

앤이 명랑하고 활기차게 말했다.

"자, 게리, 어떻게 지냈는지 이야기해봐. 영국에 오래 있을 거니?"

"아닐 겁니다."

게리의 침착한 눈길에 앤은 불편함을 느꼈다. 그의 의중이 궁금했다. 그녀의 기억 속에 있는 게리와는 완전히 달라 보였다.

"한잔하자. 뭐가 좋을까…… 진과 오렌지? 아니면 핑크 진?"

"고맙지만 괜찮습니다. 술은 마시고 싶지 않습니다. 실은…… 드릴 말씀이 있어서 왔습니다."

"그래, 기쁘구나, 게리. 세라는 만났니? 알겠지만 그 아이는 결혼했어. 로렌스 스틴이라는 남자와."

"알고 있습니다. 세라가 편지로 알려줬죠. 그리고 세라를 봤습니다. 어젯밤에 만났죠. 사실 부인을 뵈러 온 것도 그것 때문입니다." 게리는 잠시 말을 멈췄다가 이었다. "프렌티스 부인, 왜 세라가 그 남자와 결혼하게 놔두셨습니까?"

앤은 어이가 없었다.

"게리, 그건, 세상에!"

그녀의 반발에도 게리는 조금도 굽히지 않았다. 게리는 진지하고 아주 간결하게 말했다.

"세라는 행복하지 않습니다. 그건 부인도 아시겠죠, 아닙니까? 세라는 행복하지 않아요."

"그애가 게리한테 그렇게 말했어?"

"아뇨, 물론 아닙니다. 세라가 그런 말을 할 리가 없죠. 제게 말할 필요도 없고요. 하지만 전 단박에 알아봤습니다. 세라는 여러 사람과 함께 있었고, 저하고는 몇 마디 나누지도 않았지만 척 보니 알겠더군요. 프렌티스 부인, 어째서 그런 일이 벌어지게 놔두셨어요?"

앤은 화가 치미는 것을 느꼈다.

"맙소사, 게리, 좀 터무니없지 않니?"

"아니요, 그렇게 생각하지 않습니다." 그는 잠시 생각에 잠겼다. 그의 단순함과 진지함은 상대를 무장해제시키는 듯했다. "아시겠지만, 세라는 제게 소중한 사람입니다. 언제나 그랬죠. 이 세상 그 무엇보다 그렇습니다. 그러니 당연히 세라가 행복한지 아닌지 마음에 걸리죠. 부인은 세라가 그 남자와 결혼하지 못하게 말리셔야 했어요."

앤이 화를 내며 쏘아붙였다.

"세상에, 게리, 마치…… 마치 빅토리아 시대 사람처럼 말하는구나. 내가 세라를 로렌스 스틴과 결혼하게 '놔두고' '놔두지 않고'의 문제가 아니었어. 여자애들은 자기가 결혼하고 싶은 남자와 결혼하고, 그건 부모가 어떻게 할 수 있는 일이 아냐. 세라는 로렌스 스틴을 선택했어. 그뿐이야."

게리가 차분하고 확실하게 말했다.

"부인이 막을 수도 있었습니다."

"이봐, 하고 싶어하는 일을 막으면 사람은 더 완강해지고 고집스러워지기만 해."

그는 고개를 들어 앤의 얼굴을 봤다.

"막으려고는 하셨습니까?"

솔직하게 묻는 그의 눈빛에 앤은 허둥대고 말을 더듬었다.

"나…… 나는…… 물론 그는 세라보다 나이가 훨씬 많고…… 평판도 좋지 않았지. 난 그 점을 세라에게 일렀고…… 하지만……"

"그는 최악입니다."

"게리가 그 사람에 대해 뭘 안다고? 오랫동안 영국을 떠나 있었잖아."

"그가 최악이란 건 모두가 아는 사실입니다. 모두 알아요. 불쾌한 세세한 부분까지 다 알지는 못해도 그가 괴물 같은 자라는 것쯤은 분명 느끼셨을 텐데요, 프렌티스 부인?"

"로렌스 스틴은 내게 언제나 매력적이고 유쾌해 보였어." 앤이 방어적으로 말했다. "그리고 과거 있는 남자라고 꼭 몹쓸 남편이 되란 법은 없어. 사람들이 떠드는 악의적인 말을 다 믿을 수도 없고. 세라는 그에게 끌렸고, 사실 그와 결혼하겠다고 단호하게 나왔어. 그는 아주 부자고……"

게리가 말을 끊었다.

"맞아요, 그는 부자죠. 하지만 부인은 단지 돈을 보고 딸을 결혼시킬 어머니가 아니었어요. 부인은 그러니까…… 뭐랄까…… 속물적인 분이 아니었죠. 부인은 세라가 행복하기만을 바라셨을 겁니다…… 아니면 저만 그렇게 생각했든가요."

게리는 의아하다는 눈빛으로 앤을 보았다.

"물론 난 하나뿐인 내 아이가 행복하길 바랐지. 그건 말할 필요도 없어. 하지만 게리, 문제는 간섭할 수가 없었다는 거야." 그녀는 요지를 분명히 하려 애썼다. "누군가 잘못된 길을 간다 하더라도 섣불리 끼어들 순 없는 거라고."

그녀는 게리를 도전적으로 쳐다보았다.

그도 앤을 응시했다. 여전히 골똘하고 미심쩍어하는 느낌이었다.

"세라가 정말 그렇게 그와 결혼하고 싶어했습니까?"

"세라는 그를 무척 사랑했어." 앤이 반박하듯 말했다.

게리가 아무 말도 하지 않자 그녀가 말했다.

"게리는 잘 모르겠지만 로렌스는 여자에게 아주 매력적인 남자야."

"네. 그건 저도 잘 압니다."

앤은 기운을 되찾았다.

"게리, 너무 터무니없이 구는 것 같구나. 한때 세라와 친구였단 이유로 여기까지 찾아와서 날 비난하다니…… 마치 세라가 다른 남자와 결혼한 게 내 잘못이기라도 한 것처럼……"

게리가 그녀의 말을 끊었다.

"전 부인 잘못이었다고 생각합니다."

그들은 서로를 노려보았다. 게리의 얼굴은 장미처럼 붉었고 앤은 창백해졌다. 두 사람 사이에 끊어질 정도로 팽팽한 긴장감이 흘렀다.

앤이 일어섰다. "이건 도가 지나쳐." 그녀가 차갑게 말했다.

게리도 일어섰다. 그는 조용하고 예의발랐지만, 앤은 그의 차분한 태도 뒤에 완강하고 무자비한 뭔가가 있다는 걸 알았다.

"제가 무례했다면 용서하십시오……" 그가 말했다.

"이건 나에 대한 모독이야!"

"어떤 의미로는 그럴 수도 있겠죠. 하지만 세라의 일이 마음에 걸려서 이런다는 걸 아실 겁니다. 제게 그렇게 마음 쓰이는 사람은 세라밖에 없어요. 전 부인이 세라가 불행한 결혼으로 빠지게 묵인했다고 생각할 수밖에 없습니다."

"정말 너무하는구나!"

"제가 세라를 거기서 데리고 나올 겁니다."

"뭐라고?"

"그 작자와 헤어지라고 세라를 설득할 거예요."

"정말 말도 안 되는 소리를 하는구나. 예전에 둘이 연애 좀 했다고 해서……"

"전 세라를 압니다. 세라도 저를 알고요."

앤이 갑자기 크게 웃었다.

"이봐 게리, 세라는 이제 네가 알던 그 아이가 아니야. 정말 많이 변했다는 걸 알게 될 거다."

게리의 얼굴이 아주 창백해졌다.

"세라가 변했다는 건 압니다." 그가 낮은 목소리로 말했다. "저도 봤으니까요……"

그는 잠시 머뭇거리다가 조용히 말했다.

"예의가 없었다면 죄송합니다, 프렌티스 부인. 하지만 아시다시피 제겐 언제나 세라의 일이 최우선입니다."

게리가 거실에서 나갔다.

앤은 술병들이 있는 곳으로 가서 진을 따랐다. 그리고 마시며 중얼거렸다.

"감히 제까짓 게…… 감히 제까짓 게…… 그리고 로라…… 그 여자도 날 나무랐지. 전부 나한테만 뭐라고 해. 이건 너무해…… 내가 뭘 어쨌는데? 난 아무 짓도 안 했어……"

1

폰스풋 스퀘어 18번지의 문을 열어준 집사는 게리의 후줄근한 기성복을 거만하게 쳐다봤다.

그러다 그와 눈이 마주치자 태도를 바꿨다.

집사는 스틴 부인이 집에 있는지 알아보겠다고 했다.

잠시 후 게리는 이국적인 꽃과 옅은 색 양단 장식으로 가득한 어두컴컴하고 큰 방으로 안내됐다. 몇 분 기다리자, 세라 스틴이 반기는 미소를 지으며 들어왔다.

"어머, 게리! 어서 와. 요전 밤엔 너무 급히 헤어졌잖아. 뭐 마실래?"

세라는 그에게 술을 주고 자기 잔도 채우더니 난로 옆의 낮은 쿠션의자에 앉았다. 희미한 조명 때문에 그녀의 얼굴이 잘 보이지 않았다. 세라에게서 그의 기억에는 없는 값비싼 향수 냄새가 났다.

"어때, 게리?" 그녀가 다시 가볍게 물었다.

게리가 미소 지으며 답했다.

"어때, 세라?"

그가 손가락으로 그녀의 어깨를 툭 치며 말했다. "거의 동물원 한 채를 입었네?"

세라는 시폰에 옅은 색 부드러운 모피가 풍성하게 달린 고급스러운 옷을 입고 있었다.

"예쁘지?" 세라가 맞장구쳤다.

"응. 게다가 정말 비싸 보여!"

"맞아. 자, 네 얘기 좀 해봐. 남아프리카에서 케냐로 간 후로통 소식이 없었잖아."

"아, 그랬지. 줄곧 재수가 없어서……"

"그랬을 거야……"

세라가 곧바로 응수했다.

"그랬을 거라니…… 무슨 뜻이야?" 게리가 물었다.

"음, 늘 재수가 없는 게 게리의 문제 아니었어?"

한순간 게리는 짓궂고 직설적이던 예전의 세라를 봤다. 굳은 얼굴의 미인, 이국적인 낯선 사람이 아니었다. 세라가, 그의 세라가 그를 빈틈없이 몰아세웠다.

그래서 그는 예전같이 툴툴대며 대꾸했다.

"계속 안 좋은 일만 생겼어. 처음에는 농사에 실패했고……
그건 내 잘못이 아니었어. 그러더니 다음엔 소들이 병에 걸렸
고……"

"알아. 그 오래되고 오래된 슬픈 사연."

"물론 자본도 충분하지 않았지. 자본만 있었더라도……"

"알아…… 안다고."

"아, 젠장! 세라, 모두 다 내 잘못만은 아니야."

"절대 아니지. 영국엔 왜 돌아왔어?"

"사실은 숙모가 돌아가셨어……"

"리나 숙모님이?" 세라가 물었다. 그녀는 게리의 친척들을
다 잘 알았다.

"응. 루크 숙부는 이 년 전에 돌아가셨고. 그 구두쇠 영감이
내게는 한 푼도 남겨주지 않았지……"

"현명하신 숙부님."

"하지만 리나 숙모는……"

"숙모님은 뭔가 남겨주셨어?"

"응. 만 파운드."

"흠." 세라는 따져봤다. "그 정도면 나쁘진 않네…… 지금으
로서도."

"캐나다에서 목장을 하는 친구와 동업해볼 생각이야."

"어떤 사람인데? 언제나 그게 문제지. 남아프리카에서 떠나 다른 친구와 차렸던 정비소는 어떻게 됐어?"

"아, 그거야 흐지부지됐지. 처음에는 그럭저럭 돼서 조금 확장을 했는데 갑자기 불경기가 와서……"

"더 들을 것도 없어. 참 익숙한 패턴이야! 게리의 패턴."

"그래." 게리가 말했다. 그는 간략하게 덧붙였다. "세라 말이 맞는 것 같아. 사실 난 뭘 하든 잘하지 못해. 여전히 재수가 없었다는 생각이 들긴 하지만 역시 내가 바보짓을 해서 그랬겠지. 하지만 이번엔 다를 거야."

세라가 신랄하게 말했다.

"과연 그럴까."

"이러지 마, 세라. 내가 그동안 배운 게 없을 것 같아?"

"안 그런 것 같은데." 세라가 말했다. "사람이란 똑같은 실수를 되풀이하지. 게리에게 필요한 건 매니저야, 영화계 스타나 여배우처럼. 현실적인 사람, 그래서 네가 엉뚱한 순간에 낙관적이 되지 않도록 구제해줄 사람."

"그 말도 일리가 있네. 하지만 세라, 사실 이번에는 문제 없어. 내가 무진장 신중할 거거든."

잠시 말이 끊겼다가 게리가 다시 말했다.

"어제 네 어머니를 뵈러 갔었어."

"그랬어? 고마워. 엄마는 여전히 바쁘게 지내지?"

게리가 천천히 대답했다. "많이 변하셨더군."

"그런 것 같아?"

"응."

"어떤 면에서 그렇다고 생각하는데?"

"어떻게 표현해야 좋을지 모르겠다." 그는 머뭇거렸다. "우선 신경이 무척 날카로워 보였어."

세라가 가볍게 대꾸했다. "요즘 안 그런 사람이 어디 있어?"

"예전엔 안 그랬어. 언제나 차분하고…… 그리고 뭐랄까…… 자상하셨지……"

"무슨 찬송가 구절 같네!"

"내 말이 무슨 뜻인지 잘 알잖아…… 어머니는 많이 변하셨어. 헤어스타일…… 옷차림…… 모든 게."

"엄마는 꽤 즐겁게 지내. 그것뿐이야. 안 될 거 없잖아? 늙으면 다 끝인데! 어쨌든 사람은 누구나 변하기 마련이야." 세라는 잠시 입을 다물었다가 반발하듯이 덧붙였다. "나도 변했겠네……"

"아니 전혀."

세라는 얼굴을 붉혔다. 게리가 진지하게 말했다.

"동물원에다." 그는 옅은 색 비싼 모피를 다시 만졌다. "울워스*표 같은 장신구." 게리가 그녀의 어깨에 달린 나뭇가지 모양의 다이아몬드 장식을 만졌다. "화려한 배경에도 불구하고 넌 옛날의 그 세라야……" 그가 말을 멈췄다가 덧붙였다. "나의 세라."

세라는 당황한 듯 몸을 움츠렸다. 그러나 밝은 목소리로 말했다.

"너도 여전히 똑같은 게리이고 말이지. 캐나다에는 언제 가?"

"이제 곧. 변호사의 일처리가 마무리되는 대로."

그가 일어났다. "자, 가야겠어. 나중에 밖에서 만날까, 세라?"

"아니, 여기서 같이 식사하자. 아니면 파티를 열어도 되고. 로 렌스도 만나봐야지."

"지난밤에 그를 만나지 않았나?"

"아주 잠깐이었잖아."

"파티에 올 시간은 없을 것 같아. 오전에 산책이나 하자."

"게리, 난 오전엔 상태가 별로야. 하루 중 가장 끔찍한 시간이 지."

"냉정하고 분명한 생각을 하기엔 아주 좋은 시간이야."

"누가 냉정하고 분명한 생각을 하고 싶대?"

"아마도 우리가 그럴 것 같은데. 가자, 세라. 리젠트 공원을 두 바퀴 돌아보자고. 내일 어때? 하노버 게이트에서 만나자."

---

* 값싼 물건을 파는 체인 잡화점.

"정말 끔찍한 생각이야, 게리! 게다가 그 흉한 옷은 또 뭐야?"

"아주 튼튼하고 오래가지."

"그래도 그렇지, 그 재단 좀 봐!"

"속물처럼 옷에 안달이군! 내일 열두시, 하노버 게이트에서 봐. 그리고 오늘밤에는 너무 많이 마시지 마. 내일 숙취에 시달릴 테니까."

"내가 어젯밤에 너무 퍼마셨다는 뜻이야?"

"응, 안 그랬어?"

"정말 지겨운 파티였거든. 술이라도 있으니 버티지."

게리가 반복해서 말했다.

"내일. 하노버 게이트. 열두시야."

2

"자, 이렇게 왔어." 세라가 도전적으로 말했다.

게리는 그녀를 위아래로 훑어보았다. 놀랄 만큼 예뻤다. 아가씨일 때보다 훨씬. 세라가 입은 고급스러우면서도 단순한 옷, 손가락에 낀 큼직한 카보숑 커트* 에메랄드 반지가 그의 눈에

---

* 위를 둥글게 하는 보석 세공 방식.

들어왔다. 게리는 생각했다. '내가 정신이 나간 모양이로군.' 하지만 그의 결심은 흔들리지 않았다.

"자, 걷자." 그가 말했다.

게리는 자신처럼 그녀도 성큼성큼 걷게 만들었다. 두 사람은 공원의 호수를 빙 돌아 장미 정원을 지나고 마침내 한적한 곳에 있는 의자에 각자 앉았다. 날이 추워서 앉아 있는 사람이 거의 없었다.

게리가 크게 숨을 내쉬었다.

"자, 이제 이야기를 시작하지. 세라, 나와 함께 캐나다에 가지 않을래?"

세라가 놀라서 그를 쳐다보았다.

"무슨 소리야?"

"말한 그대로야."

"그러니까…… 여행을 하자는 거야?" 세라가 의심스럽다는 듯이 물었다.

게리가 빙그레 웃었다.

"영원히 그러자는 거야. 남편과 헤어지고 나한테 와."

세라는 웃음을 터뜨렸다.

"게리, 정신 나갔어? 우린 거의 사 년 가까이 안 만났어. 게다가……"

"그게 중요해?"

"아니." 세라는 평정심을 잃었다. "아니, 내 말은 그렇다는 게 아니라⋯⋯"

"사 년, 오 년, 십 년, 이십 년이면 뭐? 그런다고 달라질 건 없어. 너와 난 한쌍이야. 난 늘 그걸 알았어. 지금도 그렇다고 느끼고. 너도 그렇지 않아?"

"응, 어떤 의미로는." 세라는 인정했다. "그래도 네 제안은 절대 불가능한 이야기야."

"그게 왜 불가능한지 모르겠군. 네가 건실한 남자와 결혼해서 행복했다면 난 끼어들 생각은 꿈에도 하지 않았을 거야." 그가 낮은 목소리로 말을 이었다. "그런데 넌 행복하지 않아. 안 그래, 세라?"

"다른 사람들만큼은 행복하다고 생각해." 세라가 당차게 말했다.

"난 네가 몹시 비참하다고 생각하는데."

"그렇대도 그건 내가 자초한 일이야. 실수를 했다면 고통을 감수하고 살아야지."

"로렌스 스틴은 실수를 인정하고 고통을 감수하며 사는 사람으로 유명하지는 않아, 그렇지?"

"말이 지나쳐!"

"아니, 그렇지 않아. 그건 사실이야."

"아무튼 그 제안은 완전히, 완전히 미친 소리야. 정신 나갔다고!"

"내가 네 곁을 맴돌면서 조금씩 설득하지 않아서 그래? 그럴 필요가 없지. 분명히 말하는데 우린 한쌍이고, 너도 그걸 알아, 세라."

세라가 한숨을 쉬고 말했다.

"한때 널 많이 좋아했어. 그건 인정할게."

"난 그때보다 더 깊어졌어, 세라."

그녀는 고개를 돌려 게리를 보았다. 그녀의 가식은 사라졌다.

"그래? 확실해?"

"확실해."

두 사람은 말이 없었다. 이윽고 게리가 상냥하게 말했다.

"같이 갈 거지, 세라?"

세라는 한숨을 쉬었다. 게리가 일어나서 세라의 모피 옷자락을 단단히 여몄다. 찬바람이 살짝 불어와 나뭇잎을 흔들었다.

"미안해, 게리. 대답은 '아니요'야."

"어째서?"

"그냥 그럴 수가 없어, 그것뿐이야."

"남편과 헤어지는 여자들은 많아."

"난 아냐."

"로렌스 스틴을 사랑한다는 거야?"

세라는 고개를 저었다.

"아니, 난 그를 사랑하지 않아. 사랑한 적도 없어. 그에게 끌리긴 했지. 그는…… 여자를 아주 잘 다루니까." 그녀는 혐오감에 살짝 몸을 떨었다. "사람이 누군가를 정말 아주 나쁘다고 생각하는 건 흔한 일이 아니지만, 만일 내가 그런 감정을 느꼈다면 그건 바로 로렌스 때문이야. 왜냐하면 그의 행동은 충동적인 게 아니거든…… 어쩔 수 없어서 하는 게 아니란 소리지. 그는 사람이나 뭔가를 실험하는 걸 즐길 뿐이야."

"그렇다면 떠난다고 양심의 가책을 느낄 이유도 없는 거잖아."

세라는 잠시 침묵했다가 낮은 목소리로 말했다.

"양심의 가책을 느끼는 게 아니야." 그녀는 초조한 듯이 말을 뚝 끊었다. "난 사람들이 숭고한 이유부터 들먹이는 게 정말 역겨워! 좋아, 게리. 내가 진짜 어떤 사람인지 네가 아는 게 좋겠어. 로렌스와 살면서 나는 어떤…… 것들에 익숙해졌어. 난 그걸 포기하고 싶지 않아. 옷, 모피, 돈, 고급 레스토랑, 파티, 하녀, 자동차, 요트…… 편하고 호화로운 모든 것. 나는 호사에 빠졌어. 그런데 넌 내가 외딴 목장에 가서 힘든 생활을 하기를 바라지. 난 못해…… 그리고 안 해. 난 나약한 인간이 돼버렸어! 돈과 사치에 물들었다고."

게리가 냉정하게 말했다.

"그러니까 지금이 널 그 모든 것에서 끌어낼 기회야."

"맙소사, 게리!" 세라는 울면서 또 웃었다. "정말 간단하구나."

"난 현실적이라서 그래."

"그래, 하지만 넌 현실의 절반은 모르지."

"모른다고?"

"돈 때문만이 아니야. 다른 것도 있어. 오, 모르겠어? 난 정말 끔찍한 인간이 됐다고. 우리가 여는 파티들…… 우리가 가는 곳들……"

세라는 얼굴이 새빨개져서 말을 멈췄다.

"알았어." 게리가 차분하게 말했다. "넌 타락했어. 그거 말고 더 있어?"

"그래. 어떤 물건이 있어…… 내게 익숙해진 물건…… 난 그것 없이는 살 수가 없어."

"물건?" 게리는 세라의 턱을 휙 잡아 얼굴을 마주보게 돌렸다. "나도 소문은 들었어. 혹시…… 마약이야?"

세라가 고개를 끄덕였다. "더없이 황홀한 기분을 느끼게 해줘."

"잘 들어." 게리의 목소리는 완강하고 날카로웠다. "넌 나와 갈 거고, 앞으로 그걸 끊게 될 거야."

"못 그런다면?"

"내가 그렇게 만들 거야." 게리가 단호하게 말했다.

세라의 어깨가 처졌다. 그녀는 한숨을 쉬면서 그에게 몸을 기대려 했다. 하지만 게리는 물러섰다.

"아니, 난 네게 키스하지 않을 거야." 그가 말했다.

"알아. 결정부터 해야겠지…… 냉정하게."

"그래."

"넌 이상한 남자야!"

두 사람은 한동안 말없이 앉아 있었다. 잠시 후 게리가 어렵사리 말을 꺼냈다.

"내가 그리 잘난 인간이 아니란 건 나도 잘 알아. 하는 일마다 실패했고. 네가 나를…… 믿음직하지 못하다고 생각하는 것도 알아. 하지만 우리가 함께 있으면 난 잘할 수 있어. 그럴 거라고 믿어. 세라는 정말 빈틈이 없지. 상대가 처질 때마다 활기를 불어넣을 줄도 알고."

"내가 사랑스러운 존재라도 되는 듯이 말하네!" 세라가 받아쳤다.

게리는 고집스럽게 밀고나갔다.

"난 잘할 수 있어. 어쩌면 네게는 지옥 같은 생활이 될 수도 있겠지. 힘든 노동과 궁핍한 생활…… 그래, 아주 지옥 같을 거야. 내가 어떻게 이리도 뻔뻔하게 네게 가자고 설득하고 있는지 모르겠어. 하지만 그 삶이야말로 진짜일 거야, 세라. 그래, 그렇고말고! 그게 바로 삶일 거야……"

"삶…… 진짜……" 세라는 단어를 되뇌었다.

그녀가 일어나서 걸어가기 시작했다. 게리도 그녀와 나란히 걸었다.

"갈 거지, 세라?"

"모르겠어."

"세라…… 제발……"

"아니, 게리, 더는 말하지 마. 넌 다 말했어…… 해야 할 말을 다 했다고. 이제 내 차례야. 생각해볼게. 그리고 알려줄게……"

"언제?"

"곧……"

"아이고, 이렇게 반갑고 놀라운 일이 있나요!"

세라에게 문을 열어준 이디스의 뚱했던 표정이 떨떠름한 미소로 바뀌었다.

"안녕, 이디스? 엄마 있어?"

"이제 금방 들어오실 거예요. 잘 오셨네요. 엄마에게 기운 좀 북돋워줘요."

"엄마에게 그래야 할 필요가 있어? 늘 더없이 즐거운 목소리던데."

"부인에게 아주 큰 문제가 생겼어요. 정말 걱정이에요." 이디스는 세라를 따라 거실로 갔다. "잠시도 가만있질 못하고, 뭐라

한마디만 해도 악을 써대세요. 병이 난 거예요. 내 그럴 줄 알았지."

"아휴, 그만 좀 해. 이디스 말을 들으면 죄다 죽음의 문턱에 있다니까."

"아가씨에 대해서는 그렇게 말하지 않아요. 아가씨는 꽃이라도 핀 것 같네요. 쯧쯧, 멋진 모피가 바닥에 끌리네. 역시 아가씨답네요. 예뻐요, 돈푼깨나 줬겠어요."

"아주 비싸지."

"엄마 것보다 훨씬 근사하네요. 아가씨는 정말 멋진 것들을 많이 가지셨죠."

"그 정도는 가질 만하지. 영혼을 팔았으니 그 대가로 값이라도 잘 받아야 하잖아."

"그런 말은 좋지 않아요." 이디스가 못마땅한 듯이 말했다. "아가씨의 가장 큰 단점은 감정 기복이 심하다는 거예요. 어제 일처럼 똑똑히 기억나네요. 바로 이 방에서 아가씨는 제게 스틴 씨와 결혼하고 싶다고 했고, 미친 사람처럼 방을 빙글빙글 돌며 저와 춤을 췄어요. '난 결혼할 거야…… 결혼할 거라고' 그러면서요."

세라가 쏘아붙였다. "그만…… 그만해, 이디스. 더는 못 들어주겠어."

이디스의 얼굴에 이내 경계심과 함께 다 안다는 듯한 표정이 떠올랐다.

"자 자, 우리 아가씨." 그녀가 달래듯 말했다. "처음 이 년이 가장 어렵다고들 말해요. 그 시기만 무사히 넘기면 괜찮아질 거예요."

"그다지 낙관적인 전망은 아니네."

이디스는 탐탁지 않은 듯이 말했다. "결혼은 끽해야 수지가 맞지 않는 장사 같은 거지만 그게 없으면 세상이 굴러가나요. 넘겨짚어 묻는 걸 이해하세요, 혹시 뭐가 생긴 건 아닌가요?"

"그런 건 아냐, 이디스."

"죄송해요. 하지만 아가씨가 신경이 곤두선 것 같아서 혹시 그것 때문인가 했어요. 가끔 새댁들은 아주 이상한 행동을 하니까요. 우리 언니가 임신했을 때도 그랬어요. 하루는 식료품점에 갔는데 상자에 든 즙 많은 큰 배가 갑자기 먹고 싶더래요. 언니는 배를 집어서 그 자리에서 덥석 베어 물었어요. '손님, 뭐하십니까?'라고 젊은 점원이 물었죠. 그런데 유부남이었던 그 상점의 주인이 어떤 상황인지 알아차린 거예요. 그는 '괜찮아, 이 손님은 내가 봐드리지' 하더니 돈도 받지 않았답니다. 참 이해심 많은 사람이죠? 자식이 열셋이나 있었대요."

"자식이 그렇게나 많았다니 정말 힘들었겠네." 세라가 말했다. "이디스는 정말 대단한 가족을 뒀어. 난 아이였을 때부터 항상 이디스의 가족 이야기를 들었지."

"그래요. 제가 아가씨에게 많이도 이야기했죠. 어린 아가씨가 사소한 일에도 어쩌나 진지하고 매사에 관심이 많던지. 그말 때문에 생각났네요. 아가씨가 만나던 그 젊은 양반이 지난번에 집에 다녀갔어요. 로이드 씨요. 만나셨나요?"

"응, 만났어."

"전보다 훨씬 나이들어 보였지만 보기 좋게 그을었던데요. 외국에 오래 있으면 다 그렇죠. 하신 일은 잘됐대요?"

"그렇지 않았대."

"그거 안됐네요. 근성 부족, 그게 그분의 문제였죠."

"그런 것 같아. 엄마는 곧 돌아올까?"

"네, 그럼요. 저녁 약속이 있다고 했으니까 아마 옷을 갈아입으러 오실 거예요. 혹시 제게 물으신다면, 전 부인이 집에서 조용한 저녁 시간을 갖지 않는 게 몹시 안타깝다고 말하고 싶네요. 외출이 너무 잦으세요."

"엄마는 그걸 즐기는 것 같은데."

"그렇게 허둥지둥 지내는 걸 말이죠." 이디스가 콧방귀를 뀌었다. "그건 부인에게 맞지 않아요. 늘 조용한 분이었는데."

마치 이디스의 말이 어떤 기억을 상기시키기라도 한 듯 세라는 고개를 휙 돌렸다. 그녀는 생각에 잠겨 중얼거렸다.

"조용한 분. 그래, 엄마는 조용했지. 게리도 그렇게 말했어. 엄마는 지난 삼 년 사이에 우스울 지경으로 완전히 변해버렸어.

이디스도 엄마가 많이 변했다고 생각해?"

"가끔 전 부인이 예전의 부인이 아니라고 말하죠."

"엄마는 예전에 완전히 다른 사람이었어…… 예전엔……"
세라는 생각하느라 말을 멈췄다가 이었다. "엄마들은 자기 자식
들을 언제까지나 좋아한다고 생각해, 이디스?"

"당연히 그렇죠. 안 그렇다면 오히려 이상하죠."

"하지만 자식이 다 커서 부모 곁을 떠났는데도 계속 자식 걱
정을 하는 게 정말 자연스러운 걸까? 동물들은 안 그러잖아."

이디스는 발끈해서 쏘아붙였다.

"동물들이라니요! 우리는 하느님의 자식인 인간 남녀예요.
말도 안 되는 소릴랑 그만하세요. 이 말을 기억하시라고요. 아들
은 아내를 얻을 때까지만 아들이지만, 딸은 영원히 딸이다."

세라는 웃음을 터뜨렸다.

"난 자기 딸을 독처럼 싫어하는 엄마를 많이 알고, 엄마에게
쓸모없는 딸도 많이 알아."

"거참, 전 그 생각이 좋을 것 없다고 말하고 싶네요."

"하지만 그런 생각을 하는 게 훨씬 건강한 거지. 심리학자들
은 그렇게 말해."

"심보가 고약한 사람들이네요."

세라가 생각에 잠겨 말했다.

"난 언제나 엄마를 무척 좋아했어. 엄마로서가 아니라 한 인

간으로서."

"그리고 아가씨의 엄마는 딸에게 지극하셨고요."

세라는 잠시 대답하지 않았다. 그러다가 골똘히 생각하며 말했다. "과연 그럴까……"

이디스가 콧방귀를 뀌었다.

"아가씨가 열네 살인가에 폐렴에 걸렸을 때 부인이 어떠셨는지 안다면……"

"맞아. 그때는 그랬지. 하지만 지금은……"

두 사람 모두 현관문이 열리는 소리를 들었다. 이디스가 말했다.

"돌아오셨네요."

앤은 색색의 깃털이 달린 화사한 작은 모자를 벗으면서 숨이 찬 듯이 들어왔다.

"세라니? 뜻밖이라 반갑구나. 맙소사, 이 모자 때문에 머리가 다 아플 지경이야. 몇시지? 너무 늦어버렸네. 찰리아노에서 여덟시에 레이즈버리 부부와 만나기로 했거든. 옷을 갈아입어야 하니까 내 방으로 같이 가자."

세라는 순순히 엄마를 따라서 복도를 지나 앤의 방으로 들어갔다.

"로렌스는 잘 지내니?" 앤이 물었다.

"아주 잘 지내요."

"다행이구나. 얼굴 본 지 오래됐네…… 아, 그건 너도 마찬가지지. 우리 언제 파티를 열어야겠다. 코로네이션에서 하는 새 시사풍자극이 아주 괜찮다던데……"

"엄마, 할 얘기가 있어요."

"그래, 뭔데?"

"화장 고치는 거 그만하고 내 얘기 좀 들어줄래요?"

앤은 놀란 듯했다.

"세상에, 세라. 너 아주 초조해 보이는구나."

"엄마와 얘기하고 싶어요. 심각한 얘기예요. 게리에 관해서요."

"아." 앤이 양손을 내렸다. 그녀는 생각에 잠긴 표정이었다. "게리라고?"

세라는 단도직입적으로 말했다.

"게리는 내게 로렌스와 헤어지고 자기와 함께 캐나다로 가고 해요."

앤은 한두 번 숨을 들이쉬고, 가벼운 어조로 대꾸했다.

"말도 안 되는 소리야! 딱한 게리. 어리석기는!"

세라가 날카롭게 대꾸했다.

"게리는 어리석지 않아요."

앤이 말했다. "넌 항상 게리를 감싸줬지. 하지만 그 아이를 다시 보니까 어때? 솔직히 말해보렴. 흥미가 떨어지지 않았니?"

"엄마는 별 도움이 돼주지 못하네요." 세라의 목소리가 미세하게 떨렸다. "난…… 이 일을 진지하게 생각하고 싶어요."

앤이 쏘아붙였다.

"그 허무맹랑한 헛소리를 진지하게 생각하겠다고?"

"네, 그래요."

앤이 화를 내며 말했다. "그러면 네가 멍청한 거야, 세라."

세라가 고집스럽게 대꾸했다. "난 언제나 게리를 사랑했어요. 그도 줄곧 날 사랑했고요."

앤이 웃음을 터뜨렸다.

"맙소사, 얘야!"

"로렌스와 결혼하는 게 아니었어요. 그건 내가 지금까지 저질렀던 실수 중에 가장 큰 실수예요."

"괜찮아질 거야." 앤이 덤덤하게 말했다.

세라는 일어나서 초조한 기색으로 왔다갔다했다.

"아니, 아니에요. 내 인생은 지옥이에요…… 완전한 지옥."

"엄살 부리지 마라, 세라." 앤의 목소리가 신랄했다.

"그는 괴물이에요…… 인간이 아니라 괴물이라고요."

"네게는 잘해주잖니." 앤이 꾸짖었다.

"내가 왜 그런 짓을 했을까? 도대체 왜? 난 정말 그 남자와 결혼하고 싶지 않았는데." 그녀는 갑자기 몸을 빙 돌려서 앤을 보았다. "엄마가 아니었다면 그와 결혼하지 않았을 거예요."

"나 때문이라고?" 앤의 얼굴이 분노로 붉어졌다. "난 그 일과는 아무 상관도 없었다!"

"상관있었어요…… 상관있었다고요!"

"난 그때 네게 잘 생각해서 결정해야 한다고 말했어."

"그래도 괜찮을 거라는 투로 날 설득했죠."

"돼먹지 못한 헛소리를 하는구나! 아니, 난 너한테 말했어. 그의 평판이 나쁘다고, 네가 책임져야 할 거라고……"

"알아요. 하지만 엄마 말투가 그랬어요. 마치 그건 별것도 아니라는 듯이. 맞아요, 기본적으로는 그랬다고요! 엄마가 그때 어떤 단어를 썼는지는 상관없어요. 단어들은 괜찮았죠. 하지만 엄마는 내가 그와 결혼하기를 바랐어요. 분명히 그랬다고요. 엄마가 그랬다는 걸 난 알아요! 왜 그랬죠? 내가 없어져주길 바랐나요?"

앤은 화가 나서 딸을 마주보았다.

"세상에, 세라. 이렇게 별난 공격은 또 없을 거다."

세라가 엄마에게 성큼 다가섰다. 얼굴이 하얀 그녀는 크고 검은 눈으로, 마치 거기서 진실이라도 찾으려는 듯이 앤의 얼굴을 빤히 쳐다보았다.

"내 말이 맞아요. 엄마는 나를 로렌스와 결혼시키려 했어요. 그리고 이제 모든 일이 잘못됐다는 게 밝혀졌는데도, 내가 죽을 만큼 불행하다는데도 엄마는 아무렇지도 않잖아요. 난 심지어 엄마가 고소해한다는 생각까지 들어요……"

"세라!"

"네, 고소해요." 그녀의 눈은 여전히 찾고 있었다. 앤은 그 시선에 안절부절못했다. "엄마는 지금도 그러고 있어요…… 내가 불행하기를 바라죠……"

앤은 무뚝뚝하게 몸을 돌렸다. 그녀는 떨고 있었다. 앤이 문 쪽으로 걸어가자 세라가 쫓아갔다.

"왜요? 왜 그랬죠?"

세라가 굳은 입술 사이로 겨우 말을 내뱉었다.

"지금 네가 무슨 말을 하는지 알고나 있니?"

세라는 완강했다.

"엄마가 왜 내가 불행하길 바라는지 알아야겠어요."

"난 네가 불행하길 바란 적 없다! 말도 안 되는 소리 그만해!"

"엄마……" 세라는 겁먹은 아이처럼 엄마의 팔을 어루만졌다. "엄마…… 난 엄마의 딸이에요…… 엄마는 날 좋아해줘야 하잖아요."

"당연히 난 널 좋아해! 다음은 또 뭐냐?"

"아뇨." 세라가 말했다. "엄마는 그런 것 같지 않아요. 엄마가 날 좋아하지 않은 지 오래된 것 같아요…… 엄마는 내게서 멀리 떠났어요…… 내가 닿을 수 없는 곳으로……"

앤은 침착하려고 노력했다. 그녀는 담담한 목소리로 말했다.

"아무리 자식을 사랑해도 엄마에게도 언젠가 홀로 서는 법을 배워야 하는 때가 오는 거야. 자식에게 집착해선 안 돼."

"그럼요, 당연히 그렇죠. 하지만 난 사람이 곤경에 빠지면 자기 엄마에게 달려갈 수 있어야 한다고 생각해요."

"도대체 넌 내가 어떻게 해주기를 바라니, 세라?"

"내가 게리와 떠나야 할지 아니면 로렌스와 계속 살아야 할지 엄마가 말해줘요."

"당연히 네 남편과 계속 살아야지."

"아주 단정적이네요."

"맙소사, 우리 세대의 여자에게 그럼 무슨 대답을 기대했지? 나는 규범대로 행동해야 한다고 배우고 자랐다."

"남편과 계속 사는 건 도덕적으로 옳고, 연인과 떠나는 건 도덕적으로 나쁘다! 그건가요?"

"바로 그렇지. 물론 요즘 사람인 네 친구들은 전혀 다르게 보겠지. 하지만 넌 내 시각을 물었으니까."

세라는 한숨을 쉬며 고개를 저었다.

"엄마 말처럼 그렇게 단순하지가 않아요. 모든 게 뒤섞여 있다고요. 사실 로렌스와 계속 살고 싶은 것은 가장 형편없는 나예요…… 가난과 고통을 무릅쓰길 두려워하는 나…… 안락한 생활을 바라는 나…… 타락한 취향과 감각의 노예가 된 나…… 또다른 나, 게리와 가고 싶은 나는 그저 육욕에 사로잡힌 난잡한 계집애가 아니에요…… 게리를 믿고 그를 돕고 싶어 하는 나죠. 엄마, 내겐 게리에게 없는 점이 있어요. 그가 주저앉아서 자기연민에 빠지는 순간, 바로 그때 그에게는 강한 자극을 줄 내가 필요해요! 게리는 정말 멋진 사람이 될 수 있고, 그만한 잠재력이 있어요. 그는 그저 자신에게 웃어주고 자극해줄 누군가를 원하고—아, 그 사람은—날 원할 뿐이에요……"

세라는 말을 멈추고 애원하는 눈길로 앤을 보았다. 앤의 얼굴은 돌처럼 굳어 있었다.

"네 말에 감동한 척해봤자 좋을 게 없겠지? 네가 아무리 부정해도 넌 네 의지로 로렌스와 결혼했고, 그러니 그와 계속 살아야 해."

"아마도요……"

앤은 기회를 파고들었다.

"그리고 알잖니, 얘야." 그녀는 애정이 담긴 말투로 말했다. "난 네가 힘든 생활에는 맞지 않는다고 생각한다. 말로만 들으면 괜찮을 것 같아도, 막상 그 상황이 되면 분명 싫을 거야. 특히……" 앤은 이런 식으로 말하는 게 좋겠다고 느꼈다. "……특히 네가 게리에게 도움이 아니라 방해만 된다고 느낀다면 말이야."

하지만 이 말을 내뱉은 순간, 그녀는 발을 헛디뎠다는 걸 깨달았다.

세라의 얼굴이 굳었다. 그녀는 화장대로 가 담배에 불을 붙였다. 그러고서 가벼운 투로 말했다.

"일부러 반대로 말하는 건가요, 엄마?"

"무슨 뜻이냐?"

앤은 어리둥절했다.

세라가 다시 돌아와 엄마 앞에 버티고 섰다. 미심쩍고 굳은 표정이었다.

"내가 게리와 떠나는 걸 반대하는 진짜 이유가 뭐예요?"

"말했잖니……"

"진짜 이유요……" 그녀는 앤의 눈을 아주 찬찬히 뚫어져라 쳐다봤다. "내가 게리와 행복할까봐 싫은 거 아니에요?"

"나는 네가 아주 불행해질까봐 싫어!"

"아뇨, 그게 아니에요." 세라는 격렬하게 말을 내뱉었다. "엄마는 내 불행은 안중에도 없어요. 엄마가 바라지 않는 건 내 행복이에요. 엄마는 날 좋아하지 않아요. 그 이상이죠. 왜 그런지는 몰라도 엄마는 날 미워해요…… 바로 그거예요, 아닌가요? 날 미워해요. 날 끔찍하게 미워한다고요!"

"세라, 너 미쳤니?"

"아뇨, 안 미쳤어요. 마침내 진실에 닿았네요. 엄마는 오랫동안 날 미워했어요…… 몇 년이나. 왜 그랬죠?"

"그건 사실이 아니야……"

"사실이 맞아요…… 그런데 왜죠? 내가 젊어서 질투한 건 아니겠죠. 어떤 엄마들은 딸들에게 그러기도 한다지만 엄마는 아니에요. 엄마는 늘 내게 다정했어요…… 왜 미워졌어요? 난 알아야겠어요!"

"난 널 미워하지 않아!"

세라가 외쳤다. "햐, 거짓말 그만해요! 다 털어놓으라고요. 뭣 때문에 나를 미워하는지요. 난 엄마를 정말 많이 좋아했어요. 엄마에게 잘하려고, 엄마를 위하려고 늘 애쓰면서 살았다고요."

앤은 격하게 반응했다. 그녀는 맹렬하게, 목소리에 감정을 실어 말했다.

"마치 희생한 게 너뿐이었다는 듯이 말하는구나."

세라는 당황해서 앤을 쳐다보았다.

"희생? 무슨 희생이요?"

앤의 목소리가 떨렸다. 그녀는 양손을 꽉 맞잡았다.

"난 널 위해 내 인생을 포기했어…… 내가 원하던 전부를 포기했다고…… 그런데 넌 그걸 기억조차 못하지!"

여전히 당황하면서 세라가 말했다. "무슨 말인지 모르겠어요."

"그래, 넌 모를 거야. 넌 리처드 콜드필드의 이름조차 기억 못하니까. '리처드 콜드필드? 그 사람이 누군데요?'라고 했지."

세라의 눈에 점점 알아듣는 듯한 기미가 떠올랐다. 그녀 안에 희미한 낭패감이 밀려들었다.

"리처드 콜드필드요?"

"그래, 리처드 콜드필드." 앤은 이제 대놓고 비난했다. "넌 그를 싫어했어. 하지만 난 그를 사랑했어! 아주 많이 사랑했어. 난 그와 결혼하고 싶었지만 너 때문에 그를 포기해야 했어."

"엄마……"

세라는 어리둥절했다.

앤이 공격적으로 말했다. "내게도 행복해질 권리가 있었어."

"몰랐어요…… 엄마가 그를 진짜 사랑했는지." 세라가 더듬거렸다.

"알고 싶지 않았겠지. 넌 눈을 감아버렸으니까. 넌 내 결혼을 막기 위해 할 수 있는 건 다 했어. 그건 사실이지 않니?"

"네, 사실이에요……" 세라의 머릿속은 과거로 돌아갔다. 그녀가 내뱉었던 유치하고 입바른 장담이 떠오르자 속이 울렁거렸다. "난…… 그 사람이 엄마를 행복하게 해주지 못할 거라고 생각했어요……"

"네가 무슨 권리로 다른 사람의 생각을 대신 해주지?" 앤이 신랄하게 물었다.

그때 게리가 그녀에게 했던 말이었다. 그는 세라가 하려는 일에 대해 우려했다. 그러나 세라는 스스로 만족했고, 보기 싫었던 '콜리플라워'를 이겼다는 승리감에 취했었다. 그건 막돼먹은 유치한 질투심이었고, 그녀는 이제야 그것을 알았다! 그리고 그것 때문에 엄마는 고통을 겪었고, 서서히 이 안달하는 불행한 여인으로 변했으며, 이제 딸을 비난하며 맞서고 있었다. 세라는 그 비난에 항변할 수 없었다.

그녀는 그저 자신 없이 속삭이듯 이렇게 말할 수밖에 없었다.

"몰랐어요…… 아, 엄마, 난 몰랐어요……"

앤은 다시 과거로 돌아갔다.

"우리는 함께 행복할 수도 있었어." 그녀가 말했다. "그는 외로운 사람이었다. 아내와 아이가 죽고 큰 충격과 슬픔을 겪었지. 물론 단점도 있었어. 나도 안다. 그는 거만하고 명령하듯이 말하는 버릇이 있었지만―젊은 사람이라면 바로 알아차리게 되는 면이지―그래도 근본은 친절하고 소탈하고 착했어. 우리는 같이 늙어가며 행복했을 거야. 그런데 난 그에게 심한 상처를 줬지, 그를 쫓아버렸어. 그를 남쪽 해안가의 호텔로 가게 했고, 거기서 그는 멍청하고 독한 여자를 만났지. 그 여자는 그를 좋아하지도 않아."

세라가 물러섰다. 한마디 한마디가 그녀를 아프게 찔렀다. 하지만 세라는 가까스로 변명의 말을 짜냈다.

"엄마가 그렇게 결혼하고 싶었다면 끝까지 밀고나갔어야죠."

앤이 흥분해서 쏘아붙였다.

"그때 그 끝없던 일들이 기억 안 나니? 그 신경전이 기억 안 나? 두 사람은 원수지간 같았어. 넌 일부러 그를 자극했고. 그게 네 작전이었지."

(그랬다, 그게 당시 그녀의 작전 중 하나였다……)

"난 견딜 수가 없었어. 하루가 멀다 하고 다퉜으니까. 그때 난 선택과 맞닥뜨렸다. 하나를 선택해야 했어—리처드는 그렇게 표현했지—그와 너 중에서. 너는 내 딸이고, 혈육이야. 그래서 나는 널 선택했어."

"그후로 계속 날 미워했고요……" 세라가 정곡을 찔렀다.

이제 세라에게 모든 정황이 명확해졌다.

세라는 모피 코트를 챙겨서 문 쪽으로 몸을 돌렸다.

"자, 이제 우리는 우리가 어디에 와 있는지 알아요."

세라의 목소리는 딱딱하고 명료했다. 그녀는 엄마의 인생을 망쳤다는 생각에서 벗어나 자신의 인생을 망쳤다는 생각으로 돌아왔다.

세라는 문가에서 몸을 돌려 일그러진 얼굴의 여인에게 말했다. 딸이 던진 마지막 비난을 부정하지 않던 그 여인에게.

"엄마는 엄마의 인생을 망쳤다고 날 미워해요. 그리고 난 내 인생을 망쳤다고 엄마를 미워하고요!"

앤이 날카롭게 외쳤다. "난 네 인생에 아무 짓도 안 했어. 너 스스로 선택한 거야."

"아뇨, 내가 선택한 게 아니었어요. 위선 떨지 마요. 난 로렌스와 결혼하겠다는 나를 말려주길 바라면서 엄마에게 갔어요. 그에게 끌렸지만 거기서 헤어나오고 싶어한다는 걸 엄마는 알았을 거예요. 그 대목에서 엄만 참 영리했어요. 어떻게 말하고 행동해야 할지 정확히 알았으니까."

"말도 안 되는 소리 마라. 내가 왜 네가 로렌스와 결혼하기를 바랐겠니?"

"내가 행복하지 않으리란 걸 알았기 때문이겠죠. 엄마는 불행했고, 나 역시 그렇게 되길 바랐어요. 솔직히 말해봐요, 엄마. 내 결혼생활이 비참하다는 걸 알고 속이 후련하진 않았나요?"

앤이 갑자기 격정적으로 외쳤다.

"그래, 가끔은 그랬다! 인과응보라고 느꼈지!"

모녀는 무자비하게 서로를 노려보았다.

그러다가 세라가 거칠고 불쾌한 소리를 내며 웃었다.

"그러니까 우린 이제 알았네요! 잘 있어요, 사랑하는 엄마……"

세라는 방에서 나가 복도를 걸어갔다. 앤은 현관문이 닫히는 마지막 날카로운 소리를 들었다.

앤은 혼자였다.

여전히 떨면서 침대로 걸어가 몸을 던졌다. 눈물이 차올라 뺨을 타고 흘렀다.

이내 그녀는 몇 년이나 모르고 지냈던 격렬한 오열이란 것에 휩싸였다.

울고 또 울었다……

얼마나 오래 울었는지 알 수 없었지만 겨우 흐느낌이 잦아들기 시작했을 때, 덜그럭대는 소리가 나면서 이디스가 찻잔을 올린 쟁반을 들고 들어왔다. 그녀는 침대 옆 테이블에 쟁반을 내려놓고 여주인 옆에 앉아 가만히 어깨를 다독였다.

"자 자, 우리 예쁜 부인…… 여기 맛좋은 차가 왔네요. 아무 소리 말고 다 마셔야 할 거예요."

"아, 이디스, 이디스……" 앤은 충실한 하녀이자 친구에게 매달렸다.

"자 자, 그렇게 흥분하지 말고요. 괜찮아질 거예요."

"내가 왜 그랬지…… 내가 왜 그랬지……"

"마음에 두지 마세요. 이제 일어나 앉아봐요. 차를 따라드릴게요. 자, 이것 좀 마셔봐요."

앤은 순순히 일어나 앉아서 뜨거운 차를 조금씩 마셨다.

"잘했어요, 금세 기분이 풀릴 거예요."

"세라에게…… 내가 왜……"

"이제 걱정하지 말라니까요……"

"내가 왜 그 아이에게 그런 심한 말을 했을까?"

"제게 물으신다면, 생각만 하지 말고 차라리 말하라고 하겠어요." 이디스가 말했다. "말하지 않고 속으로만 끙끙거리면 그

속이 쓸개즙처럼 씁쓸해진다니까요. 정말 그래요."

"내가 너무 심했어…… 너무 잔인했어……"

"오랫동안 마음에 꽁꽁 싸안고 있었던 게 잘못이에요. 마음에 품고서 아무것도 없는 척하지 말고 한바탕 싸우고 털어버려라 이거예요. 누구나 속으로는 나쁜 생각을 하지만 그걸 인정하는 건 언제나 싫잖아요."

"내가 정말로 세라를 미워하고 있었을까? 우리 세라…… 그렇게 명랑하고 상냥한 그 아이를 내가 미워하고 있었을까?"

"그럴 리가 있나요." 이디스가 자신 있게 대답했다.

"하지만 그랬어. 난 내가 상처받은 것처럼 내 아이도 괴로워하길 바랐어…… 상처받길 바랐어."

"자, 말도 안 되는 생각일랑 그만하세요. 부인은 딸에게 헌신했고, 언제나 그랬어요."

앤이 말했다. "지금까지 줄곧 검은 물 밑에 흐른 건…… 미움이었어…… 미움……"

"더 일찌감치 그 마음을 끄집어냈더라면 좋았을 거예요. 한바탕했으면 풀렸을 텐데."

앤은 베개를 베고 힘없이 누웠다.

"그런데 지금은 그 아이가 밉지 않아." 그녀가 이상하다는 듯이 말했다. "다 사라졌어…… 그래, 다 사라져버렸어……"

이디스가 일어나서 앤의 어깨를 토닥거렸다.

"애태우지 마세요. 이제 다 괜찮을 거예요."

앤은 고개를 저었다.

"아니, 절대 그렇지 않을 거야. 우리 둘 다 주워담을 수 없는 말을 해버렸으니까."

"그럴 리가 있나요. 아무리 심한 말도 뼈를 부러뜨리지는 못한다…… 이런 말도 있잖아요."

앤이 말했다.

"절대 잊을 수 없는 것들, 근본적인 것들이 있어."

이디스가 쟁반을 들며 말했다.

"절대란 말은 허풍이에요."

4

집으로 돌아온 세라는 집 뒤쪽에 있는 큰 방으로 갔다. 로렌스가 스튜디오라고 부르는 방이었다.

그가 거기서 최근에 사들인 작은 조각상의 포장을 풀고 있었다. 젊은 프랑스 작가의 작품이었다.

"당신 눈엔 어때? 아름답지?"

그는 손가락으로 뒤틀린 나신의 윤곽을 애무하듯 섬세하게 어루만졌다.

세라는 무슨 기억이라도 떠오른 것처럼 살짝 몸을 떨었다.

그녀가 찌푸리면서 말했다.

"그래요, 아름답긴 한데 음란해요!"

"오, 이러지 마. 당신에게 아직까지도 청교도적인 면이 남아 있다는 게 놀랍군. 그렇게 지속된다는 게 흥미로운걸."

"그 조각상은 음란해요."

"어쩌면 조금 퇴폐적인지도 모르지…… 하지만 아주 재치 있어. 상상력도 풍부하고. 물론 폴은 해시시를 하고, 아마 그 사실이 이 작품의 진수를 설명해줄 거야."

그는 조각상을 내려놓고 세라를 향해 고개를 돌렸다.

"당신은 아주 매력적이고, 항상 뭔가에 대해 분개하지. 당신에겐 늘 고통이 어울린다니까."

세라가 말했다. "방금 엄마와 크게 다퉜어요."

"정말?" 로렌스는 재미있다는 듯이 눈썹을 치켜세웠다. "별일도 다 있군! 상상이 안 가는걸. 상냥한 장모님이!"

"오늘은 전혀 상냥하지 않았어요! 물론 내가 엄마에게 아주 끔찍하게 굴었다는 건 인정해요."

"집안싸움 얘기는 지겨워, 세라. 그런 이야기는 그만하자고."

"할 생각도 없었어요. 우리가 전부 쏟아냈다는 거…… 그게 중요할 뿐이죠. 그래요, 난 당신과 다른 얘기를 하고 싶어요. 난…… 당신을 떠날 거예요, 로렌스."

로렌스는 특별한 반응을 보이지 않았다. 그는 눈썹을 치켜세우고 중얼댔다.

"당신 입장에서 보면 그닥 현명한 일은 아니라는 생각이 드는군."

"협박처럼 들리네요."

"아, 그럴 리가…… 가벼운 경고일 뿐이지. 그런데 왜 떠나려고 하지, 세라? 헤어진 아내들은 몰라도 당신에겐 그럴 만한 이유가 없는데. 난 당신에게 상처 주지 않았어. 당신은 날 별로 사랑하지도 않고, 아직 당신을……"

"총애라도 한다는 건가요?" 세라가 말했다.

"굳이 그렇게 표현하고 싶다면 그렇다고 해두지. 난 당신이 아주 완벽하다고 생각해…… 당신의 그 청교도적인 면까지도 우리의…… 뭐랄까…… 다소 이교도적인 삶의 양식에 윤활유가 된다고 할까? 하지만 내 첫번째 부인이 떠난 이유를 당신에게 적용할 순 없지. 모든 걸 고려해볼 때, 당신은 도덕적인 반감 운운할 수 있는 처지는 절대 아니니까."

"내가 당신을 떠나는 이유가 중요한가요? 고통스러운 척하지 마요!"

"몹시 고통스러울 거야! 현재로선 당신이 내 가장 소중한 재산이니까…… 이 모든 것보다 낫거든."

그가 손을 휘저어 스튜디오 안을 가리켰다.

"내 말은…… 당신은 날 사랑하지 않는다는 거예요."

"전에도 말했지만 낭만적인 헌신은 내게 아무런 감흥도 주지 못해. 주는 것이든 받는 것이든."

"간단하게 말할게요. 내게 다른 사람이 있어요." 세라가 말했다. "난 그 남자와 떠날 거예요."

"아하! 당신의 죄들을 남겨두고 가겠다고?"

"그게 무슨 말이죠?"

"그게 당신이 생각하는 것처럼 쉬울지 의심스럽군. 당신은 소질 있는 제자였거든. 당신의 몸속에서 꿈틀대며 흐르는 생의 물살…… 그 감각들을 포기할 수 있을까? 그런 관능, 그런 감각의 모험을? 마리아나에 갔던 그날 밤을 생각해봐…… 샤르코와 그의 유희들…… 그렇게 쉽게 밀어낼 수 있는 것들이 아닐 텐데."

그를 바라보는 그녀의 눈에 순간적으로 공포가 어렸다.

"알아요…… 알죠…… 하지만 다 포기할 수 있어요!"

"그럴 수 있다고? 당신은 상당히 깊이 빠졌어, 세라……"

"하지만 난 빠져나올 거예요…… 그럴 거예요……"

그녀는 몸을 돌려서 급히 방에서 나갔다.

로렌스는 쿵 소리가 나게 조각상을 내려놓았다.

그는 몹시 화가 났다. 그는 아직 세라에게 질리지 않았다. 질리게 될지 의심스러울 정도였다. 까다로운 여자, 반항할 줄 아는…… 갈등하는 여자, 매혹적인 아름다움을 지닌 여자. 수집가의 극도로 희귀한 소장품.

Chapter

5

"아이구, 세라!" 로라가 책상에서 고개를 들고 놀란 눈으로 쳐다보았다.

세라는 숨을 몰아쉬었고, 상당히 감정적인 상태였다.

로라가 말했다.

"오랜만이구나, 우리 대녀."

"네, 그렇네요…… 아아 로라, 제게 심각한 문제가 생겼어요."

"앉아라." 로라는 그녀를 가만히 긴 의자로 이끌었다. "그래, 이제 내게 다 말해봐."

"로라라면 저를 도와주실 거라 생각하고 왔어요…… 사람이…… 뭔가 복용하던 것을 끊을 수 있을까요? 제 말은…… 그것에 너무 익숙해져 있을 경우에요."

그녀가 서둘러 덧붙였다.

"아, 세상에. 제가 무슨 말을 하는지 로라는 상상조차 못하실 텐데."

"아, 아니다. 알지, 마약 말이냐?"

"네." 세라는 로라의 담담한 반응에 크게 안도했다.

"그건 상황에 따라 다르지. 쉽지는 않아…… 절대 쉽지 않지. 여자들은 남자들보다 그런 중독을 깨기가 더 힘들기도 하고. 얼마나 오랫동안 복용했는지, 그것에 얼마나 의존했는지, 평소 건강 상태가 어떤지, 용기와 각오와 의지가 얼마나 있는지, 어떤 환경에서 일상생활을 하는지, 앞으로 희망이 있는지, 또 여자인 경우에는 싸움을 도와줄 사람이 가까이 있는지에 따라서도 달라지지."

세라의 얼굴이 밝아졌다.

"다행이네요. 그렇다면 전…… 괜찮을 것 같다는 생각이 들어요."

"흘려보내는 시간이 너무 많은 건 도움이 되지 않아." 로라가 경고했다.

세라가 웃었다.

"흘려보내는 시간은 거의 없을 거예요! 하루종일 정신없이 일하게 될 테니까요. 누군가 절…… 못살게 굴 거고 규칙에 따르게 할 거예요. 희망에 대해서 말하자면, 전 모든 게 기대돼요…… 모든 게!"

"좋아, 세라. 네가 보기에 넌 성공 확률이 높은 것 같다." 로라가 그녀를 바라보더니 뜻밖의 말을 덧붙였다. "네가 이제야 어른이 된 것 같구나."

"네. 아주 오래 걸리긴 했지만…… 이제 알게 됐어요. 전 게리를 나약하다고 말했지만, 진짜 나약한 사람은 저였어요. 항상 기대려고만 했고요."

세라의 얼굴이 어두워졌다.

"로라…… 제가 엄마에게 너무 심한 말을 했어요. 엄마가 콜드필드 씨를 진심으로 사랑했다는 걸 오늘에야 알았어요. 예전에 로라가 제물에 대해 말씀하셨을 때 제가 귀담아듣지 않았던 게 떠올랐어요. 전 저 자신을 좋은 사람이라고 생각했고, 그 늙고 가여운 남자를 쫓아버릴 계획에 푹 빠져 있었어요. 그리고 줄곧 질투하고 철없이 굴고 앙심을 품었다는 걸 이제야 알게 됐어요. 전 엄마를 포기하게 만들었고, 말하지 않았을 뿐이지 당연히 엄마는 절 원망했죠. 모두 다 완전히 잘못된 것 같아요. 오늘 우리는 심하게 다퉜고, 서로에게 소리를 질렀어요. 엄마에게 정말 못된 말을 퍼부었고, 제게 벌어진 모든 일을 엄마 탓으로 돌렸어요. 사실 전 줄곧 엄마에 대해 끔찍하다고 생각하고 있었거든요."

"알아."

"그런데 이제……" 세라는 비참해 보였다. "어떻게 해야 할지 모르겠어요. 엄마 마음을 달래줄 수 있다면 좋겠지만 너무 늦어버렸어요."

로라가 힘차게 자리에서 일어나 타이르듯 말했다.

"옳은 말을 엉뚱한 사람에게 하는 것보다 더한 시간 낭비는 없지."

1

이디스는 다이너마이트를 다루는 사람 같은 분위기를 풍기며 수화기를 들었다. 크게 심호흡하고, 번호를 돌렸다. 상대편의 신호음이 울리자, 이디스는 고개를 돌려 어깨 너머를 불안한 듯이 살폈다. 괜찮았다. 아파트에는 그녀 혼자 있었다. 전화선을 타고 전문가의 사무적인 음성이 들려오자 이디스는 화들짝 놀랐다.

"웰벡 97438번입니다."

"아…… 데임 로라 휘스트터블이세요?"

"그런데요."

이디스는 초조하게 침을 두 번 삼켰다.

"이디스입니다, 부인. 프렌티스 부인 댁의 이디스요."

"잘 있었나, 이디스?"

이디스는 다시 침을 삼켰다. 그녀가 들릴 듯 말 듯 말했다. "전화란 참 고약한 물건이에요."

"그래, 그렇지. 할말이 있어서 걸었겠지?"

"프렌티스 부인 일이에요. 전 부인이 걱정됩니다. 정말 그래요."

"하지만 자네는 노상 앤을 걱정하잖아, 안 그래, 이디스?"

"이번에는 달라요. 아주 다르다고요. 프렌티스 부인은 먹지도 않고 멍하니 앉아만 있어요. 우는 모습도 여러 번 봤지요. 제 말을 이해하실지 모르겠지만 프렌티스 부인은 더 조용해졌고, 예전처럼 안절부절못하지도 않아요. 이젠 제게 날카롭게 쏘아붙이지도 않고요. 예전처럼 상냥하고 배려해주시는데 안에 마음이 없어요. 생기가 없다고요. 끔찍합니다, 데임 로라. 정말로 끔찍해요."

수화기에서는 "흥미롭군"이라는 무심하고 사무적인 음성만 들려왔다. 이디스가 바라던 게 아니었다.

"사람 심장에서 피가 나오게 생겼어요, 정말 그렇다니까요."

"그런 엉뚱한 표현 쓰지 마, 이디스. 심장은 물리적인 해를 입지 않는 이상 피를 흘리지 않아."

이디스가 밀어붙였다.

"세라 양과 관계가 있어요. 두 사람은 크게 싸웠고, 세라 양은 거의 한 달이나 여기 오지 않았어요."

"그렇지, 세라는 런던에 없거든…… 시골에 갔으니까."

"제가 아가씨에게 편지를 보냈는데요."

"전해지지 않았겠지"

이디스가 조금 밝아졌다.

"아, 그럼, 아가씨가 런던에 돌아오면……"

로라가 말을 끊었다.

"이디스, 미리 마음의 준비를 하는 게 낫겠어. 세라는 게리 로이드와 캐나다로 갈 거야."

이디스는 못마땅한 듯 소다 사이펀* 같은 소리를 냈다. "순 못된 짓이네요. 남편을 버리다니요!"

"독실한 척하지 마, 이디스. 누가 남의 행위를 심판할 수 있겠어? 세라는 거기서 힘든 생활을 하게 될 거야. 그 아이에게 익숙한 호화로운 생활이 전혀 아니지."

이디스가 한숨을 쉬었다. "그렇다면 그나마 죄가 가벼워질 것 같네요…… 제가 이런 말 하는 걸 허락하신다면 말이죠. 전스턴 씨가 언제나 섬뜩해 보였다고 말하고 싶네요. 악마에게 영혼을 팔지 않았을까싶을 정도로요."

---

* 탄산가스를 주입하는 장치.

메마른 목소리로 로라가 말했다.

"우리의 표현법이 다를 수밖에 없다는 것을 감안한다면, 나도 이디스 말에 동의하는 편이야."

"세라 양이 작별 인사를 하러 올까요?"

"안 그럴 것 같은데."

이디스가 분개하며 말했다. "그건 정말 인정머리 없는 짓이네요."

"자네는 아무것도 몰라."

"딸이 엄마에게 어떻게 해야 하는지 정도는 알죠. 세라 양이 그럴 거라니, 믿을 수가 없네요! 데임 로라가 도와주실 순 없나요?"

"난 끼어들고 싶지 않아."

이디스가 한숨을 깊이 내쉬었다.

"그렇군요, 그럼 용서하세요…… 데임 로라는 아주 유명하고 대단히 똑똑하신 분이고 저는 하녀에 불과하지만, 이번엔 제 말대로 해주셔야 한다고 생각합니다!"

이디스는 어두운 표정으로 수화기를 소리나게 내려놓았다.

이디스가 두 번 부른 후에야 앤은 정신을 차리고 대답했다.

"뭐라고 했어, 이디스?"

"머리 뿌리 부분이 이상해 보인다고 했어요. 그 부분에 염색을 해야겠어요."

"이제 그런 건 상관없어. 흰머리가 더 나아."

"제 생각에도 그게 더 점잖아 보일 것 같긴 해요. 하지만 색깔이 반반이면 우스꽝스러울 텐데요."

"상관없어."

아무것도 중요하지 않았다. 오늘이 내일로 지루하게 이어지는 와중에 뭐가 중요할 수 있을까? 그런 생각이 들었다. 앤은 '세라는 날 용서하지 않을 거야. 그리고 그 아이 말이 맞아……' 하는 생각만 되풀이할 뿐이었다.

전화벨이 울리자 앤이 일어나서 받았다. "여보세요?" 앤은 기운 없는 목소리로 말하다가, 데임 로라의 단호한 목소리가 들려오자 깜짝 놀랐다.

"앤?"

"네."

"난 다른 사람 인생에 끼어드는 게 싫지만, 그래도 앤이 알아야 할 것 같아서 전화했어. 세라와 게리 로이드가 오늘 저녁 여덮시 비행기를 타고 캐나다로 떠날 거야."

"뭐라고요?" 앤은 숨이 막혔다. "전…… 세라를 못 본 지 몇 주나 됐는데요."

"그래. 세라는 시골의 요양원에서 지냈지. 약물중독 치료를 받으러 제 발로 갔었어."

"맙소사, 로라! 세라는 괜찮은가요?"

"아주 잘 견뎠어. 그 아이가 얼마나 힘들었을지 앤도 짐작하겠지…… 그래, 난 대녀가 자랑스러워. 근성이 있다니까."

"아, 로라." 앤이 말을 쏟아냈다. "제게 앤 프렌티스를 아느냐고 물으셨던 일 기억하세요? 이제 알겠어요. 저는 미움과 앙심 때문에 세라의 인생을 망친 엄마예요. 그 아이는 절 용서하지 않을 거예요!"

"말도 안 되는 소리. 아무도 남의 인생을 정말로 망칠 수는 없어. 멜로드라마 시늉 말고 감정에 빠지지도 마."

"그게 사실이에요. 전 제가 어떤 인간이고 무슨 짓을 했는지 알아요."

"그렇다면 무조건 환영할 일이지만, 그 사실을 안 지 꽤 오래되지 않았나? 그럼 다음 단계로 넘어가는 게 어떨까?"

"이해를 못하시는군요, 로라. 전 양심의 가책을 느껴요…… 크게 후회하고 있어요."

"잘 들어, 앤. 내가 봐줄 수 없는 일이 두 가지 있어. 하나는 자기가 얼마나 고결한 인간인지 자기가 한 일에 무슨 도덕적인 이유가 있는지 떠들어대는 일, 또 하나는 자기가 얼마나 나쁜 짓을 저질렀는지 계속해서 후회하는 일이야. 양쪽 다 사실이겠지, 자기 행동의 진실을 깨닫는 거라는 점에서는. 그래야 하는 거고. 하지만 그랬으면 넘어가야지. 시간은 되돌릴 수 없고, 이미 일어난 일을 없던 일로 할 수도 없어. 계속 살아가야지."

"로라, 제가 세라에게 어떻게 하면 좋을까요?"

로라는 콧방귀를 뀌었다.

"내가 끼어들었는지는 모르지만, 충고를 할 만큼 바닥으로 떨어지진 않았어."

그녀는 단호하게 전화를 끊었다.

앤은 꿈속에서 헤매듯 방을 가로질러 가서 소파에 앉아 허공을 응시했다……

세라와 게리…… 잘해나갈 수 있을까? 그녀의 자식이, 사랑하는 딸아이가 마침내 행복을 찾을 수 있을까? 게리는 근본적으로 마음이 약한 남자다…… 실패가 이어지고…… 세라가 실망하고…… 환멸을 느끼고…… 불행해지지 않을까? 게리가 다른 타입이면 좋을 텐데. 하지만 게리는 세라가 사랑하는 남자였다.

시간이 흘렀다. 앤은 여전히 꼼짝 않고 앉아 있었다.

그것은 더이상 그녀와 관계없는 일이었다. 그녀는 모든 권리

를 몰수당했으니까. 그녀와 세라 사이에는 건널 수 없는 심연이
있었다.

이디스가 앤을 들여다보고 다시 살그머니 나갔다.

잠시 후 벨이 울렸고 이디스가 현관으로 나갔다.

"모브레이 씨가 오셨는데요, 부인."

"뭐라고?"

"모브레이 씨요. 밑에서 기다리십니다."

앤이 벌떡 일어났다. 그녀의 눈이 벽시계에 꽂혔다. 무슨 생
각을 하고 있었지…… 마비된 것처럼 저기 앉아서?

세라가 떠나는데…… 오늘밤에…… 지구 반대쪽으로……

앤은 모피 망토를 낚아채듯 들고 뛰어나갔다.

"바질," 그녀가 헐떡이며 말했다. "부탁이에요, 런던의 공항
까지 태워다줘요. 최대한 빨리요."

"앤, 대체 무슨 일이에요?"

"세라 때문이에요. 그 아이가 캐나다로 떠나요. 난 작별 인사
도 못했다고요."

"너무 늦은 거 아니에요, 앤?"

"물론 그래요. 내가 바보 같았어요. 너무 늦지 않았기를 빌 뿐
이에요. 가요, 바질! 얼른!"

바질은 한숨을 내쉬고 시동을 걸었다.

"난 당신을 언제나 아주 이성적인 여자라고 생각했어요." 그

가 나무라듯 말했다. "솔직히 내가 부모가 될 생각이 없다는 게 다행이네요. 부모가 되면 다들 이상해지는 것 같으니까 말이에요."

"빨리 가요, 바질."

바질이 한숨을 쉬었다.

차는 켄징턴 도로들을 지나 복잡한 골목길들이 만나는 해머스미스를 피해 달리다 교통이 혼잡한 치스윅을 통과했다. 마침내 그레이트 웨스트 로드에 접어들었고, 높은 공장들과 네온 전등을 밝힌 건물들 앞을 빠르게 달려 사람들이 사는 단정한 주택가를 지났다. 저곳에서 어머니와 딸, 아버지와 아들, 남편과 아내, 모두 제각각의 문제를 안은 채 다투고 화해하며 살아가고 있겠지. '나와 똑같이'라고 앤은 생각했다. 앤은 그런 유대감을, 인간에 대한 사랑과 이해를 느꼈다…… 그녀는 외롭지 않았다, 외로울 수가 없었다. 그녀와 비슷한 사람들이 같은 세상에 살고 있으니까……

3

히스로공항에서는 승객들이 라운지에 서거나 앉아서 탑승 안내 방송을 기다리고 있었다.

게리가 세라에게 말했다.

"후회되지 않아?"

그녀는 얼른 그를 안심시키는 표정을 지었다.

세라는 더 말랐고, 얼굴에는 고통을 견디느라 생긴 주름들이 있었다. 전보다 나이들어 보였지만 여전히 예뻤고 한층 성숙해진 듯했다.

그녀는 생각했다. '게리는 내가 엄마에게 작별 인사 하기를 바랐지. 그는 이해 못해…… 내 행동을 사과하고 엄마를 달래 줄 수 있다면 좋겠지만 그럴 수가 없어……'

그녀는 리처드 콜드필드를 돌려줄 수 없었다……

그보다 그녀는 엄마에게 용서받을 수 없는 짓을 저질렀다.

게리가 있어서, 그와 함께 새로운 삶을 향해 나아가게 돼서 다행이었다. 하지만 그녀 안에서 쓸쓸한 외침이 흘러나왔다……

'엄마, 난 멀리 떠나요. 난 멀리……'

만약……

아나운서의 요란한 목소리가 들리자 세라는 깜짝 놀랐다. "00346편 프레스트윅, 갠더, 몬트리올로 여행하시는 승객께서는 초록색 불을 따라 세관과 출입국심사장으로……"

승객들이 기내용 가방을 들고 끝에 있는 문으로 향했다. 조금 뒤에서 세라도 게리를 따라갔다.

"세라!"

바깥 출입문에서 앤이 딸을 향해 뛰어왔다. 그녀의 어깨에서 모피 망토가 흘러내렸다. 세라도 작은 여행가방을 내려놓고 앤을 향해 달려갔다.

"엄마!"

두 사람은 껴안았고, 이내 몸을 떼고 마주보았다.

앤은 하려고 했던 말이, 여기 오면서 준비했던 말이 하나도 입 밖으로 나오지 않았다. 그런 말은 필요하지 않았다. 세라 역시 말할 필요가 없었다. '용서해줘요, 엄마'라는 말은 아무 필요가 없었을 것이다.

그리고 그 순간 세라는 아이처럼 엄마에게 기대고 싶어하는 마음의 마지막 조각을 버렸다. 이제 그녀는 홀로 설 수 있고 스스로 결단을 내릴 수 있는 성숙한 여인이었다.

세라는 묘한 안도감을 느끼면서 재빨리 말했다.

"난 괜찮을 거예요."

그러자 게리가 환한 표정으로 말했다. "제가 잘 돌보겠습니다, 프렌티스 부인."

항공사 직원이 게리와 세라를 안내하기 위해 다가왔다.

세라는 아까와 똑같이 어설프게 말했다.

"엄마도 괜찮을 거예요, 그렇죠?"

그러자 앤이 대답했다.

"그래, 세라. 난 진짜 괜찮을 거야. 잘 가거라. 두 사람에게 주님의 축복이 있길!"

게리와 세라가 새로운 인생을 향해 문으로 들어갔고, 앤은 바질이 기다리고 있던 차로 돌아갔다.

"이 지긋지긋한 기계들." 비행기가 큰 소리를 내며 활주로를 달리자 바질이 투덜댔다. "꼭 거대한 독벌레들 같다니까! 정말 무서워 죽겠군!"

그는 도로로 나와 런던 쪽으로 방향을 틀었다.

앤이 말했다. "당신만 괜찮다면 오늘밤은 외출하고 싶지 않은데요. 집에서 조용히 저녁 시간을 보내고 싶어요."

"알았어요, 앤. 내가 집에 데려다줄게요."

앤은 항상 바질 모브레이를 '아주 재미있고 아주 심술궂은 사람'이라고 생각했다. 그런데 이때 문득 그가 친절하다고 느꼈다. 친절하고, 조금 외로운 사람이었다.

앤은 생각했다. '맙소사, 내가 또 청승을 떠는군.'

바질이 초조한 듯 말했다.

"그런데 뭘 좀 먹어야 하지 않겠어요? 집에서는 식사 준비를 하지 않았을 텐데요."

앤은 미소 지으며 고개를 저었다. 눈앞에 기분좋은 그림이 펼쳐졌다.

"걱정 마요. 이디스가 스크램블드에그를 벽난로 앞으로 갖다줄 거예요…… 맛있고 따끈한 차도요, 참 고맙게도!"

이디스는 앤에게 문을 열어주면서 예리한 눈빛으로 쳐다봤지만, 이렇게만 말했다.

"이제 가서 벽난로 앞에 앉아 계세요."

"거추장스러운 이 옷을 벗고 편한 것으로 갈아입어야겠어."

"사 년 전에 제게 주신 파란색 플란넬 가운이 좋겠어요. 거추장스러운 그 네글리주인지 네글리제인지 하는 것보다 훨씬 편하죠. 전 한 번도 입지 않았어요. 맨 아래 서랍에 잘 넣어놨죠. 거기 놔두는 게 더 좋으니까."

앤은 파란색 가운을 편안하게 걸치고, 거실 소파에 누워 불꽃을 응시했다.

잠시 후 이디스가 쟁반을 들고 들어와서 앤 옆의 낮은 테이블에 내려놓았다.

"이따가 머리를 빗겨드리죠." 그녀가 말했다.

앤이 환하게 미소지었다.

"오늘밤에는 날 마치 어린애처럼 대하네. 왜 그래?"

이디스가 툴툴댔다.

"제 눈엔 언제나 그렇게 보이거든요."

"이디스……" 앤이 그녀를 올려다보며 조금 힘들게 말했다. "……세라를 만났어…… 다 괜찮아."

"당연히 괜찮죠! 언제나 그랬고요! 제가 그렇다고 했잖아요!"

그녀는 잠시 서서 앤을 내려다보았다. 뚱하고 늙은 얼굴이
부드럽고 상냥해졌다.

그러고는 거실에서 나갔다.

'이 기분좋은 평화……' 앤은 생각했다. 오래전에 외웠던 구
절이 머릿속에서 되살아났다.

사람으로서는 감히 생각할 수도 없는 하느님의 평화가*……

----

* 「빌립보서」 4장 7절.

혈연 중 가장 독특하고 복잡 미묘한 관계는 어떤 관계일까. 형제자매는 좋고 나쁜 것을 공유하며 성장하지만 어른이 된 후까지 중요한 영향을 직접적으로 미치지는 않는다. 부모 자식 관계 중 아버지와 딸, 어머니와 아들의 관계도 좋거나 나쁘거나 덤덤하거나 셋 중 하나일 것 같다. 딸이 아버지를, 아버지가 딸을 무척 사랑하면서도 미워하거나 복잡한 감정을 갖는 것은 상상하기 힘들다. 어머니와 아들은 애틋함이나 섭섭함을 느끼는 관계일 수 있지만 애증이 뒤섞인 복잡한 심리구조를 이루는 경우는 거의 없을 것이다. 그런 부정적인 묘한 감정은 자식이나 부모가 아니라 배우자나 연인에게 향한다. 자식과 부모는 비교

적 단순한 감정을 갖는 편이다.

하지만 어머니와 딸의 경우, 좋거나 나쁜 관계로만 가르기는 어렵다. 혈연 간의 본능적인 정에 더해서 두 사람은 같은 여성으로서 공감과 연대를 통한 사랑과 연민을 느끼고, 시기와 질투 같은 다양한 감정을 경험하게 된다. 이때의 사랑과 이해는 이성인 부모 자식 사이의 감정보다 더욱 뜨겁고 날것에 가깝다. 또 서로를 잘 안다고 생각하는 데서 비롯되는 기대, 그것으로 인한 실망과 오해와 미움도 더 싸늘하고 집요할 수 있다. 이것 아니면 저것이 아닌 이것과 저것이 복잡하게 뒤엉켜 생기는 것이 여자들의 이야기, 그중에서도 어머니 딸의 이야기다.

'추리소설의 여왕' 애거사 크리스티는 팔십여 편의 추리소설을 통해 꾸준히 인간을 그렸지만, 그것만으로는 말하고 싶던 인간의 이야기를 다 풀어내지 못한 듯하다. 그녀는 메리 웨스트매콧이라는 필명으로 여섯 편의 소설을 발표했고, 여자들의 이야기, 여자들의 심리에 집중한다.

『딸은 딸이다』는 제목에서도 드러나듯 오롯이 어머니와 딸에 관한 이야기다. 애거사 크리스티는 주인공 앤과 세라를 어머니/딸, 여자, 인간으로 조명한다. 한 사람이 어머니/딸, 여자, 인간의 입장에서 각각 다른 행동, 다른 심리를 가질 수 있고, 그 입장에 따라 둘의 관계도 미묘하게 달라지고 꼬일 수 있다는 것이 인간의 깊은 내면을 꿰뚫는 애거사 크리스티의 시각이다.

앤은 일찍 남편을 잃고 열아홉 살인 딸 세라와 런던에서 평화롭게 산다. 품위 있는 앤과 발랄한 세라는 서로 의지하고 보살펴주면서 사이좋게 지내는 듯하다. 그러던 중 앤의 재혼을 세라가 반대하고, 세라가 사랑하는 남자를 앤이 못마땅해하면서 둘의 관계는 새로운 국면을 맞는다. 앤은 어머니로서 딸을 택할지, 여자로서 사랑하는 남자를 잡아야 할지 선택의 기로에 선다. 어머니를 사랑한다고 하면서도 그런 어려운 선택을 하게 만든 세라 또한 사랑하는 남자를 떠나보내고 방황한다. 어머니와 딸의 자리를 지키느라 여자로서의 사랑을 희생했다고 믿는 두 사람은 어떤 삶을 살게 될까. 그 희생이 정말 서로에 대한 사랑과 결속 때문이었을까. 두 사람은 사랑을 잃은 후에 서서히 망가지고, 자신의 불행을 상대의 탓으로 돌린다. 그렇다, 어머니도 딸도 본능을 벗어날 수 없는 연약한 인간이라는 시선으로 상대를 바라봐야만 앤과 세라는 화해할 수 있다. 또 그 화해가 이루어져야 황폐해진 자신과도 화해할 수 있다.

"딸은 딸이다"라는 말은 성인이 되고 아내를 얻으면 어머니에게서 거의 완전히 독립하는 아들과 달리 딸은 어머니에게 언제까지나 딸로 남는다는 의미다. 딸이라면 누구나 고개를 끄덕일 것이다. 모녀는 서로에게 어떤 감정을 가졌든 죽을 때까지 감정적으로 깊이 이어진 관계이고, 그래서 이 두 사람은 아무리

틀어지고 멀어져도 이해와 공감의 실마리를 늘 붙잡고 살아간다.

앤과 세라가 겪는 사랑과 증오와 화해 속에서 세상 모든 어머니와 딸의 심리를 읽어낸 작가의 힘, 놀랍다.

공경희

가깝고도 먼, 사랑해서 미워하는 모녀 관계의 드라마

『딸은 딸이다』에는 너무 가까워서, 너무 잘 알아서, 너무 사랑하기 때문에 서로를 위해 결정했다고, 말하고 행동했다고 확신하는 모녀가 등장한다. 철저한 타인이라면 조심스러워 언급조차 삼가는 문제에도 모녀는 서로 딸이라는 이유로, 엄마라는 이유로 서슴지 않고 간섭해 본심과는 다르게 운신하도록 추동한다. 모녀간에 넘실거리는 감정은 이내 여문 애정이 아닌 해묵은 애증이 되어간다. 서로에 대한 일체감을 확신하고 한 표현들은 예기치 못한 결과로 부메랑이 되어 재앙처럼 덮친다. 고통의 개별성을 절감하게 만들면서. 엄마와 딸의 관계는 그토록 묘하고 어렵다.

회피와 외면의 결과

애거사 크리스티가 '메리 웨스트매콧'이라는 필명으로 1952년
에 발표한 다섯번째 작품 『딸은 딸이다』는 이렇게 딸과 엄마의
밀착된 관계가 부정적 양상으로 진화하는 모습을 그려낸다. 아
무리 가까운 관계라 하더라도 서로 어려워하는 부분이 있다. 작
은 갈등을 피하려다 눈덩이 효과로 막대해진 감정의 골은 심연
이 된다. 소설은 이렇게 회피로 인해 생기는 문제의 여파를 세
밀하게 그려낸다. 무엇보다도 자신의 감정에 충실하지 못한 결
정을 내리고 나서 오랜 시간 동안 '딸을 위해' 한 선택이라고 혹
은 '엄마 때문에' 행한 선택이라고 구실을 삼아온 마음의 풍경
은 예상보다 스산하다. 당시 이러한 착각 속에서 이루어진 선택
들은 서로에게 이로운 결과를 초래하지 않았음은 물론이고 서
로에 대한 깊은 미움과 원망을 빚어낸다. 일찍이 남편을 잃은,
이제 막 마흔을 넘긴 주인공 앤 프렌티스와 열아홉 살 세라의
관계는 위의 작용을 '미분'해내는 작가의 필치에 의해 의외의
역동성을 만들어낸다.

소설은 엄마인 앤 프렌티스가, 스위스로 삼 주간 여행을 떠나
는 딸 세라를 역 플랫폼에서 배웅하는 장면에서부터 시작된다.
늘 활력이 넘치는 딸을 생각하며 미소 짓다 문득 일찍이 남편과
사별한 후 지낸 시간을 돌아보던 앤은 자신이 지독하게 '혼자'

라는 생각에 사로잡힌다. 앤은 지혜로운 연장자인 로라 휘스트터블에게 상담을 청하고, 로라는 앤에게 "자기 자신을 아는 것"이 인생에서 가장 중요하다고 조언하며 앤이 스스로 연애하고 싶어하는 마음을 자각하도록 슬며시 이끈다. 다정하고 소박한 앤은 사실 인기가 좋다. 앤은 여러 구애자들 가운데 완고한 듯 보이지만 여리고 외로운 리처드 콜드필드에게 끌린다. 나이들며 인생과 사람의 다양한 면모를 체득했고, 성격적 모순을 지닌 리처드에게 더 끌렸던 것이다. 로라는 리처드와 함께 있는 앤을 보고 앤이 사랑에 빠졌음을 바로 알아차린다. 리처드는 앤에게 청혼까지 하지만 앤과 리처드의 달콤한 시간은 오래가지 못한다. 여행에서 돌아온 세라는 리처드를 첫눈에 경멸한다. 세라는 리처드가 자신의 마음에 들지 않는다는 이유만으로 그가 엄마와 함께할 만한 인물이 아니라고 판단하고, 기회가 생길 때마다 격렬하게 충돌한다. 딸에게 깊이 의존해왔던 앤에게 세라가 리처드를 인정하지 않는다는 사실은 큰 고통으로 다가온다. 결국 두 사람의 끊임없는 다툼에 시달리다 못해 앤은 '세라를 위해' 리처드와 헤어진다. 세라는 의기양양하게 리처드에게 이렇게 외치며 그 이별에 쐐기를 박는다. "나가요. 우린 당신 같은 사람 필요 없어요. 못 들었어요? 우린 당신을 원하지 않는다고요……"

이후 몇 년간 둘의 삶은 다시 평화를 회복한 듯 보인다. 하지만 앤과 세라의 태도에는 어딘가 부자연스럽고 위태로운 요소가 잠재해 있다. 앤은 무언가를 생각할 틈이 생기는 것이 공포스럽기라도 한 듯 바쁘게 사교생활을 하고, 세라가 누구와 결혼할지 고민할 때 세라의 기대와는 다르게 반응한다. 로라는 앤과 세라 사이에 흐르는 미묘한 기류의 근본 원인을 간파한다. 또한 로라는 세라가 최초로 리처드를 만나기 전부터 앤의 '외면'을 목격했다. 앤은 리처드를 만나기 시작할 때부터 세라가 리처드를 싫어하리라는 것을 알고 있었다. 그래서 세라가 여행에서 돌아오기 전, 세라에게 리처드와의 관계를 설명하는 편지를 보내는 게 필요한 일이라는 걸 '머리로는' 분명히 알았으나, 세라의 부정적 반응이 두려워 일부러 주소를 모호하게 써서 반송되게 만든다.

혹자는 이러한 회피와 외면이 그렇게까지 큰 문제인가, 라고 반문할 수도 있다. 이 소설을 영화로 각색한다고 상상해보면 이러한 물음이 일견 타당해 보이기도 한다. 엄마와 딸이 서로의 연애에 대한 의견 대립 때문에 전전긍긍하며 집안을 서성이고, 데이트 상대와 다툼을 벌이는 게 장면 대부분을 채우게 될 거라고 뻔히 예상되기 때문이다. 이 소설이 내포하는 이야기 속 갈등의 낙차는 실로 애거사 크리스티의 이름으로 발표된 추리소설이 품고 있는 갈등의 폭과 비교할 바가 못 된다. 그런데 바로 이 지점에서 애거사 크리스티가 메리 웨스트매콧의 정체성을 따로 분할 필요가 있었던 이유를 감지하게 된다. '진폭이 큰' 행위의 경과로—특히나 추리 장르라는 특성상 그 행위가 살인인 경우가 대다수이고—플롯을 만들어온 그녀에게 '심리적 사건' 혹은 '정신의 광경'이 주된 플롯을 이루는 이야기를 쓰고픈 욕구가 있지 않았을까. 특히 회피와 외면으로 자기 자신의 마음을 알아차리지 못하는 사람의 속성을 전면적으로 다루기 위해서는 이러한 방법을 택할 필요가 있다고 생각하지 않았을까.

'사막 명상'이 주는 가르침

앤과 리처드가 교제하기 시작할 무렵, 로라가 '사막 명상'을 언급하는 대목이 흥미롭다. 로라는 리처드에게 사람은 자기 자신과 친해지기 위해 "누구나 일 년에 한 달은 사막 한가운데에 가서 지내야 한다"고 말한다. 리처드는 의아해하며 반문한다. "사람들 대부분은 자기 자신에 대해 꽤 잘 알지 않습니까?" 그러자 로라는 말한다. "난 전혀 안 그렇다고 생각해요. 요즘 사람들은 자신의 괜찮은 일면만 알지 다른 면에 대해선 생각할 시간조차 갖지 않죠." 로라는 사람들 대부분이 자신에 대해서는 흡족한 면만을 위주로 인식하기 때문에 자신이 원래는 얼마나 형편없는 존재인지 깨닫는 시간이 꼭 필요하다고 주장한다. 리처드와 앤 두 사람 모두 로라의 이런 주장은 물론이고 자신들이

(로라의 이론처럼) 본인을 과대평가하는 사람이라는 사실도 받아들이지 않는다. 로라의 논조는 앤이 감정적으로 허물어져가며 위기감을 토로할 때 반복된다. 리처드를 사랑했고 리처드와 함께 나이들어갔다면 분명 행복했을 데지만 세라를 위해 그와 헤어지는 희생을 치렀다는 앤의 고백에 로라는 이렇게 응수한다. "우리 인생 고민거리의 절반은 자신을 진짜 자신보다 더 좋고 멋진 사람이라고 생각하는 데서 생기지."

이러한 로라의 '사막 명상 이론'은 애거사 크리스티가 메리웨스트매콧이라는 이름으로 이 작품보다 팔 년 일찍 발표한 『봄에 나는 없었다』의 설정을 떠올리게 한다. 『봄에 나는 없었다』의 주인공 조앤 스쿠다모어는 이라크에서 영국으로 돌아오는 길에 기차의 연착으로 어쩔 수 없이 사막에서 며칠 발이 묶이게 된다. 태양빛이 작열하고 모래가 빛나는 이곳에서는 집에서처럼 분주하고 조화로운 생활이 덮어주던 자신의 본심과 진짜 기억이 민낯을 드러낸다. 사막에서 자기 자신과 독대하는 시간이 '잘산다'고 자평해온 여인의 믿음에 타격을 가한다. 『봄에 나는 없었다』에서 인물의 변화를 추동하는 강력한 설정이 『딸은 딸이다』에서는 주인공이 자기기만을 부수고 나오기 위해 '반드시 거쳐야 할 의례'로 설파된다. 이렇게 '사막 명상'을 통해 흔들리는, 혹은 흔들릴 게 틀림없는 여인들의 내적 고뇌를 목격하는 동안 잘산다는 것이 과연 무엇일까 자문하지 않을 수 없게 된다. 『봄에 나는 없었다』와 『딸은 딸이다』에서 표현되는 '사막 명상'은 오늘날 과하리만치 당위적으로 평가받는 덕목인 긍정성의 대척점에 있는, 철저한 '자기부정'을 지향하는 것처럼 보인다.

비탄을 딛고 체념에 빠지지 않고

십이 년 전 사라진 딸을 찾아 나선 엄마의 이야기가 있다. 딸이 갑자기 증발하기로 마음먹은 연유를 추적하는 과정에서 남편의 죽음, 딸과 엄마가 운명에 대해 다른 식으로 묵혀온 감정의 소용돌이와 태도가 드러난다. 엄마의 전 애인과 결혼했지만, 바람기 많은 그를 끝내 살해하고 만 딸에 대한 또다른 이야기가 있다. 이 이야기 속 모녀의 진한 애착은 방향을 잃고 먼길을 돌고 돌아서야 서로를 향해 자리잡는다. 모두 스페인 감독 페드로 알모도바르의 영화 〈줄리에타〉(2016)와 〈하이힐〉(1991) 속 이야기다. 『딸은 딸이다』는 이 거장 감독의 두 작품을 소환하게 한다. 이 영화들처럼 극단의 상황까지 가지는 않지만 고통에 몸부림치는 앤과 세라의 모습을 보며 모녀 관계의 애증을 몸으로 체득한 세상의 모든 딸과 엄마 독자들은 공명할 수밖에 없다.

온화하고 평화롭고 상냥한 앤 프렌티스는 사랑했던 남자 리처드를 떠나보낸 후 신경증에 시달리며 이전의 성정을 잃고 외친다. "전 행복에 아주 가까이 다가가 있었어요…… 거의 다 갔는데…… 그런데…… 모든 걸 포기해야 했어요. 전 모든 걸 포기했어요…… 세라 때문에! (…) 전 리처드를 사랑했어요. 하지만 세라를 더 사랑했죠……" 로라 앞에서 앤이 절규하는 그 순간은 훗날 세라가 앤에게 자신의 잘못된 결혼에 대한 책임이 엄마에게 있다고 성토하는 모습과 데칼코마니를 이룬다. "내가 왜 그런 짓을 했을까? 도대체 왜? 난 정말 그 남자와 결혼하고 싶지 않았는데. (…) 엄마가 아니었다면 그와 결혼하지 않았을 거예요. (…) 엄마는 지금도 그러고 있어…… 내가 불행하기를 바라죠……"

깊이 사랑했던 연애 상대를 놓쳤다. 엄마에 대한 사랑 때문에. 딸에 대한 사랑 때문에. 그런 줄로 알았다. 그러나 지혜로운 친구 로라는 '헌신' 혹은 '희생'이 핑계에 불과하다고 지적한다. "내가 앤이라면 리처드 콜드필드를 포기한 것이 세라 때문이었는지, 아니면 자기 마음의 평화 때문이었는지 생각해볼 거야." 한몸처럼 느껴온 딸 혹은 엄마의 마음을 불편하게 만들지 않기 위해, 갈등에 못 이겨 간 길은 깊은 회한과 '희생'의 허울을 쓴 원망으로 점철된다. 이렇게 인간의 약한 마음을 꿰뚫어보고 직언하는 로라의 존재 덕분인지 두 사람은 각자 자신의 진심을 자각하고, 관계도 회복한다.

자기기만에서 말미암은 안락과 행복을 향한 회의적인 시선은 이렇게 『딸은 딸이다』 속 지혜로운 로라를 통해 직접적으로 여러 차례 제시된다. 작가의 분신으로도 보이는 이 로라라는 캐릭터가 진화해서 다름 아닌 미스 마플이 되지 않았나 추측하게도 한다. 『딸과 딸이다』에서 로라는 앤과 세라의 정신적 지주다. 로라가 지닌 위엄과 지혜가 미스 마플의 노쇠한 육체와 수다스러운 성격, 무시받기 일쑤인 성격적 특성에 깃들어 입체적이고 독보적인 캐릭터가 구축된 듯하다. 마플은 로라와 마찬가지로 인간과 세상에 대해 비관적이고 회의적이다. 하지만 설교하기보다는 장광설로써 눙치며 통찰력을 드러낸다. 이 소설은 이러한 흥미로운 가설을 설득력 있게 만든다. 또한 여인들이 착각 때문에 괴로움에 빠져 눈물짓다가도 눈물을 떨치고 용기 있게 자신을 믿고 나아가는 인물이 되기를 스스로와 독자에게 바라는 마음에서 이러한 캐릭터들을 조형해낸 게 아닐까 추측하게도 한다. 이렇게 『딸은 딸이다』는 내밀한 마음의 풍경과 상처를 응시하고 치유하는 지혜를 함께 제시한다.

김수지(평론가)

옮긴이 **공경희**

1965년 서울에서 태어나 서울대학교 영어영문학과를 졸업했다. 성균관대학교 번역
대학원 겸임교수를 역임했고, 서울여자대학교 영어영문학과 대학원에서 강의했다.
시드니 셸던의『시간의 모래밭』을 시작으로『호밀밭의 파수꾼』『모리와 함께한 화요
일』『비밀의 화원』『매디슨 카운티의 다리』『파이 이야기』『천국에서 만난 다섯 사
람』『우리는 사랑일까』『행복한 사람, 타샤 튜더』『우연한 여행자』『타샤의 ABC』
『포그 매직』『꿈꾸는 아이』『매뉴얼』『빗속을 질주하는 법』『데미지』『좀비―어느
살인자의 이야기』 등을 우리말로 옮겼다.

딸은 딸이다

1판 1쇄 2014년 5월 15일
1판 4쇄 2021년 4월 12일
2판 1쇄 2022년 6월 10일

지은이 애거사 크리스티 | 옮긴이 공경희
기획·책임편집 김혜정 | 편집 김미혜 강경화
디자인 윤종윤 이정민 | 저작권 박지영 형소진 이영은 김하림
마케팅 정민호 이숙재 박치우 한민아 김혜연 이가을 박지영 안남영 김수현 정경주
브랜딩 함유지 함근아 김희숙 안나연 정승민 박진희 박민재
제작 강신은 김동욱 임현식 | 제작처 상지사

펴낸곳 (주)문학동네 | 펴낸이 김소영
출판등록 1993년 10월 22일 제2003-000045호
주소 10881 경기도 파주시 회동길 210
전자우편 foret@munhak.com | 대표전화 031) 955-8888 | 팩스 031) 955-8855
문의전화 031) 955-1927(마케팅) 031) 955-1904(편집)
문학동네카페 http://cafe.naver.com/mhdn | 트위터 @munhakdongne
북클럽문학동네 http://bookclubmunhak.com

ISBN 978-89-546-8665-5 03840

www.munhak.com